JOHN GREEN

Ciudades de papel

John Green nació en Indianápolis en 1977, y se
graduó en Lengua y Literatura Inglesa y Teología de
Kenyon College. Tras iniciar su carrera en el mundo
editorial como crítico y editor, ha sido galardonado
con el premio de honor Printz y el premio Edgar por
sus diversas novelas para el público juvenil. Sus novelas
demuestran su capacidad para emocionar a lectores de
todas las edades y se ha convertido en uno de los au-
tores más vendidos del año.

CIUDADES DE PAPEL

Ciudades de papel

JOHN GREEN

Traducción de Noemí Sobregués

Vintage Español
Una división de Random House LLC
Nueva York

A Julie Strauss-Gabel, sin la que nada de esto
podría haberse hecho realidad

Y después, cuando
salimos a ver su lámpara acabada
desde el camino, dije que me gustaba el brillo de su luz
a través del rostro que parpadeaba en la oscuridad.

KATRINA VANDENBERG, «Jack O'Lantern», en *Atlas*

La gente dice que los amigos no se destruyen entre sí.
¿Qué sabe la gente de los amigos?

«Game Shows Touch Our Lives»,
THE MOUNTAIN GOATS

CIUDADES DE PAPEL

Prólogo

Supongo que a cada quien le corresponde su milagro. Por ejemplo, probablemente nunca me caerá encima un rayo, ni ganaré un Premio Nobel, ni llegaré a ser el dictador de un pequeño país de las islas del Pacífico, ni contraeré cáncer terminal de oído, ni entraré en combustión espontánea. Pero considerando todas las improbabilidades juntas, seguramente a cada uno de nosotros le sucederá una de ellas. Yo podría haber visto llover ranas. Podría haber pisado Marte. Podría haberme devorado una ballena. Podría haberme casado con la reina de Inglaterra o haber sobrevivido durante meses en medio del mar. Pero mi milagro fue diferente. Mi milagro fue el siguiente: de entre todas las casas de todas las urbanizaciones de toda Florida, acabé viviendo en la puerta de al lado de Margo Roth Spiegelman.

Nuestra urbanización, Jefferson Park, había sido una base naval. Pero llegó un momento en que la marina dejó de necesitarla, de modo que devolvió el terreno a los ciudadanos de

Orlando, Florida, que decidieron construir una enorme urbanización, porque eso es lo que se hace en Florida con los terrenos. Mis padres y los padres de Margo empezaron a vivir puerta con puerta en cuanto se construyeron las primeras casas. Margo y yo teníamos dos años.

Antes de que Jefferson Park fuera Pleasantville, y antes de que fuera una base naval, era propiedad de un tipo que se apellidaba Jefferson, un tal Doctor Jefferson Jefferson. En Orlando hay una escuela que lleva el nombre del Doctor Jefferson Jefferson y también una gran fundación benéfica, aunque lo fascinante y lo increíble, pero cierto, del Doctor Jefferson Jefferson es que no era doctor en nada. Era un simple vendedor de zumo de naranja llamado Jefferson Jefferson. Al hacerse rico y poderoso, fue al juzgado, se puso «Jefferson» de segundo nombre y se cambió el primero por «Dr.», con D mayúscula.

Cuando Margo y yo teníamos nueve años, nuestros padres eran amigos, así que de vez en cuando jugábamos juntos, cogíamos las bicis, dejábamos atrás las calles sin salida y nos íbamos al parque, en el centro de la urbanización.

Me ponía nervioso cada vez que me decían que Margo iba a pasarse por mi casa, porque era la criatura más extraordinariamente hermosa que Dios había creado. La mañana en cuestión, se había puesto unos pantalones cortos blancos y una camiseta rosa con un dragón verde que lanzaba fuego de color naranja brillante. Me resulta difícil explicar lo genial que me pareció la camiseta en aquellos momentos.

Margo, como siempre, pedaleaba de pie, con el cuerpo inclinado sobre el manillar y con las zapatillas de deporte de color morado formando una mancha circular. Era un caluroso y húmedo día de marzo. El cielo estaba despejado, pero el aire tenía un sabor ácido, como si se avecinara una tormenta.

Por aquella época me creía inventor, así que, después de haber atado las bicis, mientras recorríamos a pie el corto camino que nos llevaría al parque infantil, le conté a Margo que se me había ocurrido un invento llamado Ringolator. El Ringolator sería un cañón gigante que dispararía enormes rocas de colores a una órbita muy baja, lo que proporcionaría a la Tierra anillos muy parecidos a los de Saturno. (Sigo pensando que sería una buena idea, pero resulta que construir un cañón que dispare rocas a una órbita baja es bastante complicado.)

Había estado en aquel parque tantas veces que me lo conocía palmo a palmo, así que apenas habíamos entrado cuando empecé a sentir que algo fallaba, aunque en un primer momento no vi qué había cambiado.

—Quentin —me dijo Margo en voz baja y tranquila.

Estaba señalando. Y entonces me di cuenta de lo que había cambiado.

A unos pasos de nosotros había un roble. Grueso, retorcido y con aspecto de tener muchos años. No era nuevo. El parque infantil, a nuestra derecha. Tampoco era nuevo. Pero de repente vi a un tipo con un traje gris desplomado a los pies del tronco del roble. No se movía. Eso sí era nuevo. Estaba rodeado de sangre. De la boca le salía un hilo medio seco. Tenía la boca abierta en un gesto que parecía imposible. Las moscas se posaban en su pálida frente.

—Está muerto —dijo Margo, como si no me hubiera dado cuenta.

Retrocedí dos pequeños pasos. Recuerdo que pensé que si hacía un movimiento brusco, se levantaría y me atacaría. Quizá era un zombi. Sabía que los zombis no existían, pero sin duda parecía un zombi en potencia.

Mientras retrocedía aquellos dos pasos, Margo dio otros dos, también pequeños y silenciosos, hacia delante.

—Tiene los ojos abiertos —me dijo.

—Vámonosacasa —contesté yo.

—Pensaba que cuando te mueres, cierras los ojos —dijo.

—Margovámonosacasaaavisar.

Dio otro paso. Ya estaba lo bastante cerca como para estirar el brazo y tocarle el pie.

—¿Qué crees que le ha pasado? —me preguntó—. Quizá se deba a un asunto de drogas o algo así.

No quería dejar a Margo sola con el muerto, que quizá se había convertido en un zombi agresivo, pero tampoco me atrevía a quedarme allí comentando las circunstancias de su muerte. Hice acopio de todo mi valor, di un paso adelante y la cogí de la mano.

—¡Margovámonosahoramismo!

—Vale, sí —me contestó.

Corrimos hacia las bicis. El estómago me daba vueltas por algo que se parecía mucho a la emoción, pero que no lo era. Nos subimos a las bicis y la dejé ir delante, porque yo estaba llorando y no quería que me viera. Veía sangre en las suelas de sus zapatillas moradas. La sangre de él. La sangre del tipo muerto.

Llegamos cada uno a nuestras respectivas casas. Mis padres llamaron a urgencias, oí las sirenas en la distancia y pedí permiso para salir a ver los camiones de bomberos, pero, como mi madre me dijo que no, me fui a echar la siesta.

Tanto mi padre como mi madre son psicólogos, lo que quiere decir que soy jodidamente equilibrado. Cuando me desperté, mantuve una larga conversación con mi madre sobre el ciclo de la vida, sobre que la muerte es parte de la vida, pero una parte de la que no tenía que preocuparme demasiado a los nueve años, y me sentí mejor. La verdad es que nunca me preocupó demasiado, lo cual es mucho decir, porque suelo preocuparme por cualquier cosa.

La cuestión es la siguiente: me encontré a un tipo muerto. El pequeño y adorable niño de nueve años y su todavía más pequeña y adorable compañera de juegos encontraron a un tipo al que le salía sangre por la boca, y aquella sangre estaba en sus pequeñas y adorables zapatillas de deporte mientras volvíamos a casa en bici. Es muy dramático y todo eso, pero ¿y qué? No conocía al tipo. Cada puto día se muere gente a la que no conozco. Si tuviera que darme un ataque de nervios cada vez que pasa algo espantoso en el mundo, acabaría más loco que una cabra.

Aquella noche entré en mi habitación a las nueve en punto para meterme en la cama, porque las nueve era la hora a la que tenía que irme a dormir. Mi madre me tapó y me dijo que me quería. Yo le dije: «Hasta mañana», y ella me contestó: «Hasta mañana», y luego apagó la luz y cerró la puerta casi hasta el fondo.

Estaba colocándome de lado cuando vi a Margo Roth Spiegelman al otro lado de mi ventana, con la cara casi pegada a la mosquitera. Me levanté y abrí la ventana, pero la mosquitera que nos separaba seguía pixelándola.

—He investigado —me dijo muy seria.

Aunque la mosquitera dividía su cara incluso de cerca, vi que llevaba en las manos una libretita y un lápiz con marcas de dientes alrededor de la goma. Echó un vistazo a sus notas.

—La señora Feldman, de Jefferson Court, me dijo que se llamaba Robert Joyner. Me contó que vivía en Jefferson Road, en uno de los pisos de encima del supermercado, así que me pasé por allí y había un montón de policías. Uno me preguntó si trabajaba en el periódico del colegio, y le contesté que nuestro colegio no tenía periódico, así que me dijo que, como no era periodista, contestaría a mis preguntas. Me contó que Robert Joyner tenía treinta y seis años. Era abogado. No me dejaban entrar en la casa, pero una mujer llamada Juanita Álvarez vive en la puerta de al lado, de modo que entré en su casa preguntándole si me podría prestar una taza de azúcar. Me dijo que Robert Joyner se había suicidado con una pistola. Entonces le pregunté por qué, y me contestó que estaba triste porque estaba divorciándose.

Margo se calló y me limité a mirarla, a observar su cara gris a la luz de la luna, que la mosquitera dividía en mil cuadraditos. Sus ojos, muy abiertos, pasaban una y otra vez de su libreta a mí.

—Mucha gente se divorcia y no se suicida —le dije.

—Ya lo sé —me contestó nerviosa—. Es lo que le dije a Juanita Álvarez. Y entonces me dijo… —Margo pasó la página de la libreta—. Me dijo que el señor Joyner tenía problemas. Y entonces le pregunté a qué se refería, y me contestó que lo único que podíamos hacer por él era rezar y que me fuera a llevarle el azúcar a mi madre. Le dije que olvidara el azúcar y me marché.

De nuevo no dije nada. Solo quería que Margo siguiera hablando con esa vocecita nerviosa por casi saber algo y que me hacía sentir que estaba sucediéndome algo importante.

—Creo que quizá sé por qué —dijo por fin.

—¿Por que?

—Quizá se le rompieron los hilos por dentro —me contestó.

Mientras intentaba pensar en algo que contestarle, me incliné hacia delante, presioné el cierre de la mosquitera y la retiré de la ventana. La dejé en el suelo, pero Margo no me dio la oportunidad de hablar. Antes de que hubiera vuelto a sentarme, levantó la cara hacia mí y me susurró:

—Cierra la ventana.

Así que la cerré. Pensé que se marcharía, pero se quedó allí mirándome. Le dije adiós con la mano y le sonreí, pero sus ojos parecían mirar fijamente algo detrás de mí, algo monstruoso que le había hecho quedarse muy pálida, y tuve demasiado miedo para girarme a ver qué era. Pero detrás de mí no había nada, por supuesto... salvo quizá el tipo muerto.

Dejé la mano quieta. Nos miramos fijamente, cada uno desde su lado del cristal. Nuestras cabezas estaban a la misma altura. No recuerdo cómo acabó la historia, si me fui a la cama o se fue ella. En mi memoria no acaba. Seguimos todavía allí, mirándonos, para siempre.

A Margo siempre le gustaron los misterios. Y teniendo en cuenta todo lo que sucedió después, nunca dejaré de pensar que quizá le gustaban tanto los misterios que se convirtió en uno.

PRIMERA PARTE

Los hilos

1

El día más largo de mi vida empezó con retraso. Me desperté tarde, me entretuve demasiado en la ducha y al final tuve que disfrutar del desayuno en el asiento del copiloto del monovolumen de mi madre, a las 7.17 de la mañana de un miércoles.

Solía ir al instituto en el coche de mi mejor amigo, Ben Starling, pero Ben había salido puntual, así que no pude contar con él. Para nosotros, «puntual» significaba media hora antes de que empezaran las clases, porque aquellos treinta minutos antes de que sonara el primer timbre eran el plato fuerte de nuestra agenda social. Nos quedábamos delante de la puerta lateral que daba a la sala de ensayo de la banda de música del instituto y charlábamos. Como la mayoría de mis amigos tocaban en la banda, yo pasaba casi todas las horas libres del instituto a menos de cinco metros de la sala de ensayo. Pero yo no tocaba, porque tengo menos oído para la música que un sordo. Aquel día iba a llegar veinte minutos tarde, lo que técnicamente significaba que aun así llegaría diez minutos antes de que empezaran las clases.

Mientras conducía, mi madre me preguntaba por las clases, los exámenes y el baile de graduación.

—No creo en los bailes de graduación —le recordé mientras giraba en una esquina.

Incliné hábilmente mis cereales para ajustarlos a la fuerza de gravedad. No era la primera vez que lo hacía.

—Bueno, no hay nada malo en ir con una amiga. Seguro que podrías pedírselo a Cassie Hiney.

Sí, podría habérselo pedido a Cassie Hiney, que era muy maja, simpática y guapa, pese a su tremendamente desafortunado apellido, que en inglés significa «culo».

—No es que no me gusten los bailes de graduación. Es que tampoco me gustan las personas a las que les gustan los bailes de graduación —le expliqué a mi madre.

Aunque en realidad no era cierto. Ben se había emperrado en ir.

Mi madre giró hacia el instituto, y sujeté con las dos manos el tazón casi vacío al pasar por un badén. Eché un vistazo al aparcamiento de los alumnos de último curso. El Honda plateado de Margo Roth Spiegelman estaba aparcado en su plaza habitual. Mi madre metió el coche en un callejón situado frente a la sala de ensayo y me dio un beso en la mejilla. Al bajar vi a Ben y a mis otros amigos, agrupados en semicírculo.

Me dirigí a ellos, y el semicírculo no tardó en abrirse para incluirme. Estaban hablando de mi ex novia, Suzie Chung, que tocaba el violonchelo y al parecer había creado un gran revuelo porque estaba saliendo con un jugador de béisbol llamado Taddy Mac. No sabía si era su nombre real. En cualquier caso, Suzie había decidido ir al baile de graduación con Taddy Mac. Otra víctima.

—Colega —me dijo Ben, que estaba delante de mí.

Movió la cabeza, se dio media vuelta, se alejó del círculo y entró. Lo seguí. Ben, un chico bajito y de piel aceitunada que a duras penas parecía haber llegado a la pubertad, era mi mejor amigo desde quinto, cuando al final ambos admitimos la evidencia de que seguramente ninguno de los dos iba a encontrar otro mejor amigo. Además, le puso mucho empeño, y eso me gustaba… la mayoría de las veces.

—¿Qué tal? —le pregunté.

Estábamos dentro, en un lugar seguro. Las demás conversaciones impedían que se oyera la nuestra.

—Radar va a ir al baile de graduación —me dijo malhumorado.

Radar era nuestro otro mejor amigo. Lo llamábamos Radar porque se parecía a un tipo bajito y con gafas de la vieja serie de televisión *M*A*S*H* al que llamaban así, salvo que: 1) El Radar de la tele no era negro, y 2) En algún momento después de haberle puesto el apodo, nuestro Radar creció unos quince centímetros y se puso lentillas, así que supongo que, 3) En realidad, no se parecía en nada al tipo de *M*A*S*H*, pero, 4) Como quedaban tres semanas y media para que se acabara el curso, no estábamos demasiado por la labor de buscarle otro apodo.

—¿Angela? —le pregunté.

Radar nunca nos contaba nada de su vida amorosa, lo que no nos disuadía de especular cada dos por tres.

Ben asintió.

—¿Recuerdas que había pensado invitar al baile a una novata, porque son las únicas que no conocen la historia de Ben el Sangriento?

Asentí.

—Bueno —siguió diciendo Ben—, pues esta mañana una novatilla muy mona se me ha acercado y me ha preguntado si era Ben el Sangriento. He empezado a explicarle que fue una infección de riñón, pero se ha reído y se ha largado. Así que se acabó.

Dos años atrás habían tenido que ingresar a Ben en el hospital por una infección renal, pero Becca Arrington, la mejor amiga de Margo, se dedicó a extender el rumor de que la verdadera razón de que orinara sangre era que se pasaba el día masturbándose. Pese a que era clínicamente inverosímil, desde entonces Ben cargaba con esa historia.

—Vaya mierda —le dije.

Ben empezó a contarme sus planes para encontrar a una chica, pero solo lo escuchaba a medias, porque entre la cada vez más densa masa de personas que llenaban el vestíbulo vi a Margo Roth Spiegelman. Estaba junto a su taquilla, al lado de su novio, Jase. Llevaba una falda blanca hasta las rodillas y un top estampado azul. Le veía la clavícula. Se reía como una histérica. Tenía los hombros inclinados hacia delante, las comisuras de sus grandes ojos arrugadas y la boca abierta. Pero no parecía reírse por algo que hubiera dicho Jase, ya que miraba hacia otra parte, hacia las taquillas del otro lado del vestíbulo. Seguí sus ojos y vi a Becca Arrington encima de un jugador de béisbol, como si el tipo fuese un árbol de Navidad y ella un adorno. Sonreí a Margo, aunque sabía que no podía verme.

—Deberías lanzarte, colega. Olvídate de Jase. Dios, la pava está para mojar pan.

Mientras avanzábamos, seguí lanzándole miradas entre la multitud, rápidas instantáneas, una serie fotográfica titulada *La perfección se queda inmóvil mientras los mortales pasan de largo*. A medida que me acercaba, pensé que tal vez no estaba riéndose. Quizá le habían dado una sorpresa, un regalo o algo así. Parecía que no pudiera cerrar la boca.

—Sí —le dije a Ben.

Seguía sin prestarle atención, seguía intentando no perder a Margo de vista sin que se me notara demasiado. No es que fuera una belleza. Era sencillamente impresionante, y en sentido literal. Y entonces la dejamos atrás, entre ella y yo pasaba demasiada gente y en ningún momento me había acercado lo suficiente para escuchar lo que decía o entender cuál había sido la desternillante sorpresa. Ben movió la cabeza. Me había visto mirándola mil veces y estaba acostumbrado.

—La verdad es que está buena, pero no tanto. ¿Sabes quién está buena de verdad?

—¿Quién? —le pregunté.

—Lacey —me contestó, que era la otra mejor amiga de Margo—. Y tu madre, colega. Esta mañana he visto a tu madre dándote un beso y, perdóname, pero te juro por Dios que he pensado: «Joder, ojalá fuera Q. Y ojalá tuviera pollas en las mejillas».

Le pegué un codazo en las costillas, aunque seguía pensando en Margo, porque era el único mito que vivía al lado de mi casa. Margo Roth Spiegelman, cuyo nombre de seis sílabas solíamos decir completo con una especie de silenciosa reverencia.

Margo Roth Spiegelman, cuyas épicas aventuras circulaban por el colegio como una tormenta de verano. Un viejo que vivía en una casa destartalada de Hot Coffee, Mississippi, había enseñado a Margo a tocar la guitarra. Margo Roth Spiegelman, que había viajado tres días con un circo, donde pensaban que tenía potencial para el trapecio. Margo Roth Spiegelman, que se había tomado un té de hierbas detrás del escenario de los Mallionaires después de un concierto en Saint Louis, mientras ellos bebían whisky. Margo Roth Spiegelman, que se había colado en aquel concierto diciéndole al segurata que era la novia del bajista, ¿no la reconocían?, vamos, chicos, en serio, soy Margo Roth Spiegelman, y si vais a pedirle al bajista que venga a ver quién soy, os dirá o que soy su novia, o que ojalá lo fuera, y entonces el segurata fue a preguntárselo, y el bajista dijo: «Sí, es mi novia, déjala entrar», y luego el bajista quiso enrollarse con ella, pero ella ¡rechazó al bajista de los Mallionaires!

Cuando comentábamos sus historias, siempre acabábamos diciendo: «Vaya, ¿te lo imaginas?». En general, no podíamos imaginárnoslas, pero siempre resultaban ser ciertas.

Y llegamos a nuestras taquillas. Radar estaba apoyado en la de Ben, tecleando en su ordenador de bolsillo.

—Así que vas a ir al baile —le dije.

Levantó la mirada y volvió a bajarla.

—Estoy des-destrozando el artículo del Omnictionary sobre un ex primer ministro francés. Anoche alguien borró toda la entrada y escribió «Jacques Chirac es un gay», que resulta que es incorrecto tanto semántica como gramaticalmente.

Radar es un activo editor del Omnictionary, una enciclopedia online que crean los usuarios. Dedica su vida entera a mantener y cuidar el Omnictionary. Y esa era una de las diversas razones por las que nos sorprendía que hubiera invitado a una chica al baile de graduación.

—Así que vas a ir al baile —repetí.

—Perdona —me contestó sin levantar la mirada.

Todo el mundo sabía que yo me negaba a ir al baile. No me llamaba lo más mínimo la atención: ni bailar lentos, ni bailar rápidos, ni los trajes, y todavía menos el esmoquin alquilado. Alquilar un esmoquin me parecía una excelente manera de pillar cualquier espantosa enfermedad del anterior arrendatario, y no era mi intención convertirme en el único virgen del mundo con ladillas.

—Colega —dijo Ben a Radar—, las novatas se han enterado de la historia de Ben el Sangriento. —Radar se guardó por fin el ordenador y cabeceó con expresión compasiva—. Así que las dos únicas estrategias que me quedan son buscar a una pareja para el baile en internet o volar a Missouri y raptar a alguna pava alimentada a base de maíz.

Yo había intentado explicarle a Ben que «pava» sonaba bastante más sexista y patético que «retroguay», pero se negaba a dejar de decirlo. Llamaba pava a su propia madre. No tenía arreglo.

—Le preguntaré a Angela si sabe de alguien —dijo Radar—. Aunque conseguirte pareja para el baile será más duro que convertir el plomo en oro.

—Conseguirte pareja para el baile es tan duro que solo de imaginarlo se pueden cortar diamantes —añadí.

Radar dio un par de puñetazos a una taquilla para expresar que estaba de acuerdo y después soltó otra frase:

—Ben, conseguirte pareja para el baile es tan duro que el gobierno de Estados Unidos cree que el problema no puede resolverse por la vía diplomática, sino que exigirá el uso de la fuerza.

Estaba pensando en otra ocurrencia cuando los tres a la vez vimos al bote de esteroides anabólicos con forma humana conocido como Chuck Parson acercándose a nosotros con algún propósito. Chuck Parson no participaba en deportes de grupo porque eso lo distraería de su principal objetivo en la vida: que algún día lo condenaran por homicidio.

—Hola, maricas —dijo.

—Chuck —le contesté lo más amigablemente que pude.

Chuck no nos había causado ningún problema grave en los dos últimos años, porque alguien del bando de los guays había dado la orden de que nos dejaran en paz, así que Chuck ni siquiera nos dirigía la palabra.

Quizá porque fui yo el que le había contestado, o quizá no, apoyó las dos manos en la taquilla, conmigo en medio, y se acercó lo suficiente para que considerara qué marca de dentífrico utilizaba.

—¿Qué sabes de Margo y Jase?

—Uf —le contesté.

Pensé en todo lo que sabía de ellos: Jase era el primer y único novio serio de Margo Roth Spiegelman. Habían empezado a salir a finales del año anterior. Los dos iban a ir a la Universidad de Florida al año siguiente. A Jase le habían dado una beca para jugar en el equipo de béisbol. Nunca había entrado en casa de Margo, solo pasaba a buscarla. A Margo no parecía gustarle tanto, pero la verdad es que nunca parecía que le gustase nadie tanto.

—Nada —le contesté por fin.

—No me jodas —gruñó.

—Apenas la conozco —le dije, y puede decirse que en los últimos tiempos era cierto.

Consideró un minuto mi respuesta, y yo intenté con todas mis fuerzas no desviar la mirada de sus ojos bizcos. Movió muy suavemente la cabeza, se apartó de la taquilla y se marchó a su primera clase de la mañana: Mantenimiento de los Músculos Pectorales. Sonó el segundo timbre. Faltaba un minuto para que empezaran las clases. Radar y yo teníamos cálculo, y Ben tenía matemáticas finitas. Nuestras clases estaban una al lado de la otra. Nos dirigimos juntos a ellas, los tres en fila, confiando en que la marea humana se abriera lo suficiente para dejarnos pasar, y así fue.

—Conseguirte una pareja para el baile es tan duro que mil monos tecleando en mil máquinas de escribir durante mil años no escribirían «Iré al baile de graduación con Ben» ni una sola vez —dije.

Ben no pudo resistirse a machacarse a sí mismo:

—Tengo tan pocas posibilidades que hasta la abuela de Q me ha rechazado. Me ha dicho que estaba esperando a que se lo pidiera Radar.

Radar asintió despacio.

—Es verdad, Q. A tu abuela le encantan tus colegas.

Era patéticamente fácil olvidarse de Chuck y hablar del baile de graduación, aunque me importaba una mierda. Así era la vida aquella mañana: nada importaba demasiado, ni las cosas buenas ni las malas. Nos dedicábamos a divertirnos, y nos iba razonablemente bien.

Pasé las tres horas siguientes en clase, intentando no mirar los relojes de encima de las diversas pizarras, y luego mirándolos y sorprendiéndome de que solo hubieran pasado unos minutos desde la última vez que había mirado. Aunque contaba con casi cuatro años de experiencia mirando aquellos relojes, su lentitud nunca dejaba de sorprenderme. Si alguna vez me dicen que me queda un día de vida, me iré directo a las sagradas aulas de la Winter Park High School, donde se sabe que un día dura mil años.

Pero, por más que pareciera que la física de la tercera hora no iba a acabar nunca, acabó y de repente estaba en la cafetería con Ben. Radar comía más tarde con los demás amigos, así que Ben y yo solíamos sentarnos solos, con un par de asientos entre nosotros y un grupo de tipos de teatro. Aquel día los dos comíamos minipizzas de pepperoni.

—La pizza está buena —dije.

Ben asintió distraído.

—¿Qué pasa? —le pregunté.

—Nazza —dijo con la boca llena de pizza. Tragó—. Ya sé que crees que es una gilipollez, pero quiero ir al baile.

—Uno: sí, creo que es una gilipollez; dos: si te apetece ir, ve, y tres: si no me equivoco, ni siquiera se lo has pedido a nadie.

—Se lo he pedido a Cassie Hiney en la clase de mates. Le he escrito una nota.

Alcé las cejas en un gesto interrogante. Ben metió una mano en un bolsillo del pantalón corto y me deslizó un trozo de papel muy doblado. Lo aplané:

Ben:

Me encantaría ir al baile contigo, pero ya he quedado con Frank. Lo siento.

C.

Lo doblé de nuevo y volví a deslizarlo por la mesa. Recordé haber jugado al fútbol de papel en aquellas mesas.

—Vaya mierda —le dije.

—Sí, ya ves.

El sonido ambiental parecía echársenos encima. Nos quedamos callados un momento, y luego Ben me miró muy serio y me dijo:

—Voy a dar mucho juego en la facultad. Saldré en el *Libro Guinness de los Récords*, en la categoría «Ha dejado a más pavas satisfechas».

Me reí. Estaba pensando que los padres de Radar aparecían realmente en el *Libro Guinness* cuando vi por encima de nosotros a una guapa afroamericana con pequeñas rastas de punta. Tardé unos segundos en darme cuenta de que era Angela, la novia de Radar, supongo.

—Hola —me dijo.

—Hola —le contesté.

Conocía de vista a Angela porque había ido a alguna clase con ella, pero no nos saludábamos en los pasillos ni cuando nos encontrábamos por ahí. Le indiqué con un gesto que se sentara y acercó una silla a la mesa.

—Chicos, supongo que conocéis a Marcus mejor que nadie —dijo empleando el nombre real de Radar, con los codos en la mesa.

—Es un trabajo de mierda, pero alguien tiene que hacerlo —le contestó Ben sonriendo.

—¿Creéis que se avergüenza de mí o algo así?

Ben se rió.

—¿Qué? No —le contestó.

—Técnicamente —añadí—, deberías ser tú la que se avergonzara de él.

Miró hacia arriba y sonrió. Una chica acostumbrada a los piropos.

—Pues nunca me ha invitado a salir con vosotros.

—Ahhh —dije; por fin lo pillaba—. Eso es porque se avergüenza de nosotros.

Se rió.

—Parecéis bastante normales.

—Nunca has visto a Ben esnifando Sprite por la nariz y sacándolo por la boca —le dije.

—Soy como una enloquecida fuente carbonatada —añadió Ben, impávido.

—De verdad, chicos, ¿vosotros no os preocuparíais? No sé, llevamos cinco semanas saliendo y ni siquiera me ha llevado a su casa. —Ben y yo intercambiamos una mirada cómplice, y yo me estrujé la cara para no soltar una carcajada—. ¿Qué pasa? —preguntó Angela.

—Nada —le contesté—. Sinceramente, Angela, si te obligara a salir con nosotros y te llevara a su casa cada dos por tres…

—Sin la menor duda significaría que no le gustas —terminó Ben.

—¿Sus padres son raros?

Pensé en cómo responder sinceramente a su pregunta.

—No, no. Son guays. Solo algo sobreprotectores, supongo.

—Sí, sobreprotectores —convino Ben un poco demasiado deprisa.

Angela sonrió y se levantó diciendo que tenía que ir a saludar a alguien antes de que acabara la hora de comer. Ben esperó a que se hubiera marchado para abrir la boca.

—Esta chica es impresionante —me dijo.

—Lo sé —le contesté—. Me pregunto si podríamos sustituir a Radar por ella.

—Aunque seguramente no es muy buena con los ordenadores. Necesitamos a alguien bueno. Además, apuesto a que no tiene ni idea del Resurrection, nuestro videojuego favorito. Por cierto, una buena salida decir que los viejos de Radar son sobreprotectores.

—Bueno, no es cosa mía decírselo —le respondí.

—A ver cuánto tarda en ver la Residencia Museo del Equipo de Radar —dijo Ben sonriendo.

La pausa casi había terminado, así que Ben y yo nos levantamos y dejamos las bandejas en la cinta transportadora, la misma a la que Chuck Parson me había lanzado el primer año de instituto, lo que me envió al inframundo de la plantilla de lavaplatos de Winter Park. Nos dirigimos a la taquilla de Radar, y allí estábamos cuando llegó corriendo, justo después del primer timbre.

—En la clase de política he decidido que sería capaz de chuparle los huevos a un burro, literalmente, si con eso pudiera librarme de esa clase hasta el final del trimestre —dijo.

—Puedes aprender mucho sobre política de los huevos de un burro —le contesté—. Oye, hablando de las razones por las que deberías hacer la pausa del mediodía una hora antes, acabamos de comer con Angela.

—Sí —dijo Ben sonriéndole con suficiencia—, quiere saber por qué nunca la has llevado a tu casa.

Radar lanzó un largo soplido mientras giraba la cerradura de combinación para abrir la taquilla. Soltó tanto aire que pensé que iba a desmayarse.

—Mierda —dijo por fin.

—¿Te avergüenzas de algo? —le pregunté sonriendo.

—Cállate —me contestó pegándome un codazo en la barriga.

—Vives en una casa preciosa —le dije.

—En serio, colega —añadió Ben—. Es una chica muy maja. No entiendo por qué no se la presentas a tus padres y le enseñas la Finca Radar.

Radar lanzó sus libros a la taquilla y la cerró. El ruido de conversaciones que nos rodeaba se silenció un poco mientras levantaba los ojos al cielo y gritaba:

—NO ES CULPA MÍA QUE MIS PADRES TENGAN LA COLECCIÓN MÁS GRANDE DEL MUNDO DE SANTA CLAUS NEGROS.

Aunque había oído decir a Radar «la colección más grande del mundo de Santa Claus negros» unas mil veces en la vida, nunca dejaba de parecerme divertido. Pero no lo decía en broma. Recordé la primera vez que había ido a su casa. Tenía yo unos trece años. Era primavera, varios meses después de las Navidades, pero los Santa Claus seguían en las repisas de las ventanas. Santa Claus negros de papel colgaban de la barandilla de la escalera. Velas con Santa Claus negros adornaban la mesa del comedor. Un cuadro de Santa Claus negro estaba colgado encima de la chimenea, en cuya repisa se alineaban también figuritas de Santa Claus negros. Tenían un dispensador de caramelos PEZ con cabeza de Santa Claus negro comprado en Namibia. El Santa Claus negro de plástico y con luz que colocaban en el diminuto patio desde el día de Acción de Gracias hasta Año Nuevo pasaba el resto del año vigilando con orgullo en una esquina del cuarto de baño de invitados, un cuarto de baño empapelado con un papel casero con Santa Claus negros pintados y una esponja en forma de Santa Claus. Todas las habitaciones de la casa, menos la de Radar, estaban llenas de Santa Claus negros de yeso, plástico, mármol, barro, madera, resina y tela. En total, los padres de Radar tenían más de mil doscientos Santa Claus negros de todo tipo. Como constaba en una placa por encima de la puerta de la calle, la casa de Radar era un Monumento a Santa Claus oficial, según la Sociedad Navideña.

—Solo tienes que contárselo, tío —le dije—. Solo tienes que decirle: «Angela, me gustas, de verdad, pero hay algo que tienes que saber: cuando vayamos a mi casa y nos enrollemos, dos mil cuatrocientos ojos de mil doscientos Santa Claus negros nos observarán.

—Sí —convino Radar pasándose una mano por el pelo rapado y moviendo la cabeza—. No creo que se lo diga exactamente así, pero ya se me ocurrirá algo.

Me dirigí a la clase de política, y Ben a una optativa sobre diseño de videojuegos. Contemplé relojes durante dos clases más y, al final, cuando terminé, mi pecho irradiaba alivio. El final de cada día era como un anticipo de nuestra graduación, para la que faltaba poco más de un mes.

Volví a casa. Me comí dos sándwiches de mantequilla de cacahuete y mermelada para merendar. Vi póquer en la tele. Mis padres llegaron a las seis, se abrazaron y me abrazaron a mí. Cenamos macarrones. Me preguntaron por el instituto. Luego me preguntaron por el baile de graduación. Se maravillaron de lo bien que me habían educado. Me contaron que en su época habían tenido que tratar con gente a la que no habían educado tan bien. Fueron a ver la tele. Yo fui a mi habitación a revisar el correo. Escribí un rato sobre *El gran Gatsby* para la clase de literatura. Leí otro rato el *Federalista* para preparar con tiempo el examen final de política. Chateé con Ben y luego Radar se conectó también. En nuestra conversación utilizó cuatro veces la frase «la colección más grande del mundo de Santa Claus negros» y yo me reí cada vez. Le dije que me alegraba de que tuviera novia. Me comentó que el verano sería genial. Estuve de acuerdo. Era 5 de mayo, pero podría haber sido cualquier otro día. Mis días eran apaciblemente idénticos entre sí. Siempre me había gustado. Me gustaba la rutina. Me gustaba aburrirme. No quería, pero me gustaba. Y por eso aquel 5 de mayo habría podido ser cualquier otro día… hasta justo antes de las doce de la noche, cuando Margo Roth Spiegelman abrió la ventana de mi habitación, sin mosquitera, por primera vez desde aquella noche en que me había pedido que la cerrara, hacía nueve años.

2

Al oír que la ventana se abría, me giré y vi que los ojos azules de Margo me miraban fijamente. Al principio solo vi sus ojos, pero en cuanto se me adaptó la vista me di cuenta de que tenía la cara pintada de negro y de que llevaba una sudadera negra.

—¿Estás practicando cibersexo? —me preguntó.

—Estoy chateando con Ben Starling.

—Eso no responde a mi pregunta, pervertido.

Me reí con torpeza y luego me acerqué a la ventana, me arrodillé y me coloqué a solo unos centímetros de su cara. No podía imaginarme por qué estaba allí, en mi ventana, y con la cara pintada.

—¿A qué debo el placer? —le pregunté.

Margo y yo seguíamos teniendo buen rollo, supongo, pero no hasta el punto de quedar en plena noche con la cara pintada de negro. Para eso ya tenía a sus amigos, seguro. Yo no estaba entre ellos.

—Necesito tu coche —me explicó.

—No tengo coche —le contesté, y era un tema del que prefería no hablar.

—Bueno, pues el de tu madre.

—Tú tienes coche —le comenté.

Margo infló las mejillas y suspiró.

—Cierto, pero resulta que mis padres me han quitado las llaves del coche y las han metido en una caja fuerte, que han dejado debajo de su cama, y Myrna Mountweazel, la perra, está durmiendo en su habitación. Y a Myrna Mountweazel le da un puto derrame cerebral cada vez que me ve. Vaya, que perfectamente podría colarme en la habitación, robar la caja fuerte, forzarla, coger las llaves y largarme, pero el caso es que no merece la pena intentarlo, porque Myrna Mountweazel se pondrá a ladrar como una loca en cuanto asome por la puerta. Así que, como te decía, necesito un coche. Y también necesito que conduzcas tú, porque esta noche tengo que hacer once cosas, y al menos cinco exigen que alguien esté esperándome para salir corriendo.

Cuando yo no enfocaba la mirada, Margo era toda ojos flotando en el espacio. Luego volvía a fijar la mirada y veía el contorno de su cara, la pintura todavía húmeda en su piel. Sus pómulos se triangulaban hacia la barbilla, y sus labios, negros como el carbón, esbozaban apenas una sonrisa.

—¿Algún delito? —le pregunté.

—Hum —me contestó Margo—. Recuérdame si el allanamiento de morada es un delito.

—No —repuse en tono firme.

—¿No es un delito o no vas a ayudarme?

—No voy a ayudarte. ¿No puedes reclutar a alguna de tus subordinadas para que te lleve?

Lacey y/o Becca hacían siempre lo que ella decía.

—La verdad es que son parte del problema —me dijo Margo.

—¿Qué problema? —le pregunté.

—Hay once problemas —me contestó con cierta impaciencia.

—Sin delitos —dije yo.

—Te juro por Dios que no te pediré que cometas ningún delito.

Y en aquel preciso instante se encendieron todos los focos que rodeaban la casa de Margo. En un rápido movimiento, saltó por mi ventana, se metió en mi habitación y se tiró debajo de mi cama.

En cuestión de segundos, su padre salió al patio.

—¡Margo! —gritó—. ¡Te he visto!

Desde debajo de la cama me llegó un ahogado «Ay, joder». Margo salió rápidamente, se levantó, se acercó a la ventana y dijo:

—Vamos, papá. Solo intento charlar con Quentin. Te pasas el día diciéndome que sería una influencia fantástica y todo eso.

—¿Solo estás charlando con Quentin?

—Sí.

—Y entonces ¿por qué te has pintado la cara de negro?

Margo dudó solo un instante.

—Papá, responderte a esa pregunta exigiría horas y sé que seguramente estás muy cansado, así que vuelve a…

—¡A casa! —gritó—. ¡Ahora mismo!

Margo me agarró de la camisa, me susurró al oído «Vuelvo en un minuto» y salió por la ventana.

En cuanto hubo salido, cogí las llaves del coche de encima de la mesa. Las llaves son mías, aunque lo trágico es que el coche no. Cuando cumplí dieciséis años, mis padres me hicieron un regalo muy pequeño. Supe en cuanto me lo dieron que eran las llaves de un coche, y casi me meo encima, porque me habían repetido una y mil veces que no podían comprarme un coche. Pero cuando me entregaron la cajita envuelta, pensé que me habían tomado el pelo y que al final tendría un coche. Quité el envoltorio y abrí la cajita, que efectivamente contenía una llave.

La observé y descubrí que era la llave de un Chrysler. La llave de un monovolumen Chrysler. Exactamente del monovolumen Chrysler de mi madre.

—¿Me regaláis una llave de tu coche? —le pregunté a mi madre.

—Tom —le dijo a mi padre—, te dije que le daría falsas esperanzas.

—No me eches la culpa a mí —le respondió mi padre—. Estás sublimando tus propias frustraciones por mi sueldo.

—¿Este análisis que me sueltas no tiene algo de agresión pasiva? —le preguntó mi madre.

—¿Y las acusaciones de agresión pasiva no son agresiones pasivas por naturaleza? —le contestó mi padre.

Y siguieron así un rato.

La cuestión era la siguiente: tendría acceso a ese fenómeno vehicular que es el monovolumen Chrysler último modelo, menos cuando mi madre lo utilizara. Y como mi madre iba al trabajo en coche cada mañana, yo solo podría utilizarlo los fines de semana. Bueno, los fines de semana y en mitad de la puta noche.

Margo tardó más del prometido minuto en volver a mi ventana, aunque no mucho más. Pero durante su ausencia empecé a cambiar de opinión.

—Tengo clase mañana —le dije.

—Sí, lo sé —me contestó Margo—. Mañana tenemos clase, y pasado mañana, y si lo pienso demasiado, acabaré zumbada. Así que sí, es una noche antes de clase. Por eso tenemos que irnos ya, porque tenemos que estar de vuelta por la mañana.

—No sé…

—Q —me dijo—. Q. Cariño. ¿Cuánto hace que somos muy amigos?

—No somos amigos. Somos vecinos.

—Joder, Q. ¿No soy amable contigo? ¿No ordeno a mis compinches que se porten bien con vosotros en el instituto?

—Uf —le contesté con recelo, aunque lo cierto era que siempre había supuesto que había sido Margo la que había impedido que Chuck Parson y los de su calaña nos putearan.

Parpadeó. Se había pintado de negro hasta los párpados.

—Q —me dijo—, tenemos que irnos.

Y fui. Salté por la ventana y corrimos por la pared lateral de mi casa con la cabeza agachada hasta que abrimos las puertas del monovolumen. Margo me susurró que no cerrara las puertas —demasiado ruido—, así que, con las puertas abiertas, puse el coche en punto muerto, empujé con el pie en el asfalto, y el monovolumen rodó por el camino. Avanzamos despacio hasta dejar atrás un par de casas y luego encendí el motor y las luces. Cerramos las puertas y conduje por las sinuosas calles de la interminable Jefferson Park, con sus casas que todavía parecían nuevas y de plástico, como un pueblo de juguete que albergara decenas de miles de personas reales.

Margo empezó a hablar.

—El caso es que ni siquiera les importa, solo creen que mis hazañas les hacen quedar mal. ¿Sabes lo que acaba de decirme mi padre? Me ha dicho: «No me importa que te jodas la vida, pero no nos avergüences delante de los Jacobsen. Son nuestros amigos». Ridículo. Y no te imaginas lo que me ha costado salir de esa puta casa. ¿Has visto esas películas en las que se escapan de la cárcel y meten ropa debajo de las sábanas para que parezca que hay alguien en la cama? —Asentí—. Sí, bueno, mi madre ha puesto en mi habitación una mierda de monitor de bebés para oír toda la noche mi respiración mientras duermo. Así que he tenido que darle a Ruthie cinco pavos para que durmiera en mi habitación y luego me he vestido en la suya. —Ruthie es la hermana menor de Margo—. Ahora es una mierda de *Misión imposible*. Hasta ahora se trataba de escabullirse como en cualquier puta casa normal, subir a la ventana y saltar, pero, joder, últimamente es como vivir en una dictadura fascista.

—¿Vas a decirme adónde vamos?

—Bueno, primero iremos al Publix. Porque, por razones que te explicaré después, necesito que me compres unas cosas en el supermercado. Y luego iremos al Walmart.

—¿Cómo? ¿Vamos a ir de gira por todas las tiendas de Florida? —le pregunté.

—Cariño, esta noche tú y yo vamos a corregir un montón de errores. Y vamos a introducir errores en algunas cosas que están bien. Los primeros serán los últimos, los últimos serán los primeros, y los mansos heredarán la tierra. Pero antes de que podamos reorganizar totalmente el mundo, tenemos que comprar varias cosas.

Así que me metí en el aparcamiento del Publix, casi vacío, y aparqué.

—Oye, ¿cuánto dinero llevas encima? —me preguntó.

—Cero dólares y cero céntimos —le contesté.

Apagué el motor y la miré. Metió una mano en un bolsillo de sus vaqueros oscuros y ajustados, y sacó varios billetes de cien dólares.

—Por suerte, Dios ha provisto —me contestó.

—¿Qué mierda es esto? —le pregunté.

—Dinero del bat mitzvah, capullo. No tengo permiso para acceder a la cuenta, pero me sé la contraseña de mis padres porque utilizan «myrnamountw3az3l» para todo. Así que he sacado dinero.

Intenté disimular mi sorpresa, pero se dio cuenta de cómo la miraba y me sonrió con suficiencia.

—Será básicamente la mejor noche de tu vida.

3

El problema con Margo Roth Spiegelman era que realmente lo único que podía hacer era dejarla hablar, y cuando se callaba, animarla a seguir hablando, por la sencilla razón de que: 1) estaba indiscutiblemente enamorado de ella; 2) era una chica sin precedentes se mirara por donde se mirase, y 3) la verdad es que ella nunca me preguntaba nada, así que la única manera de evitar el silencio era que siguiera hablando.

Ya en el aparcamiento del Publix me dijo:

—Bueno, veamos. Te he hecho una lista. Si tienes alguna duda, llámame al móvil. Ah, ahora que lo pienso, antes me he tomado la libertad de meter algunas provisiones en la parte de atrás del coche.

—¿Cómo? ¿Antes de que aceptara implicarme?

—Bueno, sí. Técnicamente sí. En fin, llámame si tienes alguna pregunta, pero coge el bote de vaselina que es más grande que tu puño. Hay vaselina pequeña, vaselina mediana y una vaselina enorme, que es la que tienes que coger. Si no la tienen, coge tres de las medianas. —Me tendió la lista y un billete de cien dólares, y me dijo—: Con esto bastará.

La lista de Margo:

3 Peces Gato enteros, Envueltos por separado.
Veet (para Afeitarte las piernas Sin maquinilla, está con los
    cosméticos para Mujeres)
Vaselina
un pack de Seis latas de refresco Mountain Dew
Una docena de Tulipanes
una Botella De agua
Pañuelos de papel
un Espray de pintura azul

—Muy interesantes tus mayúsculas —le dije.

—Sí, creo firmemente en las mayúsculas aleatorias. Las
reglas de las mayúsculas son muy injustas con las palabras que
están en medio.

No tengo muy claro qué se supone que tienes que decirle a la
cajera del supermercado a las doce y media de la noche cuando colocas en la cinta seis kilos de pez gato, Veet, el bote gigante de vaselina, un pack de seis refrescos de naranja, un espray de pintura azul y una docena de tulipanes. Pero lo que le
dije fue:

—No es tan raro como parece.

La mujer carraspeó, pero no levantó la mirada.

—Pues lo parece —murmuró.

—No quiero meterme en problemas, de verdad —le dije a Margo al volver al coche mientras se limpiaba la pintura negra de la cara con la botella de agua y los pañuelos. Al parecer solo se había pintado para salir de su casa—. En la carta de admisión de la Universidad de Duke se explicita que no me aceptarán si me detiene la policía.

—Eres demasiado nervioso, Q.

—No nos metamos en problemas, por favor —le dije—. Vaya, que me parece bien que nos divirtamos y todo eso, pero no a expensas de mi futuro.

Levantó la mirada hacia mí, ya con casi toda la cara limpia, y me lanzó una mínima expresión de sonrisa.

—Me sorprende que toda esa mierda pueda parecerte remotamente interesante.

—¿Cómo?

—Ir o no ir a la universidad. Meterse o no meterse en problemas. Sacar un sobresaliente o sacar un muy deficiente en el instituto. Tener o no tener futuro profesional. Tener una casa grande o una pequeña, en propiedad o en alquiler. Tener o no tener dinero. Es muy aburrido.

Empecé a decirle que obviamente a ella también le importaba un poco, porque sacaba buenas notas y por eso al año siguiente entraría en un programa de alto rendimiento de la Universidad de Florida, pero Margo se limitó a contestarme:

—Walmart.

Entramos en el Walmart y cogimos una barra de seguridad para fijar el volante.

—¿Para qué necesitamos la barra? —le pregunté a Margo mientras avanzábamos por la sección de jóvenes.

Margo se las arregló para soltarme uno de sus habituales monólogos frenéticos sin contestar a mi pregunta.

—¿Sabías que, durante casi toda la historia de la especie humana, el promedio de vida ha sido inferior a treinta años? Disponían de unos diez años de vida adulta, ¿no? No planificaban su jubilación. No planificaban su carrera profesional. No planificaban nada. No tenían tiempo para hacer planes. No tenían tiempo para pensar en el futuro. Pero luego las expectativas de vida empezaron a aumentar y la gente empezó a tener cada vez más futuro, así que pasaba más tiempo pensando en él. En el futuro. Y ahora la vida se ha convertido en el futuro. Vives cada instante de tu vida por el futuro… Vas al instituto para poder ir a la universidad, y así podrás encontrar un buen trabajo, y así podrás comprarte una bonita casa, y así podrás permitirte mandar a tus hijos a la universidad para que puedan encontrar un buen trabajo y así puedan comprarse una bonita casa y así puedan permitirse mandar a sus hijos a la universidad.

Me dio la impresión de que Margo divagaba para evitar mi pregunta, de modo que la repetí.

—¿Para qué necesitamos la barra?

Margo me dio un manotazo suave en la espalda.

—Bueno, está claro que lo descubrirás esta misma noche.

Y entonces, en la sección de náutica, Margo encontró una bocina de aire. La sacó de la caja y levantó el brazo.

—No —le dije.

—No ¿qué? —me preguntó.

—No toques la bocina —le contesté.

Aunque cuando iba por la t de «toques», presionó y la bocina soltó un espantoso zumbido que resonó en mi cabeza como el equivalente auditivo de un derrame cerebral.

—Perdona. No te he oído. ¿Qué decías? —me preguntó.

—Deja de t…

Y volvió a tocar la bocina.

Un empleado del Walmart algo mayor que nosotros se acercó.

—Eh, no podéis usarla aquí —nos dijo.

—Perdona, no lo sabía —le contestó Margo con aparente sinceridad.

—Tranqui. La verdad es que no me importa.

Y la conversación pareció zanjada, pero el chico no dejaba de mirar a Margo, y sinceramente no le culpo, porque es difícil dejar de mirarla.

—¿Qué vais a hacer esta noche, chicos? —preguntó por fin el empleado.

—No gran cosa —le contestó Margo—. ¿Y tú?

—Salgo a la una y luego iré a un bar de Orange. Si quieres venir… Pero tienes que dejar en casa a tu hermano. Son muy estrictos con el carnet de identidad.

¿Su qué?

—No soy su hermano —le dije con la mirada clavada en sus zapatillas de deporte.

Y entonces Margo siguió mintiendo.

—La verdad es que es mi primo —le dijo. Se colocó a mi lado, me pasó la mano por la cintura, de modo que sentí cada uno de sus dedos tensos sobre mi cadera, y añadió—: Y mi amante.

El chico miró al techo y se marchó. Margo dejó la mano en mi cintura un instante y aproveché la ocasión para rodearla con el brazo yo también.

—Eres mi prima favorita —le dije.

Sonrió, me dio un golpecito con la cadera y se apartó.

—Como si no lo supiera —me contestó.

4

Circulábamos por una autopista providencialmente vacía, y yo seguía las indicaciones de Margo. El reloj del salpicadero marcaba la 1.07.

—Es precioso, ¿verdad? —me preguntó. Como se había girado para mirar por la ventanilla, apenas la veía—. Me encanta ir en coche deprisa a la luz de las farolas.

—Luz —dije—, el recordatorio visible de la Luz Invisible.

—Qué bonito.

—T. S. Eliot —añadí—. Tú también lo leíste. En la clase de literatura del año pasado.

En realidad no había leído todo el poema al que pertenecía aquel verso, pero algunos fragmentos se me habían quedado grabados en la mente.

—Ah, es una cita —me dijo un poco decepcionada.

Vi su mano en la guantera central. Podría haber metido también la mía, y nuestras manos habrían estado en el mismo sitio al mismo tiempo. Pero no lo hice.

—Repítelo —me pidió.

—Luz, el recordatorio visible de la Luz Invisible.

—Sí, joder, es bueno. Debe de funcionarte con tu ligue.

—Ex ligue —la corregí.

—¿Suzie te ha plantado? —me preguntó Margo.

—¿Cómo sabes que ha sido ella la que me ha plantado a mí?

—Ay, perdona.

—Aunque sí me plantó ella —admití.

Margo se rió. Habíamos cortado hacía meses, pero no culpé a Margo por no prestar atención al mundo de los rollos de segunda división. Lo que sucede en la sala de ensayo se queda en la sala de ensayo.

Margo había puesto los pies en el salpicadero y movía los dedos al ritmo de sus palabras. Siempre hablaba así, con ese perceptible ritmo, como si recitara poesía.

—Vale, bueno, lo siento. Pero lo entiendo. El guapo de mi novio lleva meses follándose a mi mejor amiga.

La miré, pero, como tenía todo el pelo en la cara, no pude distinguir si lo decía de broma.

—¿En serio? —No dijo nada—. Pero esta misma mañana estabas riéndote con él. Te he visto.

—No sé de qué me hablas. Me he enterado antes de la primera clase, luego me los he encontrado charlando y me he puesto a gritar como una loca, Becca se ha abrazado a Clint Bauer, y Jase se ha quedado ahí plantado como un gilipollas, cayéndole la baba pegajosa de su apestosa boca.

Estaba claro que había malinterpretado la escena del vestíbulo.

—Qué raro, porque Chuck Parson me ha preguntado esta mañana qué sabía de ti y de Jase.

—Sí, bueno, Chuck hace lo que le piden, supongo. Seguramente Jase le había ordenado que descubriera quién lo sabía.

—Joder, ¿por qué iba a enrollarse con Becca?

—Bueno, no es famosa por su personalidad ni por su generosidad, así que será porque está buena.

—No está tan buena como tú —le dije sin pensármelo dos veces.

—Siempre me ha parecido ridículo que la gente quiera estar con alguien solo porque es guapo. Es como elegir los cereales del desayuno por el color, no por el sabor. Es la próxima salida, por cierto. Pero yo no soy guapa, al menos no de cerca. En general, cuanto más se me acercan, menos guapa les parezco.

—No es… —empecé a decir.

—Da igual —me contestó.

Me pareció injusto que un gilipollas como Jason Worthington pudiera tener sexo con Margo y con Becca, cuando individuos perfectamente agradables como yo no tienen el privilegio de tener sexo con ninguna de las dos… ni con cualquier otra, la verdad. Dicho esto, me gusta pensar que soy el tipo de persona que no se enrollaría con Becca Arrington. Puede estar buena, pero también es: 1) tremendamente sosa, y 2) una total y absoluta zorra. Los que andamos por la sala de ensayo sospechamos desde hace tiempo que Becca mantiene su preciosa figura porque no come nada aparte de las almas de los gatitos y los sueños de los niños pobres.

—Becca da asco —dije para que Margo volviera a la conversación.

—Sí —me contestó mirando por la ventanilla.

Su pelo reflejaba la luz de las farolas. Por un segundo pensé que quizá estaba llorando, pero enseguida se recuperó, se puso la capucha y sacó la barra de seguridad de la bolsa del Walmart.

Bueno, seguro que vamos a divertirnos —dijo desenvolviendo la barra de seguridad.

—¿Puedo preguntarte ya adónde vamos?

—A casa de Becca —me contestó.

—Oh, no —dije frenando en un stop.

Con el coche en punto muerto empecé a decirle a Margo que la llevaba a su casa.

—No cometeremos ningún delito. Te lo prometo. Tenemos que encontrar el coche de Jase. La calle de Becca es la primera a la derecha, pero Jase no habrá aparcado en su calle, porque los padres de Becca están en casa. Probemos en la siguiente. Es lo primero que tenemos que hacer.

—De acuerdo —le dije—, pero luego volvemos a casa.

—No, luego pasamos a la segunda parte de once.

—Margo, no es buena idea.

—Limítate a conducir —me contestó.

Y eso hice. Encontramos el Lexus de Jase a dos manzanas de la calle de Becca, aparcado en una calle sin salida. Margo saltó del monovolumen con la barra de seguridad en la mano antes incluso de que hubiéramos frenado del todo. Abrió la puerta del conductor del Lexus, se sentó y colocó la barra de seguridad en el volante de Jase. Luego cerró con cuidado la puerta del coche.

—El muy hijo de puta nunca cierra el coche —murmuró subiendo de nuevo al monovolumen. Se metió la llave de la barra en el bolsillo, extendió un brazo y me pasó la mano por el pelo—. Primera parte lista. Ahora, a casa de Becca.

Mientras conducía, Margo me explicó la segunda parte y la tercera.

—Una idea genial —le dije, aunque por dentro los nervios estaban a punto de estallarme.

Giré en la calle de Becca y aparqué a dos casas de su Mc-Mansión. Margo se arrastró hasta la parte de atrás del coche y volvió con unos prismáticos y una cámara digital. Miró por los prismáticos y luego me los pasó a mí. Vi luz en el sótano, pero no se veía movimiento. Me sorprendió sobre todo que la casa tuviera sótano, porque en buena parte de Orlando no se puede excavar muy profundo sin que aparezca agua.

Me metí la mano en el bolsillo, saqué el móvil y marqué el número que Margo me cantó. Sonó una vez, dos, y luego una somnolienta voz masculina contestó:

—¿Sí?

—¿El señor Arrington? —pregunté.

Margo quiso que llamara yo porque no había ninguna posibilidad de que reconocieran mi voz.

—¿Quién es? Mierda, ¿qué hora es?

—Señor, creo que debería saber que su hija está ahora mismo follando con Jason Worthington en el sótano.

Y colgué. Segunda parte lista.

Margo y yo abrimos las puertas del coche y avanzamos agachados hasta el seto que rodeaba el patio de Becca. Margo me pasó la cámara y observé mientras se encendía la luz de una habitación del primer piso, después la luz de la escalera y a continuación la luz de la cocina. Por último, la de la escalera del sótano.

—Ya sale —susurró Margo.

No supe a qué se refería hasta que, por el rabillo del ojo, vi a Jason Worthington asomando por la ventana del sótano sin camiseta. Echó a correr por el césped en calzoncillos y, mientras se acercaba, me levanté y le saqué una foto, con lo cual completé la tercera parte. Creo que el flash nos sorprendió a los dos. Por un fugaz momento me miró parpadeando en la oscuridad y después desapareció en la noche.

Margo tiró de la pierna de mis vaqueros. Miré hacia abajo y la vi sonriendo de oreja a oreja. Extendí la mano, la ayudé a levantarse y corrimos hacia el coche. Estaba metiendo la llave en el contacto cuando me dijo:

—Déjame ver la foto.

Le pasé la cámara y vimos aparecer la foto juntos, con nuestras cabezas casi pegadas. Al ver la cara pálida y sorprendida de Jason Worthington no pude evitar reírme.

—¡Joder! —exclamó Margo señalando la foto.

Al parecer, con las prisas del momento, Jason no había podido meterse el pajarito dentro de los calzoncillos, así que ahí estaba, colgando, capturado digitalmente para la posteridad.

—Es un pene en el mismo sentido que Rhode Island es un estado —dijo Margo—: su historia puede ser ilustre, pero sin duda no es larga.

Giré la cara hacia la casa y vi que ya habían apagado la luz del sótano. Me descubrí a mí mismo sintiéndome un poco mal por Jason. No era culpa suya tener un micropene y a una novia genial y vengativa. Pero entonces recordé que, cuando íbamos a sexto, Jase prometió no darme un puñetazo en el brazo si me comía un gusano vivo, de modo que me comí un gusano vivo, y entonces me dio un puñetazo en la cara. Así que no tardé mucho en dejar de sentirme mal.

Cuando miré a Margo, estaba observando la casa con los prismáticos.

—Tenemos que entrar en el sótano —me dijo.

—¿Qué? ¿Por qué?

—Cuarta parte: llevarnos su ropa por si intenta volver a colarse en la casa. Quinta parte: dejarle el pescado a Becca.

—No.

—Sí. Ahora —me dijo—. Está arriba aguantando el chaparrón de sus padres. Pero ¿cuánto tiempo durará el sermón? Bueno, ¿qué opinas? «No debes cepillarte al novio de Margo en el sótano.» Es básicamente un sermón de una frase, así que tenemos que darnos prisa.

Salió del coche con el espray de pintura en una mano y un pez gato en la otra.

—No es buena idea —susurré.

Pero me agaché, como ella, y la seguí hasta la ventana del sótano, que todavía estaba abierta.

—Entro yo primero —me dijo.

Metió los pies por la ventana y los apoyó en la mesa del ordenador de Becca. Tenía medio cuerpo dentro de la casa, y el otro medio fuera, cuando le pregunté:

—¿No puedo quedarme vigilando?

—Mueve el culo de una vez —me contestó.

Y lo hice. Recogí rápidamente toda la ropa de Jason que vi en la alfombra lila de Becca: unos vaqueros con un cinturón de piel, unas chanclas, una gorra de béisbol con el logo de los

Wildcats del Winter Park y una camiseta azul celeste. Me giré hacia Margo, que me tendió el pescado envuelto y un lápiz de color violeta brillante de Becca. Me dijo lo que tenía que escribir: «Mensaje de Margo Roth Spiegelman: Tu amistad con ella duerme con los peces».

Margo escondió el pescado en el armario de Becca, entre pantalones cortos doblados. Oí pasos en el piso de arriba, di unos golpecitos a Margo en el hombro y la miré con los ojos como platos. Se limitó a sonreír y abrió el espray de pintura la mar de tranquila. Salté por la ventana, me giré y vi a Margo inclinada sobre la mesa, agitando la pintura con calma. Con un movimiento elegante —de los que hacen pensar en un cuaderno de caligrafía o en el Zorro—, pintó la letra M en la pared, por encima de la mesa.

Extendió las manos hacia mí y tiré de ella. Estaba ya casi de pie cuando oímos una voz aguda gritando: «¡DWIGHT!». Cogí la ropa y salí corriendo. Margo me siguió.

Oí la puerta de la calle de la casa de Becca abriéndose, aunque no la vi, pero ni me paré ni me giré cuando una atronadora voz gritó «¡ALTO!», ni siquiera cuando oí el inconfundible sonido de una escopeta cargándose.

Oí a Margo mascullar «escopeta» detrás de mí —no parecía alterada, se había limitado a hacer una observación—, y entonces, en lugar de avanzar pegado al seto de Becca, me tiré por encima de él de cabeza. No sé cómo pensaba aterrizar —quizá un hábil salto mortal o algo así—, pero el caso es que acabé cayendo sobre el hombro izquierdo en medio de la carretera. Por suerte, la ropa de Jase tocó el suelo antes que yo y amortiguó un poco el golpe.

Solté un taco, y antes de que hubiera empezado a levantarme sentí las manos de Margo tirando de mí. En un segundo estábamos en el coche y di marcha atrás sin haber encendido las luces, que es más o menos como pasé por el casi desierto puesto de torpedero del equipo de béisbol de los Wildcats del Winter Park. Jase corría a toda velocidad, pero no parecía dirigirse a ningún sitio en concreto. Volví a sentir una punzada de remordimientos al pasar por su lado, de modo que bajé la ventanilla hasta la mitad y le lancé la camiseta. No creo que nos viera ni a Margo ni a mí, por suerte. Tampoco había razones para que reconociera el monovolumen, dado que —y no quiero que insistir en el tema pueda sonar a que estoy amargado— no puedo utilizarlo para ir al instituto.

—¿Por qué demonios has hecho eso? —me preguntó Margo.

Encendí las luces y, circulando ya hacia delante, me metí por el laberinto de calles en dirección a la autopista.

—Me ha dado pena.

—¿Te ha dado pena? ¿Por qué? ¿Porque lleva un mes y medio engañándome? ¿Porque seguramente me habrá pegado vete a saber qué enfermedad? ¿Porque es un imbécil y un asqueroso que seguramente será rico y feliz toda su vida, lo que demuestra que el universo es absolutamente injusto?

—Parecía desesperado —le contesté.

—Da igual. Vamos a casa de Karin. Está en la avenida Pennsylvania, cerca de la licorería ABC.

—No te cabrees conmigo —le dije—. Un tipo acaba de apuntarme con una puta escopeta por ayudarte, así que no te cabrees conmigo.

—¡NO ESTOY CABREADA CONTIGO! —gritó Margo dando un puñetazo al salpicadero.

—Bueno, estás gritando.

—Pensé que quizá… Da igual. Pensé que quizá no me engañaba.

—¿Cómo?

—Karin me lo dijo en el instituto. Y supongo que mucha gente lo sabía desde hacía tiempo. Pero nadie me lo había dicho. Creí que Karin solo pretendía liarla o algo así.

—Lo siento —le dije.

—Sí, sí. Me cuesta creer que me importe.

—El corazón me va a toda pastilla —añadí.

—Así sabes que estás divirtiéndote —me contestó Margo.

Pero no me parecía divertido. Lo que me parecía era que iba a darme un infarto. Entré en el aparcamiento de un 7-Eleven, me llevé un dedo a la yugular y controlé mis pulsaciones en el reloj digital que parpadeaba cada segundo. Cuando me giré hacia Margo, la vi alzando los ojos al cielo.

—Mi pulso está peligrosamente acelerado —le expliqué.

—Ni siquiera recuerdo la última vez que me puse a cien por algo así. Adrenalina en la garganta y los pulmones hinchados.

—Inspirar por la nariz y espirar por la boca —le contesté.

—Todas tus pequeñas preocupaciones. Es tan…

—¿Bonito?

—¿Así es como llaman últimamente a la inmadurez? —me preguntó sonriendo.

Margo se coló hasta el asiento trasero y volvió con un bolso. «¿Cuánta mierda ha metido ahí detrás?», pensé. Abrió el bolso y sacó un frasco de esmalte de uñas de color rojo tan oscuro que parecía negro.

—Mientras te calmas, me pintaré las uñas —me dijo mirándome a través del flequillo y sonriéndome—. Tómate el tiempo que necesites.

Y nos quedamos allí sentados, ella con su pintaúñas en el salpicadero, y yo tomándome el pulso con un dedo tembloroso. El color del pintaúñas no estaba mal, y Margo tenía los dedos bonitos, más delgados y huesudos que el resto de su cuerpo, todo él curvas y suaves protuberancias. Tenía unos dedos que daban ganas de entrelazarlos. Los recordé contra mi cadera en el Walmart y me dio la impresión de que habían pasado varios días. Mi corazón recuperó su ritmo normal e intenté decirme a mí mismo: Margo tiene razón. No hay nada que temer en esta noche tranquila, en esta pequeña ciudad.

5

—Sexta parte —dijo Margo en cuanto volvimos a arrancar. Movía las uñas en el aire como si estuviera tocando el piano—. Dejar flores en el escalón de la puerta de Karin con una nota de disculpa.

—¿Qué le hiciste?

—Bueno, cuando me contó lo de Jase, de alguna manera maté al mensajero.

—¿Cómo? —le pregunté.

Nos acercábamos a un semáforo y a nuestro lado unos chavales en un coche deportivo aceleraron… como si se me fuera a pasar por la cabeza hacer una carrera con el Chrysler. Cuando pisabas el acelerador, gemía.

—Bueno, no recuerdo exactamente lo que la llamé, pero fue algo parecido a «llorona, repugnante, idiota, espalda llena de granos, dientes torcidos, zorra culona con el pelo más horroroso de Florida… que ya es decir».

—Su pelo es ridículo —observé.

—Lo sé. Fue la única verdad que le dije. Cuando le dices a alguien barbaridades, no debes decirle ninguna verdad, porque luego no puedes retirarla del todo y ser sincera, ¿sabes? Es decir, están los reflejos. Están también las mechas. Y luego están las rayas de mofeta.

Mientras nos dirigíamos a la casa de Karin, Margo pasó a la parte de atrás y volvió al asiento delantero con el ramo de tulipanes. Pegada al tallo de uno de ellos había una nota que Margo había doblado para que pareciera un sobre. Detuve el coche, me tendió el ramo, corrí por la acera, dejé las flores en el escalón de la entrada de Karin y regresé corriendo.

—Séptima parte —me dijo en cuanto entré en el coche—: Dejar un pescado al agradable señor Worthington.

—Me temo que todavía no habrá llegado a su casa —le dije con solo un ligerísimo toque de pena en la voz.

—Espero que la poli lo encuentre descalzo, desesperado y desnudo en alguna cuneta dentro de una semana —me contestó Margo sin inmutarse.

—Recuérdame que nunca haga enfadar a Margo Roth Spiegelman —murmuré.

Y Margo se rió.

—Ahora en serio —me dijo—. Estamos desatando la tormenta sobre nuestros enemigos.

—Tus enemigos —la corregí.

—Ya veremos —me contestó al instante, y entonces reaccionó y me dijo—: Oye, yo me ocupo de esta parte. El problema en casa de Jason es que tienen un sistema de seguridad buenísimo. Y no podemos sufrir otro ataque de pánico.

—Hum —dije.

Jason vivía justo al final de la calle de Karin, en una urbanización hiperrica llamada Casavilla. Todas las casas de Casavilla son de estilo español, con tejas rojas y todo eso, solo que no las construyeron los españoles. Las construyó el padre de Jason, uno de los promotores inmobiliarios más ricos de Florida.

—Casas grandes y feas para gente grande y fea —le dije a Margo mientras aparcaba en Casavilla.

—Tú lo has dicho. Si alguna vez acabo siendo una de esas personas que tienen un hijo y siete dormitorios, hazme el favor de pegarme un tiro.

Aparcamos delante de la casa de Jase, una monstruosidad arquitectónica que parecía una inmensa hacienda española, excepto por tres columnas dóricas que se alzaban hasta el tejado. Margo cogió el segundo pez gato del asiento trasero, quitó la tapa a un boli con los dientes y garabateó en una letra diferente de la suya: «El amor que MS sentía Por ti Duerme Con los Peces».

—Oye, deja el coche encendido —me dijo poniéndose la gorra de béisbol de Jase al revés.

—De acuerdo —le contesté.

—Preparado para largarnos —añadió.

—De acuerdo.

Y sentí que se me aceleraba el pulso. «Inspirar por la nariz, espirar por la boca. Inspirar por la nariz, espirar por la boca.» Con el pescado y el espray en las manos, Margo abrió la puerta, corrió por el amplio césped de los Worthington y se escondió detrás de un roble. Me hizo un gesto con la mano en la oscuridad, se lo devolví y entonces respiró dramática y profundamente, sus mejillas se inflaron, se giró y echó a correr.

Había dado una sola zancada cuando la casa se iluminó como un árbol de Navidad municipal y empezó a sonar una sirena. Por un momento me planteé abandonar a Margo a su suerte, pero seguí inspirando por la nariz y espirando por la boca mientras ella corría hacia la casa. Lanzó el pescado por la ventana, pero las sirenas hacían tanto ruido que apenas pude oír el cristal rompiéndose. Y entonces, como hablamos de Margo Roth Spiegelman, se tomó un momento para pintar con cuidado una bonita M en la parte de la ventana que no se había roto. Luego corrió hacia el coche, yo tenía un pie en el acelerador y otro en el freno, y en aquellos momentos el Chrysler parecía un purasangre de carreras. Margo corrió tan deprisa que la gorra salió volando, saltó al coche y salimos zumbando antes de que hubiera cerrado la puerta.

Me detuve en el stop del final de la calle.

—¿Qué mierda haces? Sigue sigue sigue sigue sigue —me dijo Margo.

—Bueno, vale —le contesté, porque había olvidado que estaba lanzando al viento la prudencia.

Pasé de largo los otros tres stops de Casavilla y estábamos a un par de kilómetros de la avenida Pennsylvania cuando vimos que nos adelantaba un coche de policía con las luces encendidas.

—Ha sido muy *heavy* —dijo Margo—. Vaya, hasta para mí. Por decirlo a tu manera, se me ha acelerado un poco el pulso.

—¡Joder! —exclamé yo—. ¿No podrías habérselo dejado en el coche? ¿O al menos en el escalón?

—Desatamos la puta tormenta, Q, no chubascos dispersos.

—Dime que la octava parte no es tan espantosa.

—No te preocupes. La octava parte es un juego de niños. Volvemos a Jefferson Park. A casa de Lacey. Sabes dónde vive, ¿verdad?

Lo sabía, aunque Dios sabe que Lacey Pemberton nunca se rebajaría a invitarme a entrar. Vivía al otro lado de Jefferson Park, a un par de kilómetros de mi casa, en un bonito bloque de pisos, encima de una papelería, en la misma manzana en la que había vivido el tipo muerto, por cierto. Había estado en aquel edificio porque unos amigos de mis padres vivían en la tercera planta. Pero antes de llegar al bloque en sí había dos puertas cerradas con llave. Suponía que ni siquiera Margo Roth Spiegelman podría abrirse camino.

—¿Lacey ha sido mala o buena? —le pregunté.

—Lacey ha sido mala, sin la menor duda —me contestó Margo. Volvía a mirar por la ventana, sin dirigirse a mí, de modo que apenas la oía—. Bueno, hemos sido amigas desde la guardería.

—¿Y?

—Y no me contó lo de Jase. Pero no es solo eso. Pensándolo bien, es una pésima amiga. Por ejemplo, ¿crees que estoy gorda?

—Madre mía, no —le contesté—. No estás... —Y me detuve antes de decir «delgada, pero eso es lo mejor de ti. Lo mejor de ti es que no pareces un chico»—. No te sobra ni un kilo.

Se rió, me hizo un gesto con la mano y me dijo:

—Lo que pasa es que te encanta mi culo gordo.

Desvié un segundo los ojos de la carretera, y no debería haberlo hecho, porque me vio la cara, y mi cara decía: «Bueno, en primer lugar, yo no diría que es gordo exactamente, y en segundo lugar, es espectacular». Pero era más que eso. No puedes separar a la Margo persona de la Margo cuerpo. No puedes ver lo uno sin lo otro. Mirabas a Margo a los ojos y veías tanto su color azul como su marguidad. Al final no sabías si Margo Roth Spiegelman estaba gorda o estaba delgada, como no sabes si la torre Eiffel se siente o no se siente sola. La belleza de Margo era una especie de recipiente de perfección cerrado, intacto e irrompible.

—Pues siempre hace ese tipo de comentarios —siguió diciendo Margo—. «Te prestaría estos pantalones cortos, pero no creo que te queden bien», o «Eres muy valiente. Me encanta cómo consigues que los chicos se enamoren de tu personalidad». Todo el tiempo menoscabándome. Creo que nunca ha dicho nada que en realidad no fuera un intento de menoscabación.

—Menoscabo.

—Gracias, señor plasta gramatical.

—Gramático —le dije.

—¡Te mataré! —exclamó sonriendo.

Di un rodeo por Jefferson Park para evitar pasar por nuestras casas, por si acaso nuestros padres se habían despertado y habían descubierto que no estábamos. Bordeamos el lago (el lago Jefferson), giramos por Jefferson Court y nos dirigimos hacia el pequeño y artificial centro de Jefferson Park, que parecía siniestramente desierto y tranquilo. Encontramos el todoterreno negro de Lacey aparcado frente al restaurante de sushi. Aparcamos a una manzana de distancia, en el primer sitio que encontramos que no estaba debajo de una farola.

—¿Me pasas el último pescado, por favor? —me preguntó Margo.

Me alegraba de que nos quitáramos de encima el pescado, porque ya empezaba a oler. Y entonces Margo escribió con su letra en el papel que lo envolvía: «Tu Amistad con ms Duerme con Los peces».

Serpenteamos entre los haces de luz circulares de las farolas, paseando lo más disimuladamente que pueden pasear dos personas cuando una de ellas (Margo) lleva un pescado de considerable tamaño envuelto en papel, y la otra (yo) lleva un espray de pintura azul. Un perro ladró, y los dos nos quedamos inmóviles, pero enseguida se calló y no tardamos en llegar al coche de Lacey.

—Bueno, esto complica las cosas —dijo Margo al ver que estaba cerrado.

Se metió una mano en el bolsillo y sacó un trozo de alambre que alguna vez había sido una percha. Tardó menos de un minuto en desbloquear la cerradura. Me quedé sorprendido, por supuesto.

En cuanto hubo abierto la puerta del conductor, extendió el brazo y abrió la de mi lado.

—Hey, ayúdame a levantar el asiento —me susurró.

Levantamos el asiento entre los dos. Margo metió el pescado debajo, contó hasta tres y en un solo movimiento volvimos a colocar el asiento en su sitio. Oí el asqueroso sonido de las tripas del pez gato reventando. Imaginé cómo olería el todoterreno de Lacey después de un día asándose al sol y admito que me invadió una especie de serenidad.

—Haz una M en el techo —me pidió Margo.

No me lo pensé ni un segundo. Asentí, me subí en el parachoques trasero, me incliné hacia delante y rápidamente pinté con el espray una M gigante en el techo. Normalmente estoy en contra del vandalismo, pero también normalmente estoy en contra de Lacey Pemberton, y al final esta última resultó ser mi convicción más arraigada. Salté del coche y corrí en la oscuridad —mi respiración era cada vez más acelerada y más breve— hacia el monovolumen. Al poner la mano en el volante, vi que tenía el dedo índice azul. Lo levanté para que Margo lo viera. Sonrió, levantó su dedo azul, y ambos se tocaron, su dedo azul empujaba suavemente el mío, y mi pulso no conseguía desacelerarse.

—Novena parte —dijo un buen rato después—: al centro.

Eran las 2.49 de la madrugada. Nunca en toda mi vida había estado menos cansado.

6

Los turistas nunca van al centro de Orlando, porque no tiene nada, aparte de varios rascacielos de bancos y compañías de seguros. Es uno de esos centros que se quedan absolutamente desiertos por la noche y los fines de semana, excepto por un par de clubes nocturnos medio vacíos para los desesperados y los desesperadamente aburridos. Mientras seguía las indicaciones de Margo por el laberinto de calles de un solo sentido, vimos a varias personas durmiendo en las aceras o sentadas en bancos, pero nadie se movía. Margo bajó la ventanilla y sentí en la cara una densa ráfaga de aire, más cálido de lo habitual por las noches. Miré a Margo y vi mechones de pelo volando alrededor de su cara. Aunque estaba viéndola, me sentí totalmente solo en medio de aquellos edificios altos y vacíos, como si hubiera sobrevivido al apocalipsis, y el mundo, todo aquel mundo sorprendente e infinito, se abriera ante mí para que lo explorara.

—¿Estás llevándome de gira turística? —le pregunté.

—No —me contestó—. Intento llegar al SunTrust Building. Está justo al lado del Espárrago.

—Ah —dije, porque por primera vez aquella noche disponía de información útil—. Está al sur.

Dejé atrás varias manzanas y giré. Margo señaló muy contenta, y sí, ante nosotros estaba el Espárrago.

Técnicamente, el Espárrago no es un espárrago ni un derivado del espárrago. Es una escultura rara de diez metros que parece un espárrago, aunque también he oído compararla con:

1. Un tallo de judías de vidrio.
2. Una representación abstracta de un árbol.
3. Un monumento a Washington, pero verde, de vidrio y feo.
4. El alegre y gigantesco falo verde del gigante de la marca Gigante Verde.

En cualquier caso, de lo que no cabe la menor duda es de que no parece una Torre de Luz, que es como realmente se llama la escultura. Aparqué delante de un parquímetro y miré a Margo. La pillé mirando fijamente al frente con ojos inexpresivos, pero no miraba el Espárrago, sino más allá. Por primera vez pensé que quizá algo iba mal, no del tipo «mi novio es gilipollas», sino algo malo de verdad. Y yo debería haber dicho algo. Por supuesto. Debería haber dicho un millón de cosas. Pero me limité a decir:

—¿Puedo preguntarte por qué me has traído al Espárrago?

Se giró hacia mí y me regaló una sonrisa. Margo era tan guapa que incluso sus falsas sonrisas resultaban convincentes.

—Vamos a valorar nuestros avances. Y el mejor sitio para hacerlo es en lo alto del SunTrust Building.

Miré al cielo.

—No. No. Imposible. Has dicho que no habría allanamientos de morada.

—No es un allanamiento de morada. Basta con entrar, porque hay una puerta que no está cerrada con llave.

—Margo, es ridículo. Te asegu…

—Estoy dispuesta a admitir que esta noche ha habido allanamiento de morada. Hemos allanado la morada de Becca y la de Jase. Pero en este caso la poli no podrá acusarnos de allanamiento de morada, puesto que no vamos a entrar en una morada.

—Seguro que el SunTrust Building tiene guardia de seguridad o lo que sea —le dije.

—Sí, tiene guardia de seguridad —me contestó desabrochándose el cinturón de seguridad—. Por supuesto. Se llama Gus.

Cruzamos la puerta principal. Al otro lado de un mostrador semicircular estaba sentado un chico con una incipiente perilla y vestido con uniforme de vigilante de seguridad.

—¿Qué tal, Margo? —le preguntó.

—Hola, Gus —le contestó Margo.

—¿Quién es este crío?

«¡SOMOS DE LA MISMA EDAD!», quise gritar, pero dejé que Margo hablara por mí.

—Es mi amigo Q. Q, este es Gus.

—¿Qué te cuentas, Q? —me preguntó Gus.

«Pues nada, estamos repartiendo unos cuantos peces muertos por la ciudad, rompiendo algunas ventanas, haciendo fotos a tipos desnudos, dando una vuelta por rascacielos privados a las tres y cuarto de la madrugada…, esas cosas.»

—No demasiado —le contesté.

—Los ascensores no funcionan por la noche —dijo Gus—. Tengo que apagarlos a las tres. Pero podéis subir por la escalera.

—Genial. Hasta luego, Gus.

—Hasta luego, Margo.

—¿Cómo cojones conoces al vigilante de seguridad del SunTrust Building? —le pregunté en cuanto estábamos a salvo en la escalera.

—Estaba en el último curso del instituto cuando nosotros íbamos a primero —me contestó—. Tenemos que darnos prisa, ¿vale? Se nos acaba el tiempo.

Margo empezó a subir los escalones de dos en dos, a toda velocidad y con una mano en la barandilla, y yo intenté seguirle el paso, pero no podía. Margo no hacía deporte, pero le gustaba correr. De vez en cuando la veía en Jefferson Park corriendo sola con los cascos puestos. Pero a mí no me gustaba correr. Es más, no me gustaba hacer el más mínimo esfuerzo físico. Pero intenté mantener el paso firme, secarme el sudor de la frente e ignorar que me ardían las piernas. Cuando llegué a la planta veinticinco, Margo estaba esperándome en el descansillo.

—Echa un vistazo —me dijo.

Abrió la puerta de la escalera y entramos en una sala enorme con una mesa de roble del tamaño de dos coches y unos ventanales que iban desde el suelo hasta el techo.

—La sala de conferencias —me explicó—. Tiene las mejores vistas de todo el edificio. —La seguí mientras recorría la sala—. Bien, pues ahí está Jefferson Park —dijo señalando—. ¿Ves nuestras casas? Las luces siguen apagadas, así que perfecto. —Avanzó un par de ventanas—. La casa de Jase. Las luces apagadas y sin coches de policía. Excelente, aunque eso podría significar que ya ha llegado a casa. Mala suerte.

La casa de Becca estaba demasiado lejos, incluso desde aquella altura.

Se quedó un momento callada y luego se dirigió al ventanal y apoyó la frente contra el cristal. Yo me quedé atrás, pero me agarró de la camiseta y tiró de mí. No quería que el cristal tuviera que aguantar el peso de los dos, pero siguió tirando de mí, sentía su puño en el costado, así que al final yo también apoyé la cabeza contra el cristal lo más suavemente posible y eché un vistazo.

Desde arriba, Orlando parecía bastante iluminada. Veía los semáforos parpadeantes en los cruces y las farolas alineadas por toda la ciudad, como una cuadrícula perfecta, hasta que el centro terminaba y empezaban las serpenteantes calles y los callejones de la infinita periferia de Orlando.

—Qué bonito —dije.

—¿De verdad? —se burló Margo—. ¿Lo dices en serio?

—Bueno, no sé, quizá no —le contesté, aunque me parecía bonito.

Cuando vi Orlando desde un avión, me pareció una pieza de Lego hundida en un mar verde. Allí, por la noche, parecía una ciudad real, pero una ciudad real que veía por primera vez. Recorrí la sala de conferencias, y después los demás despachos de la planta. Se veía toda la ciudad. Allí estaba el instituto. Allí, Jefferson Park. Allí, en la distancia, Disney World. Allí, el parque acuático Wet'n Wild. Allí, el 7-Eleven en el que Margo se había pintado las uñas y yo hacía esfuerzos por respirar. Allí estaba todo mi mundo, y podía verlo con solo andar por un edificio.

—Es más impresionante —dije en voz alta—. Desde la distancia, quiero decir. No se ve el desgaste de las cosas, ¿sabes? No se ve el óxido, las malas hierbas y la pintura cayéndose. Ves los sitios como alguien los imaginó alguna vez.

—Todo es más feo de cerca —explicó Margo.

—Tú no —le contesté sin pensármelo dos veces.

Se giró, sin despegar la frente del cristal, y me sonrió.

—Te doy tu recompensa: eres mono cuando confías en ti mismo. Y menos mono cuando no.

Antes que de hubiera tenido tiempo de decir algo, volvió los ojos a la ciudad y siguió hablando.

—Te cuento lo que no me gusta: desde aquí no se ve el óxido, la pintura cayéndose y todo eso, pero ves lo que es realmente. Ves lo falso que es todo. Ni siquiera es duro como el plástico. Es una ciudad de papel. Mírala, Q, mira todos esos callejones, esas calles que giran sobre sí mismas, todas las casas que construyeron para que acaben desmoronándose. Toda esa gente de papel que vive en sus casas de papel y queman el futuro para calentarse. Todos los chicos de papel bebiendo cerveza que algún imbécil les ha comprado en la tienda de papel. Todo el mundo enloquecido por la manía de poseer cosas. Todas las cosas débiles y frágiles como el papel. Y todas las personas también. He vivido aquí dieciocho años y ni una sola vez en la vida me he encontrado con alguien que se preocupe de lo que de verdad importa.

—Intentaré no tomármelo como algo personal —le dije.

Nos quedamos los dos observando la oscura distancia, las calles sin salida y los terrenos de mil metros cuadrados. Pero Margo tenía el hombro pegado a mi brazo, los dorsos de nuestras manos se tocaban y, aunque no estaba mirándola, pegarme al cristal era casi como pegarme a ella.

—Lo siento —se disculpó—. Quizá las cosas habrían sido distintas para mí si hubiera salido contigo en lugar de… uf. Mierda. Me odio a mí misma porque me importen mis supuestos amigos. Mira, para que lo sepas, no es que me afecte tanto lo de Jason. O Becca. O incluso Lacey, aunque de verdad me caía bien. Pero fue el último hilo. Era un hilo débil, por supuesto, pero era el único que me quedaba, y toda chica de papel necesita al menos un hilo, ¿no?

Y lo que le contesté fue lo siguiente:

—Puedes sentarte a comer con nosotros mañana.

—Muy amable —me dijo con un tono cada vez más apagado.

Se giró hacia mí y asintió suavemente. Sonreí. Sonrió. Me creí su sonrisa. Nos dirigimos a la escalera y bajamos corriendo. Al final de cada tramo, saltaba desde el último escalón y chocaba los talones para hacerla reír, y Margo se reía. Pensaba que estaba animándola. Pensaba que quizá si conseguía confiar en mí mismo, podría haber algo entre nosotros.

Me equivocaba.

7

Sentados en el coche, con las llaves en el contacto, aunque sin haber encendido el motor, Margo me preguntó:

—Por cierto, ¿a qué hora se levantan tus padres?

—No sé, hacia las seis y cuarto, quizá. —Eran las 3.51—. Bueno, así que nos quedan dos horas y ya hemos acabado nueve partes.

—Lo sé, pero he dejado las más difíciles para el final. En fin, las terminaremos todas. Décima parte: te toca elegir a una víctima.

—¿Qué?

—Ya tengo decidido el castigo. Ahora te toca a ti elegir sobre qué va a caer nuestra terrible ira.

—Sobre quién va a caer nuestra terrible ira —la corregí, y movió la cabeza con cara de fastidio—. La verdad es que no hay nadie sobre quien quiera dejar caer mi ira.

Y era cierto. Siempre había creído que había que ser importante para tener enemigos. Por ejemplo: históricamente, Alemania ha tenido más enemigos que Luxemburgo. Margo

Roth Spiegelman era Alemania. Y Gran Bretaña. Y Estados Unidos. Y la Rusia de los zares. Yo soy Luxemburgo. Me siento por ahí, vigilo las ovejas y canto canciones tirolesas.

—¿Qué me dices de Chuck? —me preguntó.

—Hum —le contesté.

Chuck Parson había sido una pesadilla durante años, antes de que le pusieran las riendas. Además del desastre de la cinta transportadora de la cafetería, una vez me arrastró fuera del colegio y, mientras esperaba el autobús, me retorció el brazo y se dedicó a repetir: «Di que eres maricón». Era su insulto para todo, porque, como tenía un vocabulario de doce palabras, no cabía esperar una amplia variedad de insultos. Y aunque era ridículamente infantil, al final tuve que decir que era maricón, y me fastidió, porque: 1) Creo que nadie debería emplear esa palabra, mucho menos yo; 2) Resulta que no soy gay, y además, 3) Que Chuck Parson consiguiera que te llamaras a ti mismo maricón era la máxima humillación, pese a que ser gay no tiene nada de vergonzoso, cosa que intentaba explicarle mientras me retorcía el brazo y me lo levantaba cada vez más hacia el omóplato, pero él no dejaba de decir: «Si estás tan orgulloso de ser maricón, ¿por qué no reconoces que eres maricón, so maricón?».

Es evidente que Chuck Parson no era Aristóteles cuando de lógica se trataba. Pero medía un metro noventa y pesaba ciento veinte kilos, que no es poco.

—Chuck estaría justificado —admití.

Arranqué el coche y me dirigí a la autopista. No sabía adónde íbamos, pero tenía clarísimo que no íbamos a quedarnos en el centro.

—¿Recuerdas lo de la Escuela de Baile Crown? —me preguntó Margo—. Estaba pensándolo esta noche.

—Uf, sí.

—Lo siento, por cierto. No sé por qué se lo consentí.

—Bueno, no pasa nada —le dije, pero recordar la dichosa Escuela de Baile Crown me tocó las narices, así que añadí—: Sí. Chuck Parson. ¿Sabes dónde vive?

—Sabía que podría sacar tu lado vengativo. Está en College Park. Sal en Princeton.

Giré hacia la entrada de la autopista y pisé el acelerador.

—¡No corras tanto! —exclamó Margo—. No vayas a romper el Chrysler.

En sexto, a un grupo de críos, incluidos Margo, Chuck y yo, nuestros padres nos obligaron a hacer clases de baile en la Escuela de Humillación, Degradación y Baile Crown. Los chicos tenían que colocarse a un lado, las chicas al otro, y cuando la profesora nos lo decía, los chicos se acercaban a las chicas y les decían: «¿Me concedes este baile?», y las chicas les respondían: «Te lo concedo». Así funcionaba. Las chicas no podían decir que no. Pero un día, bailando el foxtrot, Chuck Parson convenció a todas y cada una de las chicas de que me dijeran que no. A nadie más. Solo a mí. Me acerqué a Mary Beth Shortz y le dije: «¿Me concedes este baile?», y me contestó que no. Entonces se lo pedí a otra chica, y a otra, y a Margo, que también me dijo que no, y luego a otra, y al final me puse a llorar.

Lo único peor a que te rechacen en la escuela de baile es llorar porque te rechazan en la escuela de baile, y lo único peor que eso es ir a la profesora de baile y decirle llorando: «Las chicas me han dicho que no, y se supone que no deberían». Así que, cómo no, fui llorando a la profesora, y me pasé casi todos los años siguientes intentando superar aquel vergonzoso episodio. En fin, resumiendo, Chuck Parson me impidió bailar el foxtrot, lo que no parece un castigo tan horrible para alguien de sexto. Y la verdad es que ya no estaba cabreado por aquello, ni por nada de lo que me había hecho durante años. Pero estaba claro que tampoco iba a lamentar que sufriera.

—Espera. No se enterará de que he sido yo, ¿verdad?

—No. ¿Por qué?

—No quiero que piense que me importa tanto como para hacerle una putada.

Apoyé una mano en la guantera situada entre los asientos y Margo me dio unas palmaditas.

—No te preocupes —me dijo—. Nunca sabrá qué lo ha depilado.

—Creo que te has inventado una palabra, porque no sé lo que significa.

—Sé una palabra que tú no sabes —canturreó Margo—. ¡SOY LA NUEVA REINA DE LAS PALABRAS! ¡TE HE SUPLANTADO!

—Deletrea «Suplantado» —le dije.

—No —me contestó riendo—. No voy a renunciar a mi corona por un «Suplantado». Tendrás que pensar en algo mejor.

—Perfecto —le dije sonriendo.

Atravesamos College Park, un barrio considerado del distrito histórico de Orlando porque la mayoría de las casas fueron construidas hace más de treinta años. Margo no recordaba la dirección exacta de Chuck, ni cómo era su casa, ni siquiera en qué calle estaba exactamente («Noventa y cinco por ciento de posibilidades de que esté en Vassar.») Al final, cuando el Chrysler había patrullado por tres manzanas de la calle Vassar, Margo señaló a la izquierda y dijo:

—Aquella.

—¿Estás segura? —le pregunté.

—Noventa y siete coma dos por ciento de posibilidades. Vaya, estoy casi segura de que su habitación es aquella —me dijo señalando—. Una vez hizo una fiesta, y cuando vino la poli, me escabullí por aquella ventana. Estoy casi segura de que es la misma.

—Podemos meternos en problemas.

—Si la ventana está abierta, no haremos destrozos. Solo entraremos. Ya hemos entrado en el SunTrust y no ha sido para tanto, ¿verdad?

Me reí.

—Estás convirtiéndome en un cabrón.

—De eso se trata. Venga, las herramientas. Coge la Veet, el espray de pintura y la vaselina.

—De acuerdo.

Los cogí.

—Ahora no te me pongas histérico, Q. La buena noticia es que Chuck duerme como un oso hibernando… Lo sé porque el año pasado fui a clase de literatura con él y ni siquiera se despertaba cuando la señorita Johnston le daba un golpe con

Jane Eyre. Así que subiremos hasta la ventana de su habitación, la abriremos, nos quitaremos los zapatos, entraremos sin hacer ruido y yo me encargaré de joder a Chuck. Luego los dos nos dispersaremos por la casa y cubriremos todos los pomos de las puertas con vaselina para que si alguien se levanta, le cueste un huevo salir de la casa a tiempo para pillarnos. Luego joderemos un poco más a Chuck, pintaremos un poco la casa y saldremos. Y ni una palabra.

Me llevé la mano a la yugular, pero sonreí.

Nos alejábamos del coche cuando Margo me cogió de la mano, entrelazó sus dedos con los míos y los apretó. Le devolví el apretón y la miré. Movió la cabeza solemnemente, volví a apretar y me soltó la mano. Corrimos hasta la ventana. Empujé hacia arriba despacio el marco de madera. Chirrió un poco, pero se abrió a la primera. Eché un vistazo. Aunque estaba oscuro, vi a alguien en una cama.

Como la ventana estaba un poco alta para Margo, junté las manos, puso un pie encima y la impulsé. Su silenciosa entrada en la casa habría sido la envidia de un ninja. Me dispuse a subir, metí la cabeza y los hombros por la ventana, y pretendía, mediante una complicada contorsión, entrar en la casa en plan oruga. Podría haber funcionado perfectamente de no haberme aplastado los huevos contra la repisa, y me dolió tanto que solté un quejido, lo cual suponía un error nada desdeñable.

Se encendió la luz de la mesita. Y resultó que el que estaba en la cama era un viejo, sin duda no era Chuck Parson. Abrió los ojos como platos, aterrorizado. No dijo una palabra.

—Hum —murmuró Margo.

Pensé en largarme corriendo al coche, pero me quedé por Margo, con la mitad del cuerpo dentro de la casa, paralelo al suelo.

—Hum, creo que nos hemos equivocado de casa —dijo Margo.

Se giró, me miró con insistencia y solo entonces me di cuenta de que estaba bloqueándole la salida. Así que salté de la ventana, cogí mis zapatos y eché a correr.

Nos dirigimos al otro extremo de College Park para reorganizarnos.

—Creo que esta vez la culpa es de los dos —dijo Margo.

—Vaya, la que se ha equivocado de casa has sido tú —le contesté.

—Sí, pero el que ha hecho ruido has sido tú.

Nos quedamos callados un minuto. Yo conducía haciendo círculos.

—Seguramente podemos conseguir su dirección en internet —dije por fin—. Radar está registrado en la página del instituto.

—Genial —añadió Margo.

Así que llamé a Radar, pero saltó directamente el buzón de voz. Me planteé llamar a su casa, pero sus padres eran amigos de los míos, de modo que no funcionaría. Al final se me ocurrió llamar a Ben. No era Radar, pero se sabía todas sus contraseñas. Lo llamé. Saltó el buzón de voz después de haber sonado varias veces. Volví a llamar. Buzón de voz. Llamé otra vez. Buzón de voz.

—Está claro que no contesta —observó Margo.

—Bueno, contestará —le dije volviendo a marcar.

Y después de un par de llamadas más, contestó.

—Más te vale haberme llamado para decirme que tienes a once pavas desnudas en tu casa pidiendo la sensibilidad especial que solo el gran papá Ben puede ofrecerles.

—Necesito que entres en la página del instituto con la contraseña de Ben y me busques una dirección. Chuck Parson.

—No.

—Por favor —le dije.

—No.

—Te alegrarás de haberlo hecho, Ben. Te lo prometo.

—Sí, sí. Ya está. Estaba entrando mientras te decía que no… No puedo evitar ayudarte. Amherst, 422. Oye, ¿para qué necesitas la dirección de Chuck Parson a las cuatro y doce de la mañana?

—Vuelve a dormir, Benners.

—Mejor pienso que ha sido un sueño —me contestó Ben.

Y colgó.

Amherst estaba a solo un par de manzanas. Aparcamos frente al 418, cogimos las herramientas y corrimos por el césped de Chuck. El rocío que cubría la hierba me mojaba las pantorrillas.

Subí sin hacer ruido a su ventana, que por suerte era más baja que la del viejo con el que nos habíamos topado por casualidad, y tiré de Margo para que entrara. Chuck Parson estaba dormido boca arriba. Margo se acercó a él de puntillas, y yo me quedé detrás, con el corazón latiéndome a toda velocidad. Si se despertaba, nos mataría a los dos. Margo sacó el bote de Veet, presionó, se puso en la palma de la mano una bola que parecía crema de afeitar y muy suavemente y con cuidado la extendió por la ceja derecha de Chuck, que ni siquiera parpadeó.

Luego Margo abrió la vaselina. La tapa hizo un blop que pareció ensordecedor, pero Chuck tampoco dio indicios de despertarse. Me puso una bola enorme en la mano y fuimos cada uno hacia un lado de la casa. Yo me dirigí primero al recibidor y unté vaselina en el pomo de la puerta de la calle, y luego a la puerta abierta de un dormitorio, donde apliqué vaselina en el pomo interior y después, muy despacio, cerré la puerta, que apenas chirrió.

Por último volví a la habitación de Chuck —Margo ya estaba allí—, y juntos cerramos la puerta y untamos con vaselina el pomo. Embadurnamos toda la ventana de la habitación con el resto de la vaselina con la esperanza de que, después de salir y cerrarla, resultara difícil abrirla.

Margo echó un vistazo a su reloj y levantó dos dedos. Esperamos. Y durante dos minutos nos quedamos mirándonos. Yo observé el azul de sus ojos. Fue bonito. A oscuras y en silencio, sin la posibilidad de que yo dijera algo y metiera la pata, y ella me devolvía la mirada, como si hubiera algo en mí que merecía la pena ver.

Margo asintió y me acerqué a Chuck. Me envolví la mano con la camiseta, como me había dicho, me incliné hacia delante y —lo más suavemente que pude— apoyé un dedo en la ceja derecha de Chuck Parson y retiré rápidamente la crema depilatoria, que arrastró consigo hasta el último pelo. Estaba todavía al lado de Chuck, con su ceja derecha en mi camiseta, cuando abrió los ojos. Margo cogió el edredón como una flecha, se lo tiró a la cara, y cuando levanté la mirada, la pequeña ninja ya había saltado por la ventana. La seguí lo más deprisa que pude mientras Chuck gritaba: ¡MAMÁ! ¡PAPÁ! ¡LADRONES! ¡LADRONES!

Quise decirle: «Lo único que te hemos robado es la ceja», pero cerré el pico y salté por la ventana. Casi aterricé encima de Margo, que estaba pintando una M en el revestimiento de plástico de la casa de Chuck. Luego cogimos los zapatos y volvimos al coche cagando leches. Me giré a mirar la casa y vi que las luces estaban encendidas, pero todavía no había salido nadie, lo que demostraba con brillante simplicidad lo bien que había untado el pomo con vaselina. Cuando el señor Parson (o quizá la señora, la verdad es que no lo vi) corrió las cortinas del comedor y echó un vistazo, nos alejábamos ya marcha atrás hacia la calle Princeton y la autopista.

—¡Sí! —grité—. Joder, ha sido genial.

—¿Lo has visto? ¿Le has visto la cara sin ceja? Se le ha puesto cara de interrogante. En plan: «¿En serio? ¿Estás diciéndome que solo tengo una ceja? Gilipolleces». Y me ha encantado tener que decidirme entre depilarle la ceja izquierda o la derecha. Sí, me ha encantado. Y cómo gritaba llamando a su mamá, el llorica de mierda.

—Espera, ¿tú por qué lo odias?

—No he dicho que lo odie. He dicho que es un llorica de mierda.

—Pero siempre has sido su amiga —le dije.

O al menos yo pensaba que era su amiga.

—Sí, bueno, era amiga de mucha gente —me contestó.

Margo se estiró en el coche, apoyó la cabeza en mi hombro huesudo y su pelo me resbaló por el cuello.

—Estoy cansada —añadió.

—Cafeína —le dije yo.

Alargó la mano hasta la parte de atrás y cogió dos latas de Mountain Dew. Me bebí la mía en dos largos tragos.

—Bueno, vamos al SeaWorld —me dijo—. Onceava parte.

—¿Cómo? ¿Vamos a liberar a Willy o algo así?

—No —me contestó—. Simplemente vamos al SeaWorld, eso es todo. Es el único parque temático que todavía no he allanado.

—No podemos allanar el SeaWorld —le dije.

Me metí en el aparcamiento vacío de una tienda de muebles y apagué el coche.

—Ha llegado la hora de la verdad —me dijo inclinándose para volver a encender el coche.

Le aparté las manos.

—No podemos allanar el SeaWorld —repetí.

—Ya estamos otra vez con el allanamiento.

Se calló un momento y abrió otra lata de Mountain Dew. La lata proyectó la luz sobre su cara y por un segundo la vi sonriendo por lo que estaba a punto de decir.

—No vamos a allanar nada. No lo consideres un allanamiento. Considéralo una visita gratis al SeaWorld en plena noche.

8

—Mira, para empezar, nos pillarán —le dije.

No había encendido el coche. Estaba haciendo recuento de las razones por las que no iba a ponerlo en marcha y preguntándome si Margo me veía en la oscuridad.

—Pues claro que nos pillarán. ¿Y qué?

—Es ilegal.

—Q, ¿qué problema puede causarte SeaWorld en términos comparativos? Quiero decir que, joder, después de todo lo que he hecho por ti esta noche, ¿no puedes hacer una sola cosa por mí? ¿No puedes callarte, calmarte y dejar de acojonarte tanto por cada aventurilla? —Y en voz baja añadió—: Joder, échale un par de huevos.

Entonces me volví loco. Pasé por debajo del cinturón de seguridad para poder acercarme a ella.

—¿Después de todo lo que has hecho por mí? —casi grité. ¿No quería que confiara en mí mismo? Pues ahí lo tenía—. ¿Llamaste tú al padre de MI amiga, que estaba follándose a MI novio, para que nadie se enterara de que quien llamaba era yo? ¿Me has hecho de chófer no porque seas importante para MÍ, sino porque necesitaba un coche y te tenía a mano? ¿Es esa la mierda que has hecho por mí esta noche?

No me miraba. Miraba al frente, hacia el revestimiento de plástico de la tienda de muebles.

—¿Crees que te necesitaba? ¿No crees que podría haber dado a Myrna Mountweazel un sedante para que se durmiera y robar la caja de debajo de la cama de mis padres? ¿O colarme en tu habitación mientras dormías y cogerte las llaves del coche? No te necesitaba, idiota. Te he elegido. Y luego tú me has elegido a mí. —Me miró—. Y esto es como una promesa. Al menos por esta noche. En la salud y en la enfermedad. En lo bueno y en lo malo. En la riqueza y en la pobreza. Hasta que el amanecer nos separe.

Encendí el coche y salí del aparcamiento, pero, dejando de lado su rollo sobre el trabajo en equipo, sentía que estaba presionándome y quería decir la última palabra.

—Muy bien, pero cuando el SeaWorld o quien sea escriba a la Universidad de Duke diciendo que el desaprensivo Quentin Jacobsen allanó su edificio a las cuatro y media de la madrugada con una muchachita de mirada salvaje, la Universidad de Duke se pondrá furiosa. Y mis padres también.

—Q, irás a Duke. Serás un abogado con mucho éxito, o lo que sea, te casarás, tendrás hijos, vivirás tu vida mediocre y te morirás, y en tus últimos momentos, cuando estés ahogándote en tu propia bilis en la residencia de ancianos, te dirás: «Bueno, he desperdiciado toda mi puta vida, pero al menos el último año de instituto entré en el SeaWorld con Margo Roth Spiegelman. Al menos, carpeé un diem».

—*Noctem* —la corregí.

—De acuerdo, vuelves a ser el rey de la gramática. Acabas de recuperar el trono. Ahora llévame al SeaWorld.

Mientras avanzábamos en silencio por la I-4, me descubrí a mí mismo pensando en el día en que el tipo del traje gris apareció muerto. «Quizá por eso me ha elegido», pensé. Y en ese momento recordé por fin lo que me había dicho sobre el muerto y los hilos. Y sobre ella y los hilos.

—Margo —le dije rompiendo el silencio.

—Q —me contestó.

—Dijiste… Cuando aquel tipo murió, dijiste que quizá se le habían roto los hilos por dentro, y hace un rato has dicho lo mismo de ti, que el último hilo se había roto.

Se medio rió.

—Te preocupas demasiado. No quiero que unos críos me encuentren cubierta de moscas un sábado por la mañana en Jefferson Park. —Esperó un momento antes de rematar la frase—: Soy demasiado presumida para acabar así.

Me reí aliviado y salí de la autopista. Giramos en International Drive, la capital mundial del turismo. En International Drive había mil tiendas que vendían exactamente lo mismo: mierda. Mierda con forma de conchas, llaveros, tortugas de cristal, imanes para el frigorífico con la forma de Florida, flamencos rosas de plástico y cosas por el estilo. De hecho, en International Drive había varias tiendas que vendían mierda real y literal de armadillo, a 4,95 dólares la bolsa.

Pero a las 4.50 de la madrugada los turistas estaban durmiendo. Drive, como todo lo demás, estaba completamente muerto mientras dejábamos atrás tiendas, aparcamientos, más tiendas y más aparcamientos.

—El SeaWorld está justó detrás de la autopista —dijo Margo. Estaba de nuevo en la parte de atrás del coche, rebuscando en una mochila o algo así—. Tengo un montón de mapas satélite y dibujé nuestro plan de ataque, pero no los encuentro por ninguna parte. En fin, gira a la derecha después de la autopista, y a la izquierda verás una tienda de souvenirs.

—A la izquierda hay unas diecisiete mil tiendas de souvenirs.

—Sí, pero justo después de la autopista habrá solo una.

Y por supuesto había solo una, así que me metí en el aparcamiento vacío y aparqué el coche debajo de una farola, porque en International Drive siempre roban coches. Y aunque solo a un ladrón de coches masoquista se le ocurriría trincar el Chrysler, no me apetecía tener que explicarle a mi madre cómo y por qué su coche había desaparecido en plena madrugada de un día de clase.

Nos quedamos fuera, apoyados en la parte de atrás del monovolumen. El aire era tan cálido y denso que se me pegaba la ropa a la piel. Volvía a estar asustado, como si gente a la que no veía estuviera mirándome. La noche había sido muy larga y llevaba tantas horas preocupado que me dolía la barriga. Margo había encontrado los mapas y trazaba nuestra ruta con el dedo azul a la luz de la farola.

—Creo que aquí hay una valla —me dijo señalando una zona de bosque con la que nos habíamos topado nada más pasar la autopista—. Lo leí en internet. La pusieron hace unos años porque un borracho entró en el parque en plena noche y decidió darse un baño con la orca Shamu, que no tardó en matarlo.

—¿En serio?

—Sí, así que si aquel tipo pudo entrar borracho, seguro que nosotros, que no hemos bebido, también podremos. Vaya, somos ninjas.

—Bueno, quizá tú eres una ninja —le dije.

—Los dos somos ninjas, solo que tú eres un ninja torpe y ruidoso —dijo Margo.

Se colocó el pelo detrás de las orejas, se puso la capucha y se la ató con el cordón. La farola iluminó los agudos rasgos de su cara pálida. Quizá los dos éramos ninjas, pero solo ella lo parecía.

—Bien —me dijo—, memoriza el mapa.

La parte más terrorífica del recorrido de casi un kilómetro que Margo había trazado era, con diferencia, el foso. El Sea-World tenía forma triangular. Un lado estaba protegido por una carretera por la que Margo suponía que patrullaban permanentemente vigilantes nocturnos. El segundo lado estaba protegido por un lago de casi dos kilómetros de perímetro, y en el tercero había una zanja de drenaje. Según el mapa, parecía tener la anchura de una carretera de dos carriles. Y en Florida, en las zanjas de drenaje junto a los lagos suele haber caimanes.

Margo me agarró por los hombros y me giró hacia ella.

—Seguramente nos pillarán, así que, cuando nos pillen, déjame hablar a mí. Tú limítate a poner cara de bueno, medio inocente, medio seguro de ti mismo, y todo irá bien.

Cerré el coche, intenté aplanarme con la mano el pelo alborotado y murmuré:

—Soy un ninja.

No pretendía que Margo lo oyera, pero de repente soltó:

—¡Claro que sí, joder! Ahora, vamos.

Corrimos por International Drive y luego nos abrimos camino entre arbustos altos y robles. Empecé a preocuparme por la hiedra venenosa, pero los ninjas no se preocupan por esas cosas, así que me coloqué en cabeza, con los brazos extendidos, y aparté las zarzas y la maleza mientras avanzábamos hacia el foso. Al final se acabó la zona de árboles y llegamos a campo abierto. Veía la autopista a nuestra derecha y el foso justo enfrente. Podrían habernos visto desde la carretera si hubiera pasado algún coche, pero no pasó ninguno. Corrimos por la maleza y trazamos una curva cerrada hacia la autopista.

—¡Ahora! ¡Ahora! —exclamó Margo.

Y crucé corriendo los seis carriles de la autopista. Aunque estaba vacía, cruzar una carretera tan grande me pareció estimulante e inapropiado.

Después de cruzar nos arrodillamos en la hierba, al lado de la autopista. Margo señaló la hilera de árboles situada entre el interminable aparcamiento del SeaWorld y el agua negra del foso. Corrimos un minuto a lo largo de aquella hilera de árboles y luego Margo me tiró de la camiseta desde atrás y me dijo en voz baja:

—Ahora el foso.

—Las señoritas primero —le dije.

—No, de verdad, como si estuvieras en tu casa —me contestó.

Y no pensé en los caimanes ni en la asquerosa capa de algas salobres. Cogí carrerilla y salté lo más lejos que pude. Aterricé con agua hasta la cintura y avancé a grandes zancadas. El agua olía a podrido y estaba llena de barro, pero al menos no me había mojado de cintura para arriba. O al menos hasta que Margo saltó y me salpicó. Me giré y la salpiqué a ella. Fingió que iba a vomitar.

—Los ninjas no se salpican entre ellos —se quejó Margo.

—El auténtico ninja no salpica al saltar —le contesté.

—Vale, *touché*.

Observé a Margo saliendo del foso, encantado de la vida de que no hubiera caimanes. Mi pulso era aceptable, aunque acelerado. El agua ceñía al cuerpo de Margo la camiseta negra que llevaba debajo de la sudadera desabrochada. En resumen, casi todo iba perfecto cuando vi de reojo algo que serpenteaba en el agua cerca de Margo. Margo empezó a salir del agua y vi que tensaba el tendón de Aquiles. Antes de que yo pudiera abrir la boca, la serpiente se abalanzó sobre ella y le mordió el tobillo izquierdo, justo donde acababan los vaqueros.

—¡Mierda! —exclamó Margo. Miró hacia abajo y repitió—: ¡Mierda!

La serpiente seguía aferrada a su tobillo. Me sumergí, agarré la serpiente por la cola, la arranqué de la pierna de Margo y la lancé al foso.

—Ay, joder —dijo—. ¿Qué era? ¿Era una boca de algodón?

—No lo sé. Túmbate, túmbate —le ordené.

Le cogí la pierna y le subí los vaqueros. Los colmillos habían dejado dos agujeritos de los que salía una gota de sangre.

Me agaché, puse la boca en la herida y succioné con todas mis fuerzas para intentar sacar el veneno. Escupí, y me disponía a volver a succionar cuando Margo dijo:

—Espera, la veo.

Me levanté de un salto, aterrorizado.

—No, no —siguió diciendo—. Joder, es solo una culebra.

Señaló el foso. Seguí su dedo y vi la pequeña culebra serpenteando por la superficie, justo debajo del haz de un foco. Desde la distancia no parecía mucho más temible que una lagartija.

—Gracias a Dios —dije sentándome a su lado y recuperando el aliento.

Tras echar un vistazo a la mordedura y ver que ya no sangraba, me preguntó:

—¿Qué tal el filete que te has pegado con mi pierna?

—Muy bien —le contesté, y era cierto.

Se inclinó un poco hacia mí y sentí su brazo en mis costillas.

—Me he depilado esta mañana precisamente por eso. He pensado: «Bueno, nunca se sabe cuándo alguien te agarrará de la pierna para succionarte el veneno de una serpiente».

Ante nosotros había una valla de tela metálica de apenas dos metros de altura.

—¿En serio? ¿Primero culebras y ahora esta valla? —dijo Margo—. Esta seguridad es insultante para un ninja.

Trepó, pasó al otro lado y bajó como si fuera una escalera. Yo intenté no caerme.

Atravesamos un pequeño soto pegados a unos enormes depósitos opacos en los que seguramente guardaban animales, fuimos a parar a un camino asfaltado y vi el gran anfiteatro en el que Shamu me salpicó de niño. Los pequeños altavoces a lo largo del camino reproducían música ambiental, quizá para tranquilizar a los animales.

—Margo —le dije—, estamos en el SeaWorld.

—Efectivamente —me contestó.

Echó a correr y la seguí. Acabamos en el acuario de las focas, que parecía vacío.

—Margo, estamos en el SeaWorld —repetí.

—Disfrútalo —me contestó sin mover apenas la boca—. Porque por ahí viene un vigilante.

Corrí hacia una zona de matorrales que me llegaban a la cintura, pero al ver que Margo no corría, me detuve. Un tipo vestido de sport y con un chaleco en el que ponía SEGURIDAD SEAWORLD se acercó.

—¿Qué hacéis aquí?

Llevaba en la mano una lata, supuse que de gas primienta. Para tranquilizarme, me preguntaba: «¿Las esposas son estándares, o son esposas especiales para el SeaWorld? Por ejemplo, en forma de dos delfines curvados».

—En realidad estábamos saliendo —dijo Margo.

—Eso seguro —le contestó el vigilante—. La pregunta es si vais a salir andando o va a tener que sacaros el sheriff del condado de Orange.

—Si no le importa, preferimos andar —le contestó Margo.

Cerré los ojos. Quise decirle a Margo que no era el mejor momento para réplicas ingeniosas, pero el tipo se rió.

—Supongo que sabéis que hace un par de años un tipo saltó al acuario grande y se mató, así que tenemos órdenes de no dejar salir a nadie que se haya colado, ni siquiera a las chicas guapas.

Margo tiró de su camiseta para despegarla un poco del cuerpo. Y solo en ese momento me di cuenta de que el tipo estaba hablándole a sus tetas.

—Bueno, entonces supongo que tiene que detenernos.

—Lo que pasa es que estoy a punto de salir, largarme a mi casa, tomarme una cerveza y dormir un rato, pero si llamo a la policía, tardarán lo suyo en venir. Solo estoy pensando en voz alta —dijo.

Margo lo entendió y miró al cielo. Se metió una mano en el bolsillo y sacó un billete de cien dólares que se le había mojado en el foso.

—Bueno —dijo el vigilante—, y ahora será mejor que os marchéis. Yo de vosotros no pasaría por el acuario de las ballenas. Está rodeado de cámaras de seguridad que funcionan toda la noche, y no creo que queráis que se sepa que habéis estado aquí.

—Sí, señor —añadió Margo recatadamente.

Y el tipo desapareció en la oscuridad.

—Joder —murmuró Margo en cuanto el tipo se hubo alejado—, la verdad es que no quería dar dinero a ese degenerado, pero, bueno, el dinero está para gastarlo.

Apenas la escuchaba. Lo único que sentía era el alivio recorriéndome la piel. Aquel placer en estado puro compensaba todas las preocupaciones anteriores.

—Gracias a Dios que no nos ha denunciado —dije.

Margo no me contestó. Miraba al frente con los ojos entrecerrados.

—Me sentí exactamente igual cuando me metí en los Estudios Universal —dijo un momento después—. Son geniales, aunque no hay mucho que ver. Las atracciones no funcionan. Todo lo guapo está cerrado. Por la noche meten a casi todos los animales en otros acuarios. —Giró la cabeza y observó el SeaWorld, que teníamos ante nosotros—. Me temo que el placer no es estar dentro.

—¿Y cuál es el placer? —le pregunté.

—Planearlo, supongo. No lo sé. Las cosas nunca son como esperamos que sean.

—Para mí no está tan mal —admití—. Aunque no haya nada que ver.

Me senté en un banco y Margo vino a sentarse conmigo. Observamos el acuario de las focas, en el que no había focas. No era más que un islote deshabitado con salientes de plástico. Me llegaba el olor de Margo, el sudor y las algas del foso, su champú de lilas y el aroma a almendras machacadas de su piel.

Por primera vez me sentí cansado y nos imaginé tumbados juntos en el césped del SeaWorld, yo boca arriba y ella de lado, pasándome un brazo por encima y con la cabeza apoyada en mi hombro, mirándome. No hacíamos nada. Simplemente estábamos tumbados juntos bajo el cielo. La noche estaba tan iluminada que no se veían las estrellas. Y quizá sentía su respiración en el cuello, y quizá nos quedaríamos allí hasta la mañana, y entonces la gente pasaría por delante de nosotros al entrar al parque, nos vería y pensaría que también éramos turistas, y podríamos desaparecer entre ellos.

Pero no. Tenía que ver a Chuck con una sola ceja, y contarle la historia a Ben, y estaban las clases, la sala de ensayo, la Universidad de Duke y el futuro.

—Q —dijo Margo.

La miré y por un momento no entendí por qué había dicho mi nombre, pero de repente desperté de mi ensoñación. Y lo oí. Habían subido la música ambiental, solo que ya no era música ambiental. Era música de verdad. Un viejo tema de jazz que le gusta a mi padre llamado «Stars Fell on Alabama». Incluso con aquellos diminutos altavoces se percibía que el cantante podía hacer mil condenadas notas a la vez.

Y sentí que las líneas de su vida y de la mía se extendían desde nuestra cuna hasta el tipo muerto, desde que nos conocimos hasta ese momento. Y quise decirle que para mí el placer no era planificar, hacer o no hacer. El placer era observar nuestros hilos cruzándose, separándose y volviéndose a juntar. Pero me pareció demasiado cursi, y además ya se había levantado.

Los azulísimos ojos de Margo parpadearon. En aquel momento estaba increíblemente guapa, con los vaqueros mojados pegados a las piernas y la cara resplandeciente a la luz grisácea.

Me levanté, extendí la mano y le dije:

—¿Me concedes este baile?

Margo me hizo una reverencia y me cogió de la mano.

—Te lo concedo —me contestó.

Y entonces coloqué la mano en la curva entre su cintura y su cadera, y ella apoyó la suya en mi hombro. Y uno-dos-a un lado, uno-dos-a un lado. Rodeamos el acuario de las focas bailando foxtrot, mientras la canción sobre las estrellas que caen seguía sonando.

—Baile lento de sexto —comentó Margo.

Cambiamos de postura. Colocó las manos en mis hombros y yo la sujeté por las caderas, con los codos cerrados, a medio metro de distancia. Y luego seguimos con el foxtrot hasta que acabó la canción. Di un paso adelante e incliné a Margo, como nos habían enseñado en la Escuela de Baile Crown. Ella levantó una pierna y dejó caer todo su peso sobre mí. O confiaba en mí o quería caerse.

9

Compramos trapos de cocina en un 7-Eleven de International Drive e intentamos quitarnos de la ropa y de la piel el barro y la peste del foso. Llené el depósito de gasolina hasta donde estaba antes de que empezáramos la gira turística por Orlando. Los asientos del Chrysler iban a estar algo húmedos cuando mi madre fuera al trabajo, pero esperaba que no se diera cuenta, porque era bastante despistada. Mis padres creían que yo era la persona más equilibrada y con menos posibilidades de allanar el SeaWorld del mundo, ya que mi salud psicológica era prueba de su talento profesional.

Me tomé mi tiempo para volver a casa. Evité las autopistas en favor de las carreteras alternativas. Margo y yo escuchábamos la radio e intentábamos descubrir qué emisora había puesto «Stars Fell on Alabama», pero de repente la apagó y dijo:

—En general, creo que ha sido un éxito.

—Totalmente —le contesté.

Aunque en aquellos momentos empezaba a preguntarme cómo sería el día siguiente. ¿Se pasaría por la sala de ensayo antes de las clases? ¿Comería conmigo y con Ben?

—Me pregunto si mañana cambiarán las cosas —le dije.

—Sí —añadió ella—. Yo también. —Dejó el comentario colgado en el aire y luego añadió—: Oye, hablando de mañana, me gustaría hacerte un pequeño regalo para agradecerte tu duro trabajo y tu dedicación en esta noche excepcional.

Rebuscó entre sus pies y sacó la cámara digital.

—Toma —me dijo—. Y utiliza con prudencia el poder de Tiny Winky.

Me reí y me metí la cámara en el bolsillo.

—¿Descargo la foto cuando llegue a casa y te la devuelvo en el instituto? —le pregunté.

Quería que me dijera: «Sí, en el instituto, donde todo será diferente, donde seré tu amiga públicamente y, además, sin novio», pero se limitó a contestarme: «Sí, o cuando sea».

Eran las 5.42 cuando entramos en Jefferson Park. Bajamos por Jefferson Drive hasta Jefferson Court y luego giramos en nuestra calle, Jefferson Way. Apagué las luces por última vez y me metí por el camino que llevaba a mi casa. No sabía qué decir y Margo tampoco abría la boca. Llenamos una bolsa del 7-Eleven con basura para que pareciera que el Chrysler estaba como si las últimas seis horas no hubieran existido. Margo me dio otra bolsa con los restos de la vaselina, el bote de pintura y la última lata de Mountain Dew. Mi cerebro luchaba contra el agotamiento.

Me quedé un momento parado delante del monovolumen, con una bolsa en cada mano, y miré a Margo.

—Bueno, ha sido una noche fantástica —admití por fin.

—Ven aquí —me dijo.

Di un paso al frente. Me abrazó, y las bolsas me dificultaron devolverle el abrazo, pero si las soltaba, podría despertar a alguien. Noté que se ponía de puntillas y de repente acercó la boca a mi oído y me dijo muy claramente:

—Echaré de menos salir por ahí contigo.

—No tienes por qué —le contesté en voz alta. Intenté ocultar mi decepción—. Si ya no te caen bien tus amigos, sal conmigo. Los míos son muy majos.

Sus labios estaban tan cerca de mí que sentía su sonrisa.

—Me temo que no es posible —susurró.

Se apartó, pero siguió mirándome mientras retrocedía paso a paso. Al final alzó las cejas, sonrió y me creí su sonrisa. La observé trepando a un árbol y subiendo hasta la repisa de la ventana de su habitación, en el segundo piso. Abrió la ventana y se coló dentro.

Entré por la puerta principal, que no estaba cerrada con llave, crucé la cocina de puntillas hasta mi habitación, me quité los vaqueros, los tiré en un rincón del armario, al lado de la mosquitera de la ventana, descargué la foto de Jase y me metí en la cama pensando en lo que le diría a Margo en el instituto.

SEGUNDA PARTE

La hierba

1

Había dormido una media hora cuando sonó el despertador. Las 6.32. Pero durante diecisiete minutos ni me enteré de que estaba sonando el despertador, hasta que sentí unas manos en los hombros y oí la voz lejana de mi madre.

—Buenos días, dormilón —me dijo.

—Uf —le contesté.

Me sentía bastante más cansado que a las 5.55, y me habría saltado las clases, pero no tenía ni una falta de asistencia, y aunque era consciente de que no tener faltas de asistencia no era especialmente impresionante ni necesariamente admirable, quería seguir con esa racha. Además, quería ver cómo Margo reaccionaba conmigo.

Cuando entré en la cocina, mi padre estaba contándole algo a mi madre mientras desayunaban en la barra. Al verme, mi padre interrumpió lo que estaba diciendo y me preguntó:

—¿Qué tal has dormido?

—De maravilla —le dije.

Y era verdad. Había dormido poco, pero bien.

Sonrió.

—Estaba contándole a tu madre que tengo un sueño recurrente y angustioso —me explicó—. Estoy en la universidad, en clase de hebreo, aunque el profesor no habla hebreo y los exámenes no son en hebreo. Son en una jerga incomprensible. Pero todo el mundo actúa como si esa lengua inventada, con un alfabeto inventado, fuera hebreo. Así que tengo delante ese examen y debo escribir en una lengua que no sé empleando un alfabeto que no puedo descifrar.

—Interesante —le dije, aunque en realidad no me lo parecía. No hay nada más aburrido que los sueños de los demás.

—Es una metáfora de la adolescencia —intervino mi madre—. Escribir en una lengua (la edad adulta) que no entiendes y emplear un alfabeto (la interacción social madura) que no reconoces.

Mi madre trabajaba con adolescentes locos en centros de menores y cárceles. Creo que por eso yo nunca le preocupaba. Como no me dedicaba a decapitar roedores ni me meaba en mi propia cara, estaba claro que era un triunfador.

Una madre normal podría haber dicho: «Oye, tienes pinta de estar de bajón después de haberte pegado un atracón de metanfetaminas y hueles a algo parecido a algas. ¿Por casualidad hace un par de horas estabas bailando con Margo Roth Spiegelman, a la que acababa de moder una serpiente?». Pero no. Mis padres preferían los sueños.

Me duché y me puse una camiseta y unos vaqueros. Iba tarde, pero siempre iba tarde.

—Vas tarde —me dijo mi madre cuando volví a la cocina.

Intenté despejarme lo suficiente como para recordar cómo atarme las zapatillas de deporte.

—Soy consciente —le contesté medio dormido.

Mi madre me llevó al instituto. Me senté en el asiento en el que se había sentado Margo. Mi madre apenas habló en el trayecto, por suerte, porque iba completamente dormido, con la cabeza apoyada en la ventanilla del coche.

Cuando mi madre me dejó en el instituto, vi que la plaza del aparcamiento de los alumnos de último curso en la que solía aparcar Margo estaba vacía. La verdad es que no podía culparla por llegar tarde. Sus amigos no quedaban tan temprano como los míos.

Al acercarme a los chicos de la banda, Ben gritó:

—Jacobsen, ¿estaba soñando o...? —Le hice un dicreto gesto con la cabeza y cambió la segunda parte de la frase— ¿O tú y yo vivimos anoche una aventura salvaje en la Polinesia francesa, viajando en un barco hecho de plátanos?

—Un barco precioso —le contesté.

Radar me miró, alzó las cejas y se dirigió hacia un árbol. Lo seguí.

—He preguntado a Angela si quería ir al baile con Ben. Ni borracha.

Miré a Ben, que estaba charlando animadamente. Una cucharilla de plástico bailaba en su boca mientras hablaba.

—Qué mierda —dije—. Pero está bien. Quedaremos los dos y nos pegaremos una sesión maratoniana de Resurrection o algo así.

Ben se acercó.

—¿Estáis disimulando? Porque sé que estáis hablando del drama del baile sin pavas que es mi vida.

Se dio media vuelta y se dirigió adentro. Radar y yo lo seguimos y cruzamos hablando la sala de ensayo, donde los alumnos de primero y de segundo charlaban sentados entre un montón de fundas de instrumentos.

—¿Por qué quieres ir? —le pregunté.

—Colega, es nuestro baile de graduación. Es mi última oportunidad para pasar a ser un grato recuerdo del instituto para alguna pava.

Miré al techo.

Sonó el primer timbre, lo que significaba que faltaban cinco minutos para que empezaran las clases, y todo el mundo se puso a correr como perros de Pavlov. Los pasillos se llenaron de gente. Ben, Radar y yo nos detuvimos junto a la taquilla de Radar.

—Bueno, ¿por qué me llamaste a las tres de la madrugada para pedirme la dirección de Chuck Parson?

Estaba pensando cómo responder a su pregunta cuando vi a Chuck Parson viniendo hacia nosotros. Le pegué un codazo a Ben y le señalé a Chuck con los ojos. Por cierto, Chuck había decidido que la mejor estrategia era afeitarse la ceja izquierda.

—Qué coñazo —dijo Ben.

Al momento Chuck me empujó contra la taquilla y acercó su cara a la mía, una bonita cara sin cejas.

—¿Qué miráis, gilipollas?

—Nada —le contesó Radar—. Seguro que no estamos mirándote las cejas.

Chuck pegó un empujón a Radar, golpeó la taquilla con la palma de la mano y se marchó.

—¿Se lo has hecho tú? —me preguntó Ben, incrédulo.

—No se lo digáis a nadie —les dije a los dos. Y añadí en voz baja—: Estaba con Margo Roth Spiegelman.

Ben alzó la voz emocionado.

—¿Anoche estabas con Margo Roth Spiegelman? ¿A las tres de la madrugada? —Asentí—. ¿Solos? —Asentí—. Joder, si te has enrollado con ella, tienes que contarme hasta el último detalle. Tienes que escribirme un ensayo sobre el aspecto y el tacto de las tetas de Margo Roth Spiegelman. Treinta páginas como mínimo.

—Quiero que hagas un dibujo realista a lápiz —me pidió Radar.

—También aceptamos una escultura —añadió Ben.

Radar alzó una mano. Se la choqué obedientemente.

—Sí, me preguntaba si sería posible que escribieras una sextina sobre las tetas de Margo Roth Spiegelman. Tus palabras clave son: «Rosadas», «Redondas», «Firmes», «Suculentas», «Flexibles» y «Blandas» —me dijo Radar.

—Personalmente —dijo Ben—, creo que al menos una de las palabras debería ser «turturturtur».

—Creo que no conozco esa palabra —añadí.

—Es el sonido que hago con la boca cuando meto la cara entre las tetas de una pava.

En ese punto Ben imitó lo que haría en el improbable caso de que su cara se topara alguna vez con unas tetas.

—Ahora mismo —dije—, aunque no saben por qué, miles de chicas de todo el país sienten que un escalofrío de miedo y asco les recorre la columna vertebral. De todas formas, no me enrollé con ella, pervertido.

—Siempre igual —me contestó Ben—. Soy el único tío que conozco con huevos para darle a una pava lo que quiere y el único que no tiene oportunidades de hacerlo.

—Qué extraña casualidad —le dije.

La vida era como siempre, solo que estaba más cansado. Había esperado que la noche anterior cambiara mi vida, pero no había sido así. Al menos de momento.

Sonó el segundo timbre y nos fuimos inmediatamente a clase.

Durante la primera clase de cálculo me sentí tremendamente cansado. Bueno, estaba cansado desde que me había despertado, pero combinar el cansancio con el cálculo me pareció injusto. Para mantenerme despierto me dediqué a escribirle una nota a Margo —teniendo en cuenta que no iba a mandársela, era un simple resumen de mis momentos favoritos de la noche anterior—, pero ni siquiera así lo conseguía. En un determinado momento mi boli dejó de moverse y sentí que mi campo visual se reducía cada vez más, de modo que intenté recordar si la visión en túnel era un síntoma de cansancio. Llegué a la conclusión de que debía de serlo, porque ante mí veía una sola cosa, al señor Jiminez en la pizarra, era lo único que mi cerebro procesaba, y cuando el señor Jiminez dijo «¿Quentin?», me quedé muy confuso, porque lo único que sucedía en mi universo era que el señor Jiminez escribía en la pizarra, así que no entendía cómo podía ser una presencia acústica y visual a la vez.

—¿Sí? —le pregunté.

—¿Has oído la pregunta?

—¿Sí? —volví a preguntar.

—¿Y has levantado la mano para contestar?

Levanté los ojos, y por supuesto tenía la mano levantada, pero no sabía cómo había llegado hasta allí. Lo único que más o menos sabía era cómo bajarla. Tras un considerable esfuerzo, mi cerebro consiguió decirle a mi brazo que bajara, y mi brazo consiguió bajar.

—Solo quería preguntar si puedo ir al baño —dije por fin.

—Ve —me contestó el profesor.

Y entonces alguien levantó la mano y preguntó algo sobre las ecuaciones diferenciales.

Me dirigí al baño, me eché agua en la cara, me acerqué al espejo por encima del lavabo y me observé. Me froté los ojos para eliminar la rojez, pero no pude. Y entonces se me ocurrió una idea brillante. Entré en un retrete, bajé la tapa, me senté, me apoyé en la pared y me quedé dormido. El sueño duró unos dieciséis milisegundos, hasta que sonó el timbre de la segunda hora. Me levanté y me dirigí a clase de latín, luego a física y por fin llegó la hora de comer. Encontré a Ben en la cafetería.

—Necesito una siesta —le dije.

—Vamos a comer al *Chuco* —me contestó.

El *Chuco* era un Buick de quince años que habían conducido impunemente los tres hermanos mayores de Ben, así que, cuando le llegó a él, era básicamente cinta adhesiva y masilla.

Su nombre completo era *Churro de Coche*, pero lo llamábamos *Chuco* para abreviar. El *Chuco* no funcionaba con gasolina, sino con el inagotable combustible de la esperanza. Te sentabas en el abrasador asiento de plástico y esperabas a que arrancara, luego Ben giraba la llave y el motor daba un par de vueltas, como un pez fuera del agua dando los últimos aletazos antes de morir. Seguías esperando y el motor volvía a girar un par de veces más. Esperabas más y al final arrancaba.

Ben encendió el *Chuco* y puso el aire acondicionado a tope. Tres de las cuatro ventanillas no se abrían, pero el aire acondicionado funcionaba de maravilla, aunque los primeros minutos no era más que aire caliente que salía de los conductos y se mezclaba con el aire rancio del coche. Recliné al máximo el asiento del copiloto hasta quedarme casi tumbado y se lo conté todo: Margo en mi ventana, el Walmart, la venganza, el SunTrust Building, la entrada en una casa que no era, el SeaWorld y el echaré de menos salir por ahí contigo.

Ben no me interrumpió ni una vez —era un buen amigo cuando se trataba de no interrumpir—, pero nada más acabar me hizo la pregunta más apremiante para él.

—Espera, cuando dices que Jase Worthington la tiene pequeña, ¿cómo de pequeña exactamente?

—Es posible que se le encogiera, porque estaba superagobiado, pero ¿has visto alguna vez un lápiz? —le pregunté, y Ben asintió—. Bueno, pues ¿has visto alguna vez la goma de un lápiz? —Volvió a asentir—. Bueno, pues ¿has visto alguna vez las virutas de goma que quedan en el papel cuando has borrado algo? —Asintió otra vez—. Diría que tres virutas de largo por una de ancho.

Ben había tragado mucha mierda de tipos como Jason Worthington y Chuck Parson, así que pensé que tenía derecho a divertirse un poco. Pero ni siquiera se rió. Se limitó a mover la cabeza despacio, anonadado.

—Joder, Margo es de puta madre.

—Lo sé.

—Es una de esas personas que o muere trágicamente a los veintisiete años, como Jimi Hendrix y Janis Joplin, o de mayor gana el primer Premio Nobel de Genialidad.

—Sí —le dije.

Rara vez me cansaba de hablar de Margo Roth Spiegelman, pero rara vez estaba tan cansado. Me recliné sobre el reposacabezas de plástico rajado y me quedé dormido al momento. Cuando me desperté, tenía encima de las rodillas una hamburguesa del Wendy y una nota: «He tenido que irme a clase, colega. Nos vemos después del ensayo».

Más tarde, después de mi última clase, traduje a Ovidio apoyado en la pared exterior de cemento de la sala de ensayo intentando ignorar las disonancias procedentes del interior. Siempre me quedaba en el instituto durante la hora extra de ensayo, porque marcharme antes que Ben y que Radar implicaba la insoportable humillación de ser el único alumno de último curso del autobús.

Cuando salieron, Ben llevó a Radar a su casa, hacia el «centro» de Jefferson Park, cerca de donde vivía Lacey, y luego me acompañó a mí. Vi que el coche de Margo tampoco estaba aparcado en su casa, así que no se había saltado las clases para dormir. Se habría saltado las clases por otra de sus aventuras, una aventura sin mí. Seguramente pasaría el día extendiendo crema depilatoria en las almohadas de otros enemigos o algo así. Entré en casa sintiéndome un poco abandonado, aunque por supuesto Margo sabía que de todas formas no habría ido con ella, porque no querría perder un día de clase. Y quién sabía si habría sido solo un día. Quizá se había ido a otra excursión de tres días por Mississippi o se había unido temporalmente al circo. Pero no sería ninguna de las dos cosas, por supuesto. Era algo que no podía imaginar, que nunca imaginaría, porque yo no podía ser Margo.

Me preguntaba con qué historias volvería a casa esa vez. Y me preguntaba si se sentaría frente a mí a la hora de comer y me las contaría. Pensé que quizá a eso se refería cuando me dijo que echaría de menos salir conmigo. Sabía que se iría a alguna parte para tomarse otro de sus breves descansos de Orlando, la ciudad de papel. Pero cuando volviera, ¿quién sabía? No podría pasar las últimas semanas de clase con los amigos que siempre había tenido, así que después de todo quizá las pasaría conmigo.

No tuvo que pasar mucho tiempo para que los rumores empezaran a correr. Ben me llamó aquella noche, después de cenar.

—He oído decir que no contesta el teléfono. Alguien ha comentado en Facebook que dijo que quizá se mudaría a un almacén secreto de Tomorrowland, en Disneyland.

—Qué tontería —le dije.

—Ya lo sé. Vaya, Tomorrowland es de lejos la parte más cutre. Y alguien dijo que ha conocido a un tipo en la red.

—Ridículo —insistí.

—Vale, muy bien, pero ¿entonces?

—Andará por ahí divirtiéndose por su cuenta en algo que no podemos ni imaginar —le contesté.

Ben soltó una risita.

—¿Estás diciendo que le gusta divertirse sola?

Gruñí.

—Venga ya, Ben. Quiero decir que estará haciendo sus cosas. Montándose historias. Poniendo el mundo patas arriba.

Aquella noche me tumbé de lado en mi cama y observé el invisible mundo al otro lado de la ventana. Intentaba dormirme, pero los ojos se me abrían cada dos por tres para controlar. No podía evitar esperar que Margo Roth Spiegelman volviera a mi ventana y arrastrara mi cansado culo por otra noche inolvidable.

2

Margo se escapaba tan a menudo que en el instituto no se organizaban patrullas para buscarla, pero todos sentíamos su ausencia. El instituto no es ni una democracia ni una dictadura. Tampoco, como suele creerse, un estado anárquico. El instituto es una monarquía por derecho divino. Y cuando la reina se va de vacaciones, las cosas cambian. En concreto, a peor. Por ejemplo, el segundo año, cuando Margo recorría Mississippi, Becca soltó al mundo la historia de Ben el Sangriento. Y esa vez no fue diferente. La niña que se dedicaba a tapar agujeros se había marchado. La inundación era inevitable.

Aquella mañana, como por una vez fui puntual, Ben me llevó al instituto en coche. Encontramos a todo el mundo extrañamente silencioso ante la puerta de la sala de ensayo.

—Tío —dijo nuestro amigo Frank muy serio.

—¿Qué pasa?

—Chuck Parson, Taddy Mac y Clint Bauer han cogido el Tahoe de Clint y se han llevado por delante doce bicis de alumnos de primero y segundo.

—No me jodas —le contesté negando con la cabeza.

—Y ayer alguien colgó nuestros números de teléfono en el baño de los chicos con... bueno, con guarradas —añadió nuestra amiga Ashley.

Volví a menear la cabeza y yo también me quedé en silencio. No podíamos denunciarlos. Lo habíamos intentado muchas veces antes del instituto, y el resultado inevitable había sido que nos acosaran todavía más. En general solo podíamos esperar a que alguien como Margo les recordara lo inmaduros y gilipollas que eran.

Pero Margo me había enseñado un modo de iniciar la contraofensiva. Y estaba a punto de decir algo cuando vi de reojo a un tipo alto corriendo hacia nosotros. Llevaba un pasamontañas negro y un sofisticado cañón de agua de color verde en las manos. Al pasar me dio un golpe en el hombro, perdí el equilibrio y aterricé de lado en el cemento agrietado. Al llegar a la puerta, se giró y me gritó:

—Te dedicas a putearnos, así que te vamos a empalizar.

La voz no me sonaba de nada.

Ben y otro amigo me ayudaron a levantarme. Me dolía el hombro, pero no quería frotármelo.

—¿Estás bien? —me preguntó Radar.

—Sí, muy bien.

Entonces sí que me froté el hombro.

Radar negó con la cabeza.

—Alguien debería explicarle que, aunque es posible dar una paliza, y también pegar una paliza, no es posible empalizar a nadie.

Me reí. Alguien señaló el aparcamiento, levanté la mirada y vi a dos chavalines de primero acercándose a nosotros con la camiseta mojada y colgando.

—¡Eran meados! —nos gritó uno de ellos.

El otro no dijo nada. Se limitaba a apartar las manos de la camiseta, lo que no terminaba de funcionar. Vi chorretones resbalándole desde las mangas hasta los brazos.

—¿Meados animales o humanos? —preguntó alguien.

—¡Cómo voy a saberlo! ¿Qué pasa, que soy un experto en meados?

Me acerqué al chaval y le apoyé la mano en la cabeza, que era lo único que parecía totalmente seco.

—Esto no va a quedar así —le dije.

Sonó el segundo timbre y Radar y yo corrimos a clase de cálculo. Mientras me sentaba a mi mesa, me di un golpe en el brazo, y el dolor me subió hasta el hombro. Radar me señaló su libreta, en la que había escrito una nota rodeada por un círculo: «Hombro OK?».

Escribí en la esquina de mi libreta: «Comparado con los chavalines, he pasado la mañana en un campo de arcoíris jugueteando con animalitos».

Radar se rió tan alto que el señor Jiminez le lanzó una mirada. Escribí: «Tengo un plan, pero tenemos que descubrir quién era».

Radar escribió «Jasper Hanson» y lo rodeó varias veces con un círculo. Me sorprendió.

«¿Cómo lo sabes?»

Radar escribió: «¿No lo has visto? El muy imbécil llevaba la camiseta de fútbol con su nombre».

Jasper Hanson era un alumno de tercero. Siempre había pensado que era un chaval tranquilo y majete, de esos un poco torpes que te preguntan: «Tío, ¿qué tal?». No esperaba verlo lanzando géiseres de pis a los de primero. Sinceramente, en la jerarquía gubernamental del instituto Winter Park, Jasper Hanson era como el ayudante adjunto del subsecretario de Atletismo y Actividades Ilícitas. Cuando un tipo así asciende a vicepresidente ejecutivo de Armamento Urinario, hay que tomar cartas en el asunto de inmediato.

Así que en cuanto llegué a casa aquella tarde, me creé una cuenta de correo y escribí inmediatante a mi viejo amigo Jason Worthington.

De: mvengador@gmail.com
A: jworthington90@yahoo.com
Asunto: Usted, yo, la casa de Becca Arrington, su pene, etc.

Querido señor Worthington:
1. Deberá entregar doscientos dólares en efectivo a cada una de las doce personas cuyas bicicletas destrozaron sus amigos con el Chevy Tahoe. No debería suponerle un problema, dada su inmensa riqueza.
2. El tema de las pintadas en el baño de los chicos debe concluir.
3. ¿Cañones de agua? ¿Con meados? ¿De verdad? Madure un poco.
4. Debería tratar a los compañeros con respeto, especialmente a los que son socialmente menos afortunados que usted.
5. Probablemente debería aleccionar a los miembros de su clan para que se comporten también con consideración.

Soy consciente de que cumplir alguna de estas tareas resultará muy difícil. Pero en ese caso también resultará muy difícil no compartir con todo el mundo la fotografía adjunta.

Cordialmente,

su amistoso vecino Némesis

A los doce minutos llegó su respuesta.

Mira, Quentin, porque sí, sé que eres tú. Sabes que no fui yo el que chorreó con meados a los chicos de primero. Lo siento, pero no controlo lo que hacen los demás.

Mi respuesta:

Señor Worthington:
Entiendo que no controle a Chuck y Jasper. Pero, ya ve, estoy en una situación similar a la suya. No controlo al diablillo que está sentado en mi hombro izquierdo. El diablo me dice: «IMPRIME LA FOTO IMPRIME LA FOTO CUÉLGALA POR TODO EL INSTITUTO HAZLO HAZLO HAZLO». Pero en el hombro derecho tengo un angelito blanco. Y el ángel me dice: «Hombre, me juego el cuello a que esos chicos de primero reciben su dinero a primera hora de la mañana del lunes».

También yo, angelito, también yo.

Mis mejores deseos,

Su amistoso vecino Némesis.

No me contestó, aunque no era necesario. Ya nos lo habíamos dicho todo.

Ben se pasó por mi casa después de cenar y estuvimos jugando
al Resurrection parando más o menos cada media hora para
llamar a Radar, que había salido con Angela. Le dejamos once
mensajes, cada uno más impertinente y lascivo que el anterior.
Eran las nueve pasadas cuando sonó el timbre.

—¡Quentin! —gritó mi madre.

Ben y yo supusimos que era Radar, así que paramos el juego y salimos al comedor. Chuck Parson y Jason Worthington
estaban en la entrada. Me acerqué a ellos.

—Hola, Quentin —dijo Jason.

Lo saludé con la cabeza. Jason lanzó una mirada a Chuck,
que me miró y murmuró:

—Perdona, Quentin.

—¿Por qué? —le pregunté.

—Por decirle a Jasper que disparara meados a los chavales
de primero —murmuró. Hizo una pausa y siguió diciendo—:
Y por lo de las bicis.

Ben abrió los brazos, como si fuera a abrazarlo.

—Ven aquí, colega —le dijo.

—¿Qué?

—Que vengas —le repitió.

Chuck dio un paso adelante.

—Más cerca —dijo Ben.

Chuck avanzó hasta la entrada, a un paso de Ben. Y de
repente, Ben le pegó un puñetazo en la barriga. Chuck apenas

se encogió. Dio un paso atrás para darle a Ben, pero Jase lo agarró del brazo.

—Tranquilo, colega —le dijo Jase—. Tampoco te ha dolido tanto.

Me tendió la mano para que se la estrechara.

—Me gusta que tengas huevos, colega. Bueno, eres un capullo. Pero da igual.

Le estreché la mano.

Se metieron en el Lexus de Jase, dieron marcha atrás y se marcharon. En cuanto cerré la puerta, Ben soltó un fuerte rugido.

—Ayyyyyyyyyyyyyyyyyyy. Joder, mi mano. —Ben intentó cerrar el puño e hizo una mueca de dolor—. Creo que Chuck Parson se había metido un libro en la barriga.

—Se llaman abdominales —le expliqué.

—Sí, claro. He oído hablar de ellos.

Le di una palmadita en la espalda y volvimos a la habitación a seguir jugando al Resurrection. Justo habíamos quitado la pausa cuando Ben dijo:

—Por cierto, ¿te has dado cuenta de que Jase dice «colega»? He vuelto a ponerlo de moda. Y solo con la fuerza de mi genialidad.

—Sí, te pasas el viernes por la noche jugando y curándote la mano, que te has roto intentando pegarle un puñetazo a un tipo. No me extraña que Jase Worthington haya decidido arrimarse a tu árbol.

—Al menos soy bueno al Resurrection —me dijo.

Y me disparó por la espalda, aunque estábamos jugando en equipo.

Jugamos un rato más, hasta que Ben se acurrucó en el suelo, con el mando pegado al pecho, y se quedó dormido. Yo también estaba cansado. Había sido un día largo. Suponía que Margo estaría de vuelta el lunes, pero aun así me sentí un poco orgulloso de haber sido la persona que había detenido la tormenta.

3

Todas las mañanas miraba por la ventana de mi habitación para comprobar si en la habitación de Margo había algún signo de vida. Siempre tenía las persianas de mimbre bajadas, pero, desde que se había marchado, su madre o alguna otra persona de la casa las había subido, de modo que veía un trocito de pared azul y techo blanco. Aquel sábado por la mañana, como hacía solo cuarenta y ocho horas que se había escapado, suponía que todavía no estaría en casa, pero aun así me sentí un poco decepcionado al ver que la persiana seguía subida.

Me lavé los dientes y después, tras darle unas paraditas a Ben intentando despertarlo, salí en pantalón corto y camiseta. Había cinco personas sentadas a la mesa del comedor: mis padres, los padres de Margo y un afroamericano alto y corpulento con unas gafas enormes, un traje gris y una carpeta marrón en las manos.

—Ay, hola —dije.

—Quentin, ¿viste a Margo el miércoles por la noche? —me preguntó mi madre.

Entré en el comedor y me apoyé en la pared, enfrente del desconocido. Ya tenía pensada la respuesta a esa pregunta.

—Sí —le contesté—. Apareció por mi ventana hacia las doce, hablamos un minuto y luego el señor Spiegelman la pilló y tuvo que volver a casa.

—¿Y esa fue…? ¿La has visto después? —me preguntó el señor Spiegelman.

Parecía bastante tranquilo.

—No, ¿por qué? —pregunté.

—Bueno —contestó la madre de Margo con un tono agudo—, parece que Margo se ha escapado. Otra vez. —Suspiró—. Debe de ser… ¿cuántas veces van ya, Josh? ¿Cuatro?

—Uf, he perdido la cuenta —contestó su marido, enfadado.

Entonces intervino el afroamericano.

—La quinta vez que han presentado una denuncia. —Me saludó con la cabeza y dijo—: Detective Otis Warren.

—Quentin Jacobsen —le dije yo.

Mi madre se levantó y apoyó las manos en los hombros de la señora Spiegelman.

—Debbie —le dijo—, lo siento mucho. Es una situación muy frustrante.

Conocía aquel truco. Era un truco psicológico llamado escucha empática. Dices lo que la persona está sintiendo para que se sienta comprendida. Mi madre lo hace conmigo a todas horas.

—No estoy frustrada —le contestó la señora Spiegelman—. Se acabó.

—Exacto —dijo el señor Spiegelman—. Esta tarde vendrá un cerrajero. Cambiaremos las cerraduras. Tiene dieciocho años. En fin, el detective acaba de decirnos que no podemos hacer nada…

—Bueno —lo interrumpió el detective Warren—, no he dicho eso exactamente. He dicho que no es menor de edad, de modo que tiene derecho a marcharse de casa.

El señor Spiegelman siguió hablando con mi madre.

—Nos parece bien pagarle la universidad, pero no vamos a tolerar estas… estas tonterías. Connie, ¡tiene dieciocho años! ¡Y sigue siendo una egocéntrica! Tiene que ver las consecuencias.

Mi madre retiró las manos de los hombros de la señora Spiegelman.

—Diría que las consecuencias que tiene que ver son las del cariño —le dijo mi madre.

—Bueno, no es tu hija, Connie. A ti no lleva diez años pisándote como si fueras un felpudo. Tenemos que pensar en nuestra otra hija.

—Y en nosotros —añadió el señor Spiegelman. Levantó la mirada hacia mí—. Quentin, lamento que intentara involucrarte en su jueguecito. Ya te imaginas lo… lo avergonzados que estamos. Eres un buen chico, y ella… Bueno.

Me separé de la pared y me quedé de pie, muy tieso. Conocía un poco a los padres de Margo, pero nunca los había visto actuar con tan mala leche. No me extrañaba que estuviera enfadada con ellos el miércoles por la noche. Miré al detective. Estaba pasando hojas de la carpeta.

—Siempre ha dejado algún rastro, ¿no? —dijo.

—Pistas —le contestó el señor Spiegelman levantándose.

El detective dejó la carpeta en la mesa, y el padre de Margo se inclinó para echar un vistazo.

—Pistas por todas partes. El día que se marchó a Mississippi, comió sopa de letras y dejó exactamente cuatro letras en el plato: una M, una I, una S y una P. Se quedó decepcionada porque no supimos juntarlas, aunque, como le dije cuando por fin volvió: «¿Cómo vamos a encontrarte si lo único que sabemos es "Mississippi"? Es un estado grande, Margo».

El detective carraspeó.

—Y dejó a Minnie Mouse en su cama cuando se metió en Disney World una noche.

—Sí —dijo su madre—. Pistas. Estúpidas pistas. Pero nunca puedes seguirlas, créame.

El detective levantó los ojos de la carpeta.

—Haremos correr la voz, por supuesto, pero de ningún modo podemos obligarla a volver a casa. No deben contar necesariamente con que regresará bajo su techo en un futuro inmediato.

—No la quiero bajo nuestro techo. —La señora Spiegelman se llevó un pañuelo a los ojos, aunque no parecía estar llorando—. Sé que es terrible, pero es la verdad.

—Deb —dijo mi madre con su tono de psicóloga.

La señora Spiegelman se limitó a mover ligeramente la cabeza.

—¿Qué podemos hacer? Se lo hemos dicho al detective. Hemos presentado una denuncia. Es una adulta, Connie.

—Es tu hija adulta —dijo mi madre, todavía calmada.

—Vamos, Connie. ¿Acaso no es de locos que estemos encantados de que se haya ido de casa? Pues claro que es de locos. Pero estaba volviendo loca a toda la familia. ¿Cómo buscar a una persona que asegura que no van a encontrarla, que siempre deja pistas que no llevan a ninguna parte, que se escapa cada dos por tres? ¡Es imposible!

Mi madre y mi padre se miraron, y luego el detective se dirigió a mí.

—Hijo, me pregunto si podríamos charlar en privado.

Asentí. Nos metimos en la habitación de mis padres. Él se sentó en un sillón y yo, en el borde de la cama.

—Muchacho —me dijo cuando se hubo acomodado en el sillón—, permíteme que te dé un consejo: nunca trabajes para el gobierno. Porque cuando trabajas para el gobierno, trabajas para la gente. Y cuando trabajas para la gente, tienes que relacionarte con ella, incluso con los Spiegelman.

Solté una risita.

—Permíteme que sea sincero contigo, muchacho —siguió diciéndome—. Esta gente sabe tanto de ser padres como yo de hacer dieta. He trabajado con ellos otras veces y no me gustan. Me da igual que no les digas a los padres de Margo dónde está, pero te agradecería que me lo dijeras a mí.

—No lo sé —le contesté—. De verdad que no lo sé.

—Muchacho, he estado pensando en la chica. Lo que hace… Se mete en Disney World, por ejemplo, ¿verdad? Se va a Mississippi y deja pistas con sopa de letras. Organiza una gran campaña para empapelar casas con papel higiénico.

—¿Cómo lo sabe?

Hacía dos años, Margo había liderado el empapelado de doscientas casas en una sola noche. No será necesario que diga que no me invitó a participar en aquella aventura.

—He trabajado en este caso antes. Así que, muchacho, necesito que me ayudes. ¿Quién planifica estas cosas? ¿Estos proyectos de locos? Ella es la portavoz de todo esto, la única lo bastante loca para hacerlo. Pero ¿quién lo planifica? ¿Quién se sienta con libretas llenas de diagramas para calcular cuánto papel higiénico se necesita para empapelar un montón de casas?

—Supongo que ella.

—Pero debe de tener un socio, alguien que la ayude a hacer todas estas cosas desaforadas y geniales. Y quizá la persona que comparte su secreto no es la más obvia, no es su mejor amiga ni su novio. Quizá es alguien en quien nunca pensarías —me dijo.

El detective respiró y estaba a punto de decir algo más cuando lo interrumpí.

—No sé dónde está. Se lo juro por Dios.

—Solo quería asegurarme, muchacho. De todas formas, sabes algo, ¿verdad? Empecemos por ahí.

Se lo conté todo. Confiaba en aquel tipo. Tomó algunas notas mientras yo hablaba, aunque sin demasiados detalles. Pero al contárselo, y al verlo garabateando en la libreta, y al haberme dado cuenta de la estupidez de los padres de Margo…, por primera vez me planteé la posibilidad de que hubiera desaparecido por mucho tiempo. Cuando acabé de hablar, estaba tan preocupado que empezaba a faltarme el aire. El detective no dijo nada durante un rato. Se inclinó hacia delante y miró a la lejanía hasta encontrar lo que estaba buscando, y entonces empezó a hablar.

—Mira, muchacho. Pasa lo siguiente: alguien con espíritu libre, normalmente una chica, no se lleva demasiado bien con sus padres. Estos chicos son como globos de helio atados. Tiran del hilo una y otra vez, hasta que al final el hilo se rompe y salen volando. Y quizá no vuelvas a ver ese globo, porque aterriza en Canadá o donde sea, encuentra trabajo en un restaurante y antes de que el globo se dé cuenta, lleva treinta años en la misma cafetería sirviendo café a los mismos hijos de puta. O quizá dentro de tres o cuatro años, o dentro de tres o cuatro días, los vientos predominantes devuelven el globo a casa, porque necesita dinero, o porque se lo ha pensado mejor, o porque echa de menos a su hermanito. Pero, mira, muchacho, el hilo no deja de romperse.

—Sí, pe…

—No he terminado, muchacho. El problema de estos putos globos es que hay muchísimos. El cielo está lleno de globos que vuelan de un lado a otro y chocan entre sí, y todos y cada uno de estos putos globos acaban en la mesa de mi despacho por una razón u otra, y con el tiempo uno se desanima. Globos por todas partes, cada uno de ellos con un padre o una madre, o con un poco de suerte con los dos, y al final ni siquieras puedes verlos individualmente. Levantas la mirada hacia los globos del cielo y los ves en su totalidad, pero ya no los ves de uno en uno. —Se calló y respiró profundamente, como si acabara de darse cuenta de algo—. Pero de vez en cuando hablas con un chico de ojos grandes y con demasiado pelo en la cabeza y quieres mentirle porque parece un buen chico. Y lo sientes por él, porque lo único peor que el cielo lleno de globos que ves es lo que ve él: un día azul y despejado con un único globo. Pero cuando el hilo se rompe, muchacho, no puedes volver a pegarlo. ¿Entiendes lo que te quiero decir?

Asentí, aunque no estaba seguro de haberlo entendido. Se levantó.

—Creo que volverá pronto, muchacho. Por si sirve de algo.

Me gustó la imagen de Margo como un globo, pero pensé que, en su deseo de ser poético, el detective me había visto mucho más preocupado de lo que realmente estaba. Sabía que volvería. Se desinflaría y volvería volando a Jefferson Park. Siempre había vuelto.

Regresé al comedor con el detective, que dijo que quería volver a la casa de los Spiegelman para echar un vistazo en la habitación de Margo. La señora Spiegelman me abrazó.

—Siempre has sido un buen chico —me dijo—. Siento que tengas que verte mezclado en estas ridiculeces.

El señor Spiegelman me estrechó la mano y se marcharon. En cuanto se hubo cerrado la puerta, mi padre dijo:

—Uau.

—Uau —confirmó mi madre.

Mi padre me pasó el brazo por los hombros.

—Han optado por una dinámica que solo crea problemas, ¿verdad?

—Son gilipollas —le dije yo.

A mis padres les gustaba que dijera tacos delante de ellos. Veía el placer en sus caras. Significaba que confiaba en ellos, que era yo mismo delante de ellos. Pero, aun así, parecían tristes.

—Los padres de Margo sufren una lesión grave en su narcisismo cada vez que su hija se porta mal —me dijo mi padre.

—Y eso les impide comportarse como padres de forma eficaz —añadió mi madre.

—Son gilipollas —repetí.

—Para ser sincero —dijo mi padre—, seguramente tienen razón. Seguramente Margo necesita atención. Y Dios sabe que también yo necesitaría atención si esos dos fueran mis padres.

—Cuando vuelva se quedará destrozada —comentó mi madre—. Que te abandonen así… Rechazada cuando más cariño necesitas.

—Quizá podría vivir aquí cuando vuelva —dije.

Y al decirlo me di cuenta de que era una idea absolutamente genial. A mi madre también le brillaron los ojos, pero luego vio algo en la expresión de mi padre y me contestó con su habitual moderación.

—Bueno, sin duda sería bienvenida, aunque tendría sus inconvenientes…: vivir al lado de los Spiegelman. Pero cuando vuelva al instituto, dile que aquí es bienvenida, por favor, y si no quiere quedarse con nosotros, hay muchas otras soluciones que nos encantaría comentar con ella.

En aquel momento apareció Ben con el pelo tan enmarañado que parecía desafiar nuestros conocimientos básicos sobre el efecto de la fuerza de gravedad sobre la materia.

—Señor y señora Jacobsen, encantado de verlos, como siempre.

—Buenos días, Ben. No sabía que te habías quedado a dormir.

—La verdad es que yo tampoco —dijo Ben—. ¿Sucede algo?

Le conté a Ben lo del detective, los Spiegelman y Margo, que técnicamente era una persona adulta desaparecida. Cuando terminé, asintió y dijo:

—Seguramente tendríamos que hablarlo ante un plato bien caliente de Resurrection.

Sonreí y volví con él a mi habitación. Radar se pasó por mi casa poco después, y en cuanto llegó, me echaron del equipo, porque nos enfrentábamos a una misión difícil y, aunque era el único de los tres que tenía el juego, no era demasiado bueno en el Resurrection. Estaba observándolos avanzar por una estación espacial atestada de demonios cuando Ben dijo:

—Un duende, Radar, un duende.

—Ya lo veo.

—Ven aquí, hijo de puta —dijo Ben girando los mandos—. Papá va a meterte en un barco para que cruces el río Estigia.

—¿Acabas de recurrir a la mitología griega para fanfarronear? —le pregunté.

Radar se rió. Ben empezó a aporrear botones y a gritar.

—¡Cómete esa, duende! ¡Cómetela como Zeus se comió a Metis!

—Diría que volverá el lunes —comenté—. Ni siquiera a Margo Roth Spiegelman le interesa perder muchas clases. Quizá se quede aquí hasta la graduación.

Radar me contestó como contestaría cualquiera que estuviera jugando al Resurrection, de forma inconexa.

—Todavía no entiendo por qué se ha marchado, ¿solo porque *demonio delante no tío con la pistola de rayos* se ha quedado sin novio? Pensaba que era más *dónde está la cueva a la izquierda* inmune a estas cosas.

—No —le dije—, no ha sido eso, no creo. O no solo eso. Odia Orlando. Dijo que es una ciudad de papel. Ya sabes, todo tan falso y poco sólido. Creo que sencillamente quería tomarse unas vacaciones.

Entonces eché un vistazo por la ventana e inmediatamente vi que alguien —supuse que el detective— había bajado la persiana de la habitación de Margo. Pero no se veía la persiana. Lo que se veía era un póster en blanco y negro pegado a la parte exterior de la persiana. Era la fotografía de un hombre, con los hombros ligeramente caídos, mirando al frente. Tenía un cigarrillo entre los labios y llevaba colgada del hombro una guitarra con una frase pintada: ESTA MÁQUINA MATA FASCISTAS.

—Hay algo en la ventana de Margo.

La música del juego se paró, y Radar y Ben se acercaron a mí y se arrodillaron uno a cada lado.

—¿Es nuevo? —me preguntó Radar.

—He visto esa persiana por fuera millones de veces, pero nunca había visto ese póster —le contesté.

—Qué raro —dijo Ben.

—Los padres de Margo han dicho esta mañana que a veces deja pistas —dije yo—. Pero nunca algo lo bastante concreto como para encontrarla antes de que vuelva a casa.

Radar ya había sacado su ordenador de bolsillo y estaba buscando la frase en el Omnictionary.

—La foto es de Woody Guthrie —comentó—. Cantante de folk, 1912-1967. Todas sus letras hablaban de la clase obrera. «This Land Is Your Land.» Tirando a comunista. Inspiró a Bob Dylan.

Radar reprodujo un trozo de una canción suya, una voz aguda y chirriante cantando sobre sindicatos.

—Mandaré un correo al tipo que ha escrito casi toda esta página para ver si hay alguna relación entre Woody Guthrie y Margo —dijo Radar.

—Me cuesta imaginar que le gusten sus canciones —añadí.

—Cierto —admitió Ben—. Este tipo parece la rana Gustavo alcohólica y con cáncer de garganta.

Radar abrió la ventana, asomó la cabeza y miró en todas direcciones.

—Pues parece que ha dejado la pista para ti, Q. Vaya, ¿conoce a alguien más que pueda ver esa ventana?

Negué con la cabeza.

Al rato Ben añadió:

—Nos mira de una manera… Como si dijera: «Prestadme atención». Y la cabeza así… No parece estar en un escenario. Parece estar en una puerta o algo así.

—Creo que quiere que entremos —dije.

4

Desde mi habitación no se veía la puerta de la calle ni el garaje.
Para verlos teníamos que ir a la sala de estar. De modo que,
mientras Ben seguía jugando al Resurrection, Radar y yo fuimos a la sala y fingimos ver la tele mientras vigilábamos la
puerta de los Spiegelman a través de un ventanal, esperando a
que los padres de Margo salieran. El Crown Victoria negro del
detective Warren todavía estaba frente a la casa.

Se marchó unos quince minutos después, pero durante la hora
siguiente no volvió a abrirse ni la puerta de la calle ni la del
garaje. Radar y yo veíamos una comedia medio graciosa de
porreros en el canal HBO, y había empezado a meterme en la
historia cuando Radar dijo:

—La puerta del garaje.

Salté del sofá y me acerqué a la ventana para ver quién iba
en el coche. El señor y la señora Spiegelman. Ruthie se había
quedado en casa.

—¡Ben! —grité.

Salió como una flecha. Mientras los Spiegelman giraban Jefferson Way para meterse en Jefferson Road, salimos corriendo a la húmeda mañana.

Atravesamos el césped de los Spiegelman hasta la puerta. Llamé al timbre, oí las patas de Myrna Mountweazel corriendo por el suelo de madera y luego se puso a ladrar como una loca, mirándonos por el cristal lateral. Ruthie abrió la puerta. Era una niña muy dulce de unos once años.

—Hola, Ruthie.

—Hola, Quentin —me contestó.

—¿Están tus padres en casa?

—Acaban de marcharse —me dijo—. Al Target. —Tenía los grandes ojos de Margo, pero castaños. Me miró y frunció los labios preocupada—. ¿Has visto al policía?

—Sí —le contesté—. Parecía amable.

—Mi madre dice que es como si Margo hubiera ido a la universidad antes.

—Sí —le dije.

Pensé que la mejor manera de resolver un misterio era llegar a la conclusión de que no había misterio que resolver. Pero a esas alturas tenía claro que Margo había dejado tras de sí las pistas de un misterio.

—Oye, Ruthie, tenemos que echar un vistazo a la habitación de Margo —le dije—. Pero el caso es… Es como cuando Margo te pedía hacer algo en secreto. La situación es la misma.

—A Margo no le gusta que entren en su habitación —me contestó Ruthie—. Menos yo. Y a veces mi madre.

—Pero somos amigos suyos.

—No le gusta que sus amigos entren en su habitación —insistió Ruthie.

Me incliné hacia ella.

—Ruthie, por favor.

—Y no quieres que se lo diga a mis padres.

—Exacto.

—Cinco dólares —me dijo.

Estuve a punto de regatear el precio, pero Radar sacó un billete de cinco dólares y se lo dio.

—Si veo el coche en el camino de entrada, os avisaré —nos dijo con un tono cómplice.

Me arrodillé para acariciar a la vieja pero siempre entusiasta Myrna Mountweazel y luego subimos corriendo a la habitación de Margo. Al apoyar la mano en el pomo de la puerta se me pasó por la cabeza que no había visto la habitación de Margo desde que tenía unos diez años.

Entré. Estaba más limpia de lo que cabría esperar de Margo, pero quizá su madre lo había recogido todo. A mi derecha, un armario lleno a rebosar de ropa. Detrás de la puerta, un zapatero con un par de docenas de pares de zapatos, desde merceditas hasta taconazos. No parecía que faltaran demasiadas cosas.

—Me pongo con el ordenador —dijo Radar.

Ben toqueteaba la persiana.

—El póster está pegado —observó—. Solo con cinta adhesiva. Nada fuerte.

La gran sorpresa estaba en la pared de al lado de la mesa del ordenador: estanterías de mi altura y el doble de anchas llenas de discos de vinilo. Cientos de discos.

—En el tocadiscos está *A Love Supreme*, de John Coltrane —dijo Ben.

—Joder, es un álbum genial —dijo Radar sin apartar los ojos del ordenador—. La chica tiene buen gusto.

Miré confundido a Ben.

—Era un saxofonista —comentó Ben.

Asentí.

—No me puedo creer que Q nunca haya oído hablar de Coltrane —dijo Radar sin dejar de teclear—. Su música es literalmente la prueba más convincente de la existencia de Dios que he encontrado jamás.

Empecé a mirar los discos. Estaban ordenados alfabéticamente por artistas, así que los recorrí buscando la G: Dizzy Gillespie, Jimmie Dale Gilmore, Green Day, Guided by Voices, George Harrison.

—Tiene a todos los músicos del mundo menos a Woody Guthrie —dije.

Volví atrás y empecé por la A.

—Todos sus libros de texto están aquí —oí decir a Ben—. Más algunos otros en la mesita de noche. Ningún diario.

Pero yo estaba distraído con la colección de discos de Margo. Le gustaba todo. Nunca me la habría imaginado escuchando todos aquellos viejos discos. La había visto escuchando música mientras corría, pero nunca había sospechado aquella especie de obsesión. Yo no había oído hablar de la mayoría de los grupos y me sorprendió descubrir que incluso los grupos nuevos seguían sacando discos en vinilo.

Seguí avanzando por la A, luego por la B —abriéndome camino entre los Beatles, los Blind Boys of Alabama y Blondie—, y empecé a ojearlos más deprisa, tan deprisa que ni siquiera me fijé en la contraportada del *Mermaid Avenue*, de Billy Bragg, hasta que estaba mirando el de los Buzzcocks. Me detuve, volví atrás y saqué el disco de Billy Bragg. La portada era una fotografía de casas adosadas de una ciudad. Pero en la cara contraria Woody Guthrie me miraba fijamente, con un cigarrillo entre los labios y con una guitarra en la que ponía: ESTA MÁQUINA MATA FASCISTAS.

—¡Eh! —exclamé.

Ben se acercó a mirar.

—De puta madre —dijo—. Buen trabajo.

Radar giró la silla.

—Impresionante. Me pregunto qué hay dentro —dijo.

Por desgracia, lo que había dentro era solo un disco. Y el disco parecía exactamente un disco. Lo puse en el tocadiscos de Margo y al final descubrí cómo encenderlo y colocar la aguja. Era un tipo cantando canciones de Woody Guthrie. Cantaba mejor que él.

—¿Qué es esto? ¿Una simple coincidencia?

Ben tenía en las manos la cubierta.

—Mira —dijo.

Estaba señalando el listado de canciones. El título «Walt Whitman's Niece» estaba rodeado con un círculo trazado con boli negro.

—Interesante —murmuré.

La madre de Margo había dicho que las pistas de Margo nunca llevaban a ninguna parte, pero ahora sabía que Margo había dejado una cadena de pistas, y todo parecía indicar que la había dejado para mí. Inmediatamente pensé en ella diciéndome en el SunTrust Building que yo era mejor cuando confiaba en mí mismo. Di la vuelta al disco y puse la canción. «Walt Whitman's Niece» era la primera de la cara B. No estaba mal, la verdad.

Entonces vi a Ruthie en la puerta. Me miró.

—¿Puedes darnos alguna pista, Ruthie?

Negó con la cabeza.

—Yo también he buscado —me contestó con tono triste.

Radar me miró y luego giró la cabeza hacia Ruthie.

—¿Puedes vigilar que no llegue tu madre, por favor? —le pregunté.

Asintió y se marchó. Cerré la puerta.

—¿Qué pasa? —le pregunté a Radar, que nos indicó con un gesto que nos acercáramos al ordenador.

—Una semana antes de marcharse, Margo entró un montón de veces en el Omnictionary. Lo sé por los minutos que estuvo conectada con su nombre de usuario, que ha quedado guardado en sus contraseñas. Pero borró su historial de navegación, así que no sé qué buscaba.

—Oye, Radar, busca quién era Walt Whitman —dijo Ben.

—Era un poeta —le contesté—. Del siglo diecinueve.

—Genial —dijo Ben mirando al techo—. Poesía.

—¿Qué tiene de malo? —le pregunté.

—La poesía es tan emo —me dijo—. Ay, el dolor. El dolor. Siempre llueve. En mi corazón.

—Sí, creo que eso es de Shakespeare —le contesté despectivamente—. ¿Walt Whitman tenía alguna sobrina? —le pregunté a Radar.

Radar había entrado ya en la página de Walt Whitman del Omnictionary. Un tipo corpulento con una enorme barba. Nunca lo había leído, pero tenía pinta de ser buen poeta.

—Uf, ninguna famosa. Pone que tenía un par de hermanos, pero no si alguno de ellos tuvo hijos. Creo que puedo encontrarlo si quieres.

Negué con la cabeza. No parecía el camino correcto. Volví a buscar por la habitación. En el último estante de la colección de discos había unos libros —anuarios escolares de años anteriores, un ejemplar destrozado de *Rebeldes*— y varios números atrasados de revistas juveniles. Sin duda nada que tuviera que ver con la sobrina de Walt Whitman.

Eché un vistazo a los libros de su mesita de noche. Nada interesante.

—Lo lógico sería que tuviera un libro de poemas de Whitman —dije—. Pero parece que no es así.

—¡Sí que lo tiene! —exclamó Ben entusiasmado.

Me acerqué a él, que se había arrodillado frente a las estanterías, y lo vi. Había pasado por alto el delgado volumen del último estante, metido entre dos anuarios. Walt Whitman. *Hojas de hierba*. Saqué el libro. En la cubierta había una foto del poeta, cuyos ojos brillantes me miraron fijamente.

—No ha estado mal —le dije a Ben.

Asintió.

—Sí. ¿Podemos largarnos ya? Puedes llamarme chapado a la antigua, pero preferiría no estar aquí cuando volvieran los padres de Margo.

—¿Nos dejamos algo?

Radar se levantó.

—La verdad es que parece que ha trazado una línea perfectamente recta. En ese libro tiene que haber algo. Pero me parece raro… Bueno, sin ofender, pero si siempre ha dejado pistas para sus padres, ¿por qué esta vez iba a dejártelas a ti?

Me encogí de hombros. No podía responderle, aunque por supuesto albergaba esperanzas: quizá Margo quería ver que confiaba en mí mismo. Quizá esa vez quería que la encontraran, que la encontrara yo. Quizá… igual que me había elegido a mí para la noche más larga, había vuelto a elegirme a mí. Y quizá al que la encontrara le esperasen incalculables riquezas.

Ben y Radar se marcharon poco después de que volviéramos a mi casa, tras haber echado un vistazo al libro y no haber encontrado ninguna pista evidente. Cogí un trozo de lasaña del frigorífico y subí a mi habitación con Walt. Era la edición de Penguin Classics de la primera edición de *Hojas de hierba*. Leí parte de la introducción y después hojeé el libro. Había varios versos marcados en fluorescente azul, todos ellos del épicamente largo poema titulado «Canto de mí mismo». Y dos versos marcados en verde:

> *¡Arrancad los cerrojos de las puertas!*
> *¡Arrancad las puertas de los goznes!**

Pasé buena parte de la tarde intentando desentrañar el sentido de la cita, pensando que quizá Margo intentaba decirme

---

* La traducción de todas las citas de *Hojas de hierba* es de Jorge Luis Borges.

que me volviera un cabrón o algo así. Pero leí y releí también
lo que estaba marcado en azul:

Ya no recibirás de segunda o de tercera mano las cosas, ni
mirarás por los ojos de los muertos, ni te alimentarás de los
[espectros de los libros.

El viaje que he emprendido es eterno

Todo progresa y se dilata, nada se viene abajo,
y morir es algo distinto de lo que muchos supusieron, y de
[mejor augurio.

Si nadie en el mundo lo sabe, estoy satisfecho,
si todos y cada uno lo saben, estoy satisfecho.

Las tres últimas estrofas del «Canto de mí mismo» también
estaban marcadas con fluorescente.

Que el lodo sea mi heredero, quiero crecer del pasto que amo;
Si quieres encontrarte conmigo, búscame bajo la suela de tus
[zapatos.

Apenas comprenderás quién soy yo o qué quiero decir,
pero he de darte buena salud, y a tu sangre, fuerza y pureza.

Si no me encuentras al principio no te descorazones,
si no estoy en un lugar me hallarás en otro,
en alguna parte te espero.

Pasé el fin de semana leyendo, intentando verla en los fragmentos del poema que me había dejado. No llegaba a ninguna parte con aquellas líneas, pero seguí pensando en ellas porque no quería defraudarla. Margo quería que siguiera el hilo, que encontrara el lugar en el que estaba esperándome, que siguiera su rastro hasta llegar a ella.

5

El lunes por la mañana sucedió un acontecimiento extraordinario. Iba tarde, lo que era normal, así que mi madre me llevó al instituto, lo que también era normal. Me quedé fuera charlando un rato con todo el mundo, lo que era normal, y luego Ben y yo entramos, lo que también era normal. Pero en cuanto empujamos la puerta de acero, la cara de Ben se convirtió en una mezcla de nervios y pánico, como si un mago acabara de elegirlo para hacer el truco de serrarlo por la mitad. Seguí su mirada por el pasillo.

Minifalda vaquera. Camiseta blanca ceñida. Escote generoso. Piel extraordinariamente aceitunada. Piernas que despertaban tu interés por las piernas. Pelo castaño rizado perfectamente peinado. Una chapa que decía VÓTAME PARA REINA DEL BAILE. Lacey Pemberton. Acercándose a nosotros junto a la sala de ensayo.

—Lacey Pemberton —susurró Ben, aunque la chica estaba a unos tres pasos de nosotros y perfectamente podía oírlo. Y, de hecho, esbozó una sonrisa falsamente tímida al oír su nombre.

—Quentin —me dijo.

Lo que me pareció más increíble de todo fue que supiera mi nombre. Hizo un gesto con la cabeza y crucé detrás de ella la sala de ensayo hasta llegar a un bloque de taquillas. Ben se mantuvo a mi lado.

—Hola, Lacey —saludé cuando se detuvo.

Como me llegaba su perfume, recordé aquel olor en su todoterreno y el crujido del pez gato mientras Margo y yo bajábamos el asiento.

—Me han dicho que estabas con Margo.

Me limité a mirarla.

—La otra noche, con el pescado. En mi coche. Y en el armario de Becca. Y en la ventana de Jase.

Seguí mirándola. No sabía qué decir. Uno puede tener una larga e intrépida vida sin que Lacey Pemberton le haya dirigido la palabra jamás, pero cuando esa rara ocasión se presenta, uno no desea decir lo que no debe. Así que Ben habló por mí.

—Sí, salieron juntos —dijo Ben, como si Margo y yo fuéramos íntimos.

—¿Estaba enfadada conmigo? —preguntó Lacey algo después.

Miraba al suelo. Vi su sombra de ojos marrón.

—¿Qué?

Entonces habló muy despacio, con la voz ligeramente rota, y de repente Lacey Pemberton ya no era Lacey Pemberton. Era solo… una persona.

—Ya sabes, que si estaba enfadada conmigo por algo.

Pensé un segundo qué contestarle.

—Bueno, estaba un poco defraudada porque no le habías dicho lo de Jase y Becca, pero ya conoces a Margo. Lo superará.

Lacey echó a andar por el pasillo. Ben y yo la dejamos irse, pero de repente aminoró el paso. Quería que fuéramos con ella. Ben me dio un empujoncito y empezamos a andar juntos.

—El problema es que ni siquiera sabía lo de Jase y Becca —dijo Lacey—. Espero poder explicárselo pronto. Por un momento me preocupó que realmente hubiera querido marcharse, pero luego abrí su taquilla, porque me sé su combinación, y siguen estando todas sus fotos y lo demás, los libros también.

—Buena señal —le contesté.

—Sí, pero ya son cuatro días. Es casi un récord en ella. Y bueno, es una mierda, porque Craig lo sabía, y me he enfadado tanto porque no me lo había dicho que he cortado con él, y ahora no tengo pareja para el baile, y mi mejor amiga se ha largado vete a saber dónde, a Nueva York o a cualquier otro sitio, pensando que hice algo que JAMÁS haría.

Lancé una mirada a Ben, y Ben me lanzó una mirada a mí.

—Tengo que irme corriendo a clase —le dije—. ¿Por qué has dicho que está en Nueva York?

—Creo que dos días antes de marcharse le dijo a Jase que Nueva York era el único sitio del país en el que se podía llevar una vida medio decente. Quizá lo dijo por decir. No lo sé.

—Vale, me voy corriendo —le dije.

Sabía que Ben nunca convencería a Lacey de que fuera al baile con él, pero pensé que al menos merecía una oportunidad. Corrí por los pasillos hasta mi taquilla y al pasar por al lado de Radar le di un golpecito en la cabeza. Radar estaba hablando con Angela y una alumna de primero de la banda de música.

—No me lo agradezcas a mí. Agradéceselo a Q —le oí decirle a la chica de primero.

—¡Gracias por los doscientos dólares! —me dijo la chica.

—¡No me lo agradezcas a mí, agradéceselo a Margo Roth Spiegelman! —le grité sin volver la cabeza.

Porque estaba claro que Margo era la que me había proporcionado las herramientas necesarias.

Abrí la taquilla y cogí la libreta de cálculo, pero luego me quedé parado, aunque ya había sonado el segundo timbre, inmóvil en medio del pasillo mientras la gente pasaba corriendo ante mí en ambas direcciones, como si yo fuera la mediana de su autopista. Otro chico me dio las gracias por los doscientos dólares. Le sonreí. El instituto parecía más mío que en los cuatro años que llevaba en él. Habíamos hecho justicia con los frikis de la banda que se habían quedado sin bicicleta. Lacey Pemberton había hablado conmigo. Chuck Parson había pedido perdón.

Conocía muy bien aquellos pasillos y al final empezaba a parecer que también ellos me conocían a mí. Me quedé allí parado mientras sonaba el tercer timbre y la multitud se dispersaba. Solo entonces me dirigí a la clase de cálculo y me senté justo después de que el señor Jiminez hubiera empezado otra de sus interminables lecciones.

Me había llevado el ejemplar de *Hojas de hierba* de Margo a clase, así que lo abrí por debajo de la mesa y empecé a leer de nuevo los fragmentos marcados del «Canto de mí mismo» mientras el señor Jiminez escribía en la pizarra. No vi alusiones directas a Nueva York. Unos minutos después le pasé el libro a Radar, que lo hojeó un rato y luego escribió en la esquina de su libreta: «El subrayado verde debe de querer decir algo. Quizá quiere que abras la puerta de tu mente». Me encogí de hombros y le escribí: «O quizá simplemente leyó el poema dos días diferentes con dos rotuladores diferentes».

A los pocos minutos, al mirar el reloj solo por trigésimo séptima vez, vi a Ben Starling al otro lado de la puerta de la clase, pegándose un baileteo espasmódico y con un permiso para estar fuera de clase en la mano.

Cuando sonó el timbre de la hora de comer, corrí a mi taquilla, pero Ben se las había arreglado para llegar antes que yo y estaba hablando con Lacey Pemberton. Se acercaba a ella, ligeramente encogido para hablarle cara a cara. Hablar con Ben me resultaba a veces un tanto claustrofóbico, y eso que yo no era una tía buena.

—Hola, chicos —les dije al llegar.

—Hola —me contestó Lacey dando un paso atrás para apartarse un poco de Ben—. Ben estaba comentándome las novedades de Margo. Nadie entraba jamás en su habitación, ya sabéis. Decía que sus padres no le permitían que sus amigos fueran a casa.

—¿De verdad?

Lacey asintió.

—¿Sabías que Margo tiene unos mil discos? —le pregunté.

Lacey levantó las manos.

—No. Es lo que estaba contándome Ben. Margo nunca hablaba de música. Bueno, decía que le gustaba una canción que sonaba en la radio y cosas así. Pero… no. Es muy rara.

Me encogí de hombros. Quizá era rara, o quizá los raros éramos los demás. Lacey siguió hablando.

—Pero estábamos diciendo que Walt Whitman era de Nueva York.

—Y según el Omnictionary, Woody Guthrie también vivió en Nueva York mucho tiempo —dijo Ben.

Asentí.

—Me la imagino perfectamente en Nueva York. Pero creo que tenemos que descubrir la siguiente pista. No puede ser solo el libro. Debe de haber algún código en los versos marcados o algo así.

—Sí. ¿Puedo echar un vistazo mientras como?

—Claro —le contesté—. O si quieres, puedo hacerte fotocopias en la biblioteca.

—No hace falta. Solo quiero leerlo. Vaya, que no entiendo una mierda de poesía. Pero una prima mía va a la Universidad de Nueva York, y le he mandado un cartel para que lo imprima. Voy a pedirle que lo cuelgue en tiendas de discos. Bueno, ya sé que hay muchas tiendas de discos, pero en fin.

—Buena idea —le dije.

Se dirigieron a la cafetería y los seguí.

—Oye —preguntó Ben a Lacey—, ¿de qué color es tu vestido?

—Hum, tirando a azul zafiro. ¿Por qué?

—Para asegurarme de que hace juego con mi esmoquin —le contestó Ben.

Nunca había visto una sonrisa de Ben tan ridícula y atontada, y ya es decir, porque era una persona bastante ridícula y atontada.

Lacey asintió.

—Bueno, pero tampoco vayamos demasiado conjuntados. Podrías ir tradicional, con esmoquin negro y chaleco negro.

—Sin faja, ¿te parece?

—Bueno, las fajas están bien, pero sin muchos pliegues, ¿sabes?

Siguieron hablando —al parecer, el nivel ideal de pliegues es un tema de conversación al que pueden dedicarse horas—, pero dejé de escucharlos mientras esperaba en la cola del Pizza Hut. Ben había encontrado pareja para el baile, y Lacey había encontrado a un chico que podía pegarse horas hablando del baile encantado de la vida. Ahora todo el mundo tenía pareja… menos yo, que no iba a ir. La única chica a la que me habría gustado llevar había emprendido un viaje eterno.

Cuando nos sentamos, Lacey empezó a leer el «Canto de mí mismo» y estuvo de acuerdo en que no le sonaba a nada, y desde luego no le sonaba como Margo. Seguíamos sin tener ni idea de lo que Margo intentaba decir, si es que intentaba decir algo. Me devolvió el libro y se pusieron a hablar del baile otra vez.

Durante toda la tarde tuve la sensación de que no iba bien encaminado buscando en las citas marcadas, pero al final me aburría, sacaba el libro de la mochila, me lo ponía en las rodillas y seguía con él. La última clase era literatura y estábamos empezando a leer *Moby Dick*, así que la doctora Holden no dejaba de hablar de la pesca en el siglo XIX. Dejé *Moby Dick* en la mesa y a Whitman en las rodillas, pero ni siquiera estar en clase de literatura servía de algo. Por una vez no miré el reloj en varios minutos, de modo que el timbre me sorprendió y tardé más que los demás en recoger mis cosas. Mientras me colgaba la mochila de un hombro y empezaba a salir, la doctora Holden me sonrió.

—Walt Whitman, ¿eh? —me preguntó.

Asentí avergonzado.

—Es muy bueno —me dijo—. Tan bueno que estoy casi de acuerdo en que lo leas en clase. Pero no del todo.

Murmuré una disculpa y me dirigí al aparcamiento de los alumnos de último curso.

Mientras Ben y Radar ensayaban, me senté en el *Chuco* con las puertas abiertas. Soplaba una ligera brisa esquimal. Leí el *Federalista* para preparar un examen de política que tenía al día siguiente, pero mi mente había entrado en un bucle: Guthrie, Whitman, Nueva York y Margo. ¿Había ido a Nueva York para meterse de lleno en la música folk? ¿Había allí algún músico folk secreto al que yo no conocía? ¿Estaba quizá en un piso en el que uno de ellos había vivido alguna vez? ¿Y por qué quería que yo lo supiera?

Vi por el retrovisor lateral a Ben y a Radar acercándose, Radar balanceando el estuche de su saxo mientras avanzaba deprisa hacia el *Chuco*. Entraron, Ben giró la llave y el *Chuco* escupió. Esperamos un momento y el coche volvió a escupir. Seguimos esperando y al final reaccionó. Ben salió del aparcamiento y del campus.

—¿PUEDES CREERTE ESTA MIERDA? —gritó sin poder contener su alegría.

Empezó a tocar el claxon, pero por supuesto no funcionó, así que cada vez que lo tocaba, gritaba: ¡PIII! ¡PIII! ¡PIII! ¡PITA SI VAS A IR AL BAILE CON UNA PAVA, CON LACEY PEMBERTON! ¡PITA, NENE, PITA!

Apenas pudo mantener la boca cerrada de camino a casa.

—¿Sabéis por qué ha aceptado? ¿Aparte de porque estuviera desesperada? Creo que se ha peleado con Becca Arrington, porque ya sabéis, Becca la engañó, y creo que empezaba a sentirse mal por el tema de Ben el Sangriento. No me lo ha dicho, pero lo parecía. Así que al final tendré temita gracias a Ben el Sangriento.

Me alegraba por él, por supuesto, pero quería centrarme en cómo llegar a Margo.

—Chicos, ¿se os ha ocurrido alguna idea?

Por un momento no hubo respuesta, pero luego Radar me miró por el retrovisor y dijo:

—Lo de las puertas es lo único marcado de diferente color que lo demás, y es además lo más inesperado. Creo que la pista está ahí. ¿Cómo decía?

—«¡Arrancad los cerrojos de las puertas! / ¡Arrancad las puertas de los goznes!», le respondí.

—Hay que admitir que Jefferson Park no es el mejor sitio para arrancar de sus goznes las puertas de los estrechos de mente —dijo Radar—. Quizá es lo que quiere decir. Como aquello que dijo de que Orlando es una ciudad de papel. Quizá lo que quiere decir es que por eso se ha marchado.

Ben frenó en un semáforo y se giró para mirar a Radar.

—Colega —dijo—, creo que estáis dando a esa pava demasiado crédito.

—¿Qué quieres decir? —le pregunté.

—«Arrancad los cerrojos de las puertas» —comentó—. «Arrancad las puertas de los goznes.»

—Sí —dije yo.

El semáforo se puso en verde y Ben pisó el acelerador. El *Chuco* tembló como si fuera a desintegrarse, pero empezó a moverse.

—No es poesía. No es una metáfora. Son instrucciones. Se supone que tenemos que ir a la habitación de Margo, arrancar la cerradura de la puerta y arrancar la puerta de sus goznes.

Radar me miró por el retrovisor y le devolví la mirada.

—Está tan tarado que a veces acaba siendo un genio —me dijo Radar.

6

Aparcamos delante de mi casa y atravesamos la franja de césped que separa la casa de Margo de la mía, como habíamos hecho el sábado. Ruthie abrió la puerta y nos dijo que sus padres no volverían a casa hasta las seis. Myrna Mountweazel, nerviosa, dio vueltas a nuestro alrededor. Subimos al piso de arriba. Ruthie nos llevó una caja de herramientas del garaje, y por un momento nos quedamos todos mirando la puerta de la habitación de Margo. No éramos demasiado mañosos.

—¿Qué demonios se supone que vais a hacer? —preguntó Ben.

—No hables así delante de Ruthie —le dije.

—Ruthie, ¿te importa que diga demonios?

—No creemos en el demonio —le contestó la niña.

Radar interrumpió.

—Tíos —dijo—. Tíos, la puerta.

Radar sacó un destornillador del montón de herramientas, se arrodilló y desatornilló el pomo de la puerta. Yo cogí un destornillador más grande e intenté desatornillar las bisagras, pero no parecía que hubiera tornillos, así que me dediqué a buscarlos. Al final Ruthie se aburrió y se fue a ver la tele.

Radar sacó el pomo, y uno a uno echamos un vistazo al agujero sin pintar y sin pulir. Ningún mensaje. Ninguna nota. Nada. Enfadado, volví a mirar las bisagras preguntándome cómo abrirlas. Abrí y cerré la puerta intentando entender el mecanismo.

—El poema es jodidamente largo —dije—. ¿Creéis que el viejo Walt recurrió a un verso o dos para contarnos cómo arrancar la puerta de sus goznes?

No me di cuenta de que Radar estaba sentado frente al ordenador de Margo hasta que me contestó.

—Según el Omnictionary, estamos buscando un pernio. Y el destornillador se utiliza como palanca para levantar el clavo. Por cierto, algún gamberro ha colgado que los pernios funcionan bien porque se propulsan a pedos. Ay, Omnictionary, ¿llegarás algún día a ser exacto?

Una vez que el Omnictionary nos había explicado lo que hacer, resultó sorprendentemente fácil. Saqué el clavo de cada una de las tres bisagras, y Ben retiró la puerta. Inspeccioné las bisagras y los trozos de madera sin pulir del marco. Nada.

—En la puerta no hay nada —dijo Ben.

Volvimos a colocar la puerta y Ben empujó los clavos con el mango del destornillador.

Radar y yo fuimos a casa de Ben, que era arquitectónicamente idéntica a la mía, a jugar a un videojuego llamado Arctic Fury. Jugamos a ese juego dentro del juego en el que disparabas a los demás con balas de pintura en un glaciar. Recibías puntos extra por disparar a tus enemigos en los huevos. Era muy sofisticado.

—Colega, está en Nueva York, seguro —dijo Ben.

Vi la boca de su rifle detrás de una esquina, pero, antes de que pudiera moverme, me disparó entre las piernas.

—Mierda —murmuré.

—Parece que otras veces sus pistas apuntaban a un lugar. Se lo dice a Jase y nos deja pistas de dos personas que vivieron en Nueva York la mayor parte de su vida —dijo Radar—. Tiene sentido.

—Colega, eso es lo que quiere —observó Ben.

Justo cuando estaba acercándome sigilosamente a Ben, paró el juego.

—Quiere que vayas a Nueva York —siguió diciendo Ben—. ¿Qué pasa si lo ha organizado todo para que sea la única manera de encontrarla? Que vayas.

—¿Que qué pasa? Es una ciudad de doce millones de personas.

—Podría tener aquí a un espía —dijo Radar—. Si vas, ¿quién se lo dirá?

—¡Lacey! —exclamó Ben—. Seguro que es Lacey. ¡Sí! Tienes que meterte en un avión y volar a Nueva York ahora mismo. Y cuando Lacey se entere, Margo irá al aeropuerto a buscarte. Sí. Colega, voy a llevarte a tu casa, harás la maleta, te llevaré al aeropuerto, comprarás un billete con tu tarjeta de crédito solo para emergencias, y entonces, cuando Margo descubra lo de puta madre que eres, tan de puta madre que Jase Worthington no podría ni soñar con compararse contigo, los tres iremos al baile con tías buenas.

No tenía la menor duda de que en las próximas horas habría algún vuelo a Nueva York. Desde Orlando hay vuelos a todas partes a todas horas. Pero dudaba de todo lo demás.

—¿Y si llamas a Lacey? —le pregunté.

—¡No va a confesar! —me contestó Ben—. Piensa en todo lo que han hecho para despistar. Seguramente fingieron haberse peleado para que no sospecharas que Lacey era la espía.

—No lo sé —dijo Radar—, la verdad es que no parece congruente.

Siguió hablando, pero solo lo escuché a medias. Miraba la pantalla detenida y pensaba. Si Margo y Lacey habían fingido pelearse, ¿Lacey había fingido romper con su novio? ¿Había fingido estar preocupada? Lacey había respondido a decenas de e-mails —ninguno con información real— de los carteles que su prima había colgado en tiendas de discos de Nueva York. No era una espía. El plan de Ben era una idiotez. Sin embargo, me atraía la mera idea de tener un plan, aunque faltaban solo dos semanas y media para que acabaran las clases, y si iba a Nueva York, perdería al menos dos días, por no decir que mis padres me matarían por comprar un billete de avión con la tarjeta de crédito. Cuanto más lo pensaba, más absurdo me parecía. Aunque si pudiera verla mañana… Pero no.

—No puedo faltar a clase —dije por fin. Quité la pausa al juego—. Mañana tengo un examen de francés.

—¿Sabes? —preguntó Ben—. Tu romanticismo es toda una inspiración.

Jugué un rato más y luego crucé Jefferson Park de vuelta a casa.

Mi madre me habló una vez de un niño loco con el que trabajaba. Había sido un niño completamente normal hasta los nueve años, cuando murió su padre. Y aunque es evidente que a un montón de niños de nueve años se les muere el padre, y la mayoría no se vuelven locos, supongo que aquel niño fue una excepción.

Lo que hizo el niño fue coger un lápiz y un compás, y empezar a dibujar circunferencias en una hoja de papel. Todas las circunferencias de exactamente cinco centímetros de diámetro. Y dibujaba circunferencias hasta que toda la hoja de papel quedaba totalmente negra. Entonces cogía otra hoja y dibujaba más circunferencias. Y lo hacía todos los días, a todas horas. No prestaba atención en clase, dibujaba circunferencias en todos los exámenes, y mi madre me dijo que el problema del niño era que había generado una rutina para sobrellevar su pérdida, pero que la rutina se había vuelto destructiva. El caso es que mi madre consiguió que llorara por su padre, y el niño dejó de dibujar circunferencias y al parecer desde entonces vivió feliz. Pero de vez en cuando pienso en el niño de las circunferencias, porque de alguna manera lo entiendo. Siempre me han gustado las rutinas. Supongo que aburrirme nunca me había aburrido demasiado. Suponía que no podría explicárselo a alguien como Margo, pero pasarte la vida dibujando circunferencias me parecía una locura hasta cierto punto razonable.

Así que debería haberme sentido bien por no ir a Nueva York. En cualquier caso, era una idiotez. Pero aquella noche, cuando volví a mi rutina, y al día siguiente, en clase, sentía que me corroía por dentro, como si la propia rutina estuviera impidiendo que me reuniera con Margo.

7

El martes por la tarde, cuando hacía seis días que Margo se había marchado, hablé con mis padres. No se trataba de haber tomado una gran decisión ni nada de eso. Sencillamente hablé. Estaba sentado en la barra de la cocina mientras mi padre picaba verduras y mi madre salteaba carne en una sartén. Mi padre me tomaba el pelo preguntándome cuánto iba a tardar en leer un libro tan breve.

—La verdad es que no es para literatura —le dije—. Parece que Margo lo dejó para que lo encontrara.

Se quedaron los dos en silencio, y entonces les conté lo de Woody Guthrie y lo de Whitman.

—Está claro que le gusta jugar a estos juegos de no dar toda la información —observó mi padre.

—No la culpo por querer llamar la atención —dijo mi madre, y luego añadió dirigiéndose a mí—: Pero eso no te hace responsable de su bienestar.

Mi padre echó las zanahorias y las cebollas a la sartén.

—Sí, es verdad. Ninguno de los dos podemos diagnosticarla sin haberla visto, aunque sospecho que pronto estará en casa.

—No deberíamos especular —le dijo mi madre en voz baja, como si yo no estuviera escuchando.

Mi padre iba a contestar, pero lo interrumpí.

—¿Qué debo hacer?

—Graduarte —me contestó mi madre—. Y confiar en que Margo puede cuidar de sí misma. Ya ha mostrado un gran talento.

—Estoy de acuerdo —dijo mi padre.

Pero después de cenar, cuando volví a mi habitación y jugué al Resurrection sin volumen, los oí hablando del tema en voz baja. No oía lo que decían, pero notaba que estaban preocupados.

Aquella misma noche, un rato después, Ben me llamó al móvil.

—Hola —le dije.

—Colega —me dijo.

—Dime —le contesté.

—Voy a ir a comprar zapatos con Lacey.

—¿A comprar zapatos?

—Sí. De diez a doce de la noche hacen un treinta por ciento de descuento. Quiere que la ayude a elegir los zapatos para el baile. Bueno, había comprado unos, pero pasé ayer por su casa y estuvimos de acuerdo en que no eran… ya sabes, quiere los zapatos perfectos para la ocasión. Así que va a devolverlos y luego iremos a Burdines y…

—Ben —lo interrumpí.

—Dime.

—Tío, no me apetece hablar de los zapatos de Lacey para el baile. Y te diré por qué: tengo una cosa que me impide interesarme por los zapatos para los bailes. Se llama polla.

—Estoy muy nervioso y no puedo dejar de pensar que en realidad me gusta, no solo para ir con ella al baile de graduación, sino que me parece una tía muy maja y me gusta salir con ella. Y quizá iremos al baile y nos besaremos en medio de la pista y todo será, joder, ya sabes, todo lo que han pensado de mí se lo llevará el viento…

—Ben —le dije—, deja de decir chorradas y todo irá bien.

Siguió hablando un rato más, pero al final me libré de él.

Me tumbé y empecé a deprimirme por el baile. Me negaba a sentir la más mínima tristeza por el hecho de no ir, pero —estúpida y fastidiosamente— había pensado en encontrar a Margo, traérmela a casa conmigo justo a tiempo para el baile, el sábado por la noche, a última hora, y entrar en el salón del Hilton con vaqueros y camisetas raídas, justo a tiempo para el último baile, y bailar mientras todo el mundo nos señalaría y se maravillaría de que Margo hubiera vuelto, y entonces saldríamos bailando el foxtrot e iríamos a comprar un helado al Friendly's. Así que sí, como Ben, albergaba ridículas fantasías con el baile. Pero al menos no decía las mías en voz alta.

A veces Ben era un idiota tan egocéntrico que tenía que recordarme a mí mismo por qué me seguía cayendo bien. Al menos algunas veces tenía ideas sorprendentemente brillantes. Lo de la puerta había sido una buena idea, aunque no funcionara. Y era obvio que la intención de Margo había sido decirme algo más.

A mí.

La pista era mía. Las puertas eran mías.

De camino al garaje, tuve que pasar por el salón, donde mi madre y mi padre estaban viendo la tele.

—¿Quieres verlo? —me preguntó mi madre—. Están a punto de resolver el caso.

Era un programa de resolver casos de asesinato.

—No, gracias —le contesté.

Crucé la cocina y entré en el garaje. Busqué el destornillador plano más grande que teníamos, me lo metí en la cintura de los pantalones cortos caquis y me apreté bien el cinturón. Cogí una galleta de la cocina, volví a cruzar el salón con pasos solo ligeramente torpes y, mientras veían en la tele cómo se resolvía el misterio, quité los tres clavos de la puerta de mi habitación. Cuando salió el último, la puerta crujió y empezó a inclinarse, así que con una mano la empujé contra la pared, y mientras la colocaba, vi que de la bisagra de arriba salía volando un trocito de papel del tamaño de la uña de mi pulgar. Típico de Margo. ¿Para qué esconder algo en su habitación si podía esconderlo en la mía? Me pregunté cuándo lo había hecho, cómo se había metido en mi habitación. No pude evitar sonreír.

Era un trozo de papel del periódico *Orlando Sentinel*, con los bordes rectos por un lado y desgarrados por el otro. Sabía que era del *Sentinel* porque en un lado se leía: «*do Sentinel*, 6 de mayo de 2». El día que se marchó. No había duda de que el mensaje era suyo. Reconocí su letra.

Avenida bartlesville 8328

No podía volver a colocar la puerta en su sitio sin golpear los clavos con el destornillador, lo que seguro que habría alertado a mis padres, así que puse la puerta en las bisagras y la dejé abierta. Me metí los clavos en el bolsillo, fui hasta el ordenador y busqué un plano en el que apareciera el 8328 de la avenida Bartlesville. Nunca había oído hablar de aquella calle.

Estaba en el quinto pino, a 55,5 kilómetros por la autopista Colonial Drive, casi en la ciudad de Christmas, Florida. Cuando amplié el plano en el que aparecía el edificio, parecía un rectángulo negro con una franja plateada delante y hierba detrás. ¿Una casa móvil quizá? Era difícil hacerse una idea de la escala, porque estaba rodeada de verde.

Llamé a Ben para contárselo.

—¡Tenía yo razón! —exclamó—. Estoy impaciente por contárselo a Lacey, que también estaba convencida de que era buena idea.

Pasé por alto el comentario sobre Lacey.

—Creo que voy a ir —le espeté.

—Sí, claro, por supuesto que tienes que ir. Iré contigo. Podemos ir el domingo por la mañana. Estaré cansado después de haber pasado la noche en el baile, pero no importa.

—No, quiero decir que voy a ir esta noche —le dije.

—Colega, está oscuro. No puedes ir a oscuras a un edificio que no sabes lo que es y con una dirección misteriosa. ¿Nunca has visto una película de terror?

—Quizá Margo esté allí —le dije.

—Sí, y también puede estar allí un demonio que se alimenta de páncreas de chavales —me contestó—. Joder, al menos espera a mañana, aunque después del ensayo tengo que ir a encargar el ramo de Lacey y luego quiero quedarme en casa por si entra en el chat, porque últimamente chateamos mucho…

Lo corté.

—No. Esta noche. Quiero verla.

Sentía que el círculo empezaba a cerrarse. Si me daba prisa, en una hora podría verla.

—Colega, no voy a dejar que vayas a vete a saber qué dirección en plena noche. Si es necesario, te dispararé en el culo con una Taser para inmovilizarte.

—Mañana por la mañana —me dije sobre todo a mí mismo—. Iré mañana por la mañana.

De todas formas, estaba cansado de no tener ni una falta de asistencia. Ben no dijo nada. Lo oí resoplar entre dientes.

—Creo que estoy a punto de pillar algo —me comentó—. Fiebre. Tos. Molestias. Dolores.

Sonreí. Colgué y llamé a Radar.

—Estoy hablando con Ben —me dijo—. Ahora te llamo.

Me llamó un minuto después. Antes de que hubiera podido saludarlo siquiera, Radar me dijo:

—Q, tengo una migraña horrorosa. Imposible que pueda ir a clase mañana.

Me reí.

Después de colgar, me quedé en camiseta y calzoncillos, vacié la papelera en un cajón y la dejé al lado de la cama. Puse la alarma a una hora intempestiva, las seis de la mañana, y pasé las horas siguientes intentando en vano quedarme dormido.

8

A la mañana siguiente mi madre entró en mi habitación.

—Ayer noche ni siquiera cerraste la puerta, dormilón —me dijo.

Abrí los ojos.

—Creo que tengo gastroenteritis —le contesté.

Y me acerqué a la papelera, que contenía vómitos.

—¡Quentin! Vaya por Dios. ¿Cuándo ha sido?

—Hacia las seis —le contesté, y era verdad.

—¿Por qué no nos has avisado?

—Estaba agotado —le dije, y también era verdad.

—¿Te has despertado porque te encontrabas mal? —me preguntó.

—Sí —le contesté, y esa vez no era verdad.

Me había despertado porque la alarma había sonado a las seis, luego entré sigilosamente en la cocina, me comí una barrita de cereales y me bebí un vaso de zumo de naranja. A los diez minutos me metí dos dedos en la garganta. No lo había hecho antes de meterme en la cama porque no quería que la habitación apestara toda la noche. Echar la papa era una mierda, pero fue un momento.

Mi madre se llevó la papelera y la oí limpiándola en la cocina. Volvió con la papelera limpia. Frunció los labios preocupada.

—Bueno, creo que tendré que tomarme el día… —empezó a decir, pero la corté.

—Estoy bien, de verdad —le dije—. Solo tengo el estómago revuelto. Algo me habrá sentado mal.

—¿Estás seguro?

—Te llamaré si me encuentro peor —le dije.

Me dio un beso en la frente. Sentí en la piel el pintalabios pegajoso. Aunque en realidad no estaba enfermo, por alguna razón hizo que me sintiera mejor.

—¿Quieres que cierre la puerta? —me preguntó alargando la mano hacia ella.

La puerta se mantuvo en las bisagras, pero por poco.

—No no no —le dije, quizá demasiado nervioso.

—Vale —me contestó—. Llamaré al instituto de camino al trabajo. Si necesitas algo, llámame. Lo que sea. O si quieres que vuelva a casa. Y siempre puedes llamar a papá. Y vendré a echarte un vistazo esta tarde, ¿vale?

Asentí y tiré de las mantas hasta la barbilla. Aunque la papelera estaba limpia, seguía llegándome el olor a vómito bajo el detergente, y ese olor me recordaba al acto de vomitar, que por alguna razón me dio ganas de volver a vomitar, pero respiré despacio por la boca hasta que oí el Chrysler retrocediendo por el camino. Eran las 7.32. Pensé que por una vez no me retrasaría. No para ir al instituto, lo admito. Pero aun así.

Me duché, me lavé los dientes y me puse unos vaqueros oscuros y una camiseta negra. Me metí el trozo de papel de periódico en el bolsillo. Coloqué los clavos en las bisagras y preparé la mochila. La verdad es que no sabía qué meter, pero incluí el destornillador para abrir puertas, una copia del plano, indicaciones para llegar, una botella de agua y el libro de Whitman, por si estaba allí. Quería hacerle algunas preguntas.

Ben y Radar aparecieron a las ocho en punto. Me senté en el asiento de atrás. Iban cantando a gritos una canción de los Mountain Goats.

Ben se giró y me tendió el puño. Le di un puñetazo suave, aunque odiaba esa forma de saludar.

—¡Q! —gritó por encima de la música—. ¿Qué te parece?

Supe exactamente lo que quería decir. Se refería a escuchar a los Mountain Goats con tus amigos en un coche, la mañana de un miércoles de mayo, en busca de Margo y del margotástico premio que supusiera encontrarla.

—Nada que ver con cálculo —le contesté.

La música estaba demasiado alta para hablar. En cuanto salimos de Jefferson Park, bajamos la única ventanilla que funcionaba para que el mundo supiera que teníamos buen gusto musical.

Avanzamos por la Colonial Drive y dejamos atrás los cines y las librerías por las que había pasado toda mi vida. Pero esa vez era diferente y mejor, porque era a la hora de cálculo, porque estaba con Ben y con Radar y porque íbamos de camino hacia el lugar en el que creía que encontraría a Margo. Y al final, después de treinta kilómetros, Orlando dio paso a los últimos campos de naranjos y a ranchos no urbanizados: la interminable llanura toda cubierta de matorrales, el musgo negro colgando de las ramas de los robles, inmóvil en la cálida mañana sin viento. Era la Florida en la que había pasado noches acribillado por los mosquitos y cazando armadillos cuando era boy scout. La carretera iba llena de furgonetas, y cada dos kilómetros, más o menos, se veía una salida de la autopista: pequeñas calles que serpenteaban caprichosamente alrededor de casas surgidas de la nada, como un volcán cubierto de plástico.

Algo más adelante pasamos por una señal de madera roída que decía GROVEPOINT ACRES. Una carretera con el asfalto agrietado de menos de cien metros iba a parar a una gran extensión de tierra gris que señalaba que Grovepoint Acres era lo que mi madre llamaba una pseudovisión, una urbanización abandonada antes de haberla terminado. Mis padres me habían señalado pseudovisiones un par de veces yendo con ellos en coche, pero nunca había visto ninguna tan desolada.

Habíamos recorrido poco más de cinco kilómetros desde Grovepoint Acres cuando Radar apagó la música.

—Debe de estar a un kilómetro —dijo.

Respiré hondo. La emoción de no estar en el instituto había empezado a disminuir. No parecía un sitio en el que Margo se escondería, ni siquiera al que querría ir. Nada que ver con Nueva York. Era la Florida que ves desde un avión y te preguntas por qué a alguien se le ocurrió un día poblar esta península. Miré el asfalto vacío. El calor me distorsionaba la visión. Frente a nosotros vi un pequeño centro comercial temblando en la distancia.

—¿Es aquello? —pregunté inclinándome hacia delante y señalándolo.

—Debe de serlo —me contestó Radar.

Ben pulsó el botón del equipo de música y nos quedamos los tres callados mientras se metía en un aparcamiento invadido desde hacía tiempo por la arena gris. En su momento había habido un cartel que anunciaba la presencia de cuatro tiendas, porque a un lado de la carretera había un poste raído de más de dos metros, pero el cartel había desaparecido hacía tiempo. Lo habría arrancado un huracán o se habría podrido de viejo. A las tiendas no les había ido mucho mejor. Era un edificio de una sola planta con techo plano, y por algunos sitios se veían los bloques de hormigón al descubierto. Las capas de pintura se desprendían de las paredes como insectos pegados a un nido. Las manchas de humedad formaban dibujos abstractos de color marrón entre los escaparates de las tiendas. Los escaparates estaban sellados con láminas torcidas de aglomerado. De pronto se me pasó por la cabeza una idea horrible, una de esas ideas de las que no puedes librarte en cuanto han cruzado el umbral de la conciencia: me parecía que no era un lugar al que va uno a vivir. Era un lugar al que se va a morir.

En cuanto el coche se detuvo, el olor a rancio de la muerte me invadió la nariz y la boca. Tuve que tragarme la bocanada de vómito que me subió dolorosamente por la garganta. Solo entonces, tras haber perdido tanto tiempo, entendí lo mal que había interpretado tanto el juego de Margo como el premio por ganarlo.

Salgo del coche. Ben se coloca a mi lado y Radar al lado de Ben. Y de repente sé que esto no tiene gracia, que no se trata de demostrarle que merezco salir con ella. Puedo oír las palabras de Margo la noche en que recorrimos Orlando. La oigo diciéndome: «No quiero que unos críos me encuentren cubierta de moscas un sábado por la mañana en Jefferson Park». No querer que unos críos te encuentren en Jefferson Park no es lo mismo que no querer morir.

No parece que haya pasado nadie por aquí desde hace tiempo, excepto por el olor, ese tufo rancio y dulzón que diferencia a los muertos de los vivos. Me digo a mí mismo que Margo no puede oler así, pero claro que puede. Todos podemos. Me llevo el brazo a la nariz para oler el sudor, la piel y cualquier cosa menos la muerte.

—¿MARGO? —grita Radar.

Un pájaro posado en el oxidado canalón del edificio suelta dos sílabas a modo de respuesta.

—¡MARGO! —vuelve a gritar Radar.

Nada. Pega una patada en la arena y suspira.

—Mierda.

Aquí, frente a este edificio, aprendo algo sobre el miedo. Aprendo que no son las banales fantasías de alguien que quizá quiere que le pase algo importante, aunque lo importante sea terrible. No es el asco de ver a un extraño muerto, ni la falta de aliento cuando oyes cargarse una escopeta delante de la casa de Becca Arrington. Este miedo no se soluciona con ejercicios de respiración. Este no es comparable con ningún miedo que haya sentido antes. Es la más baja de todas las emociones posibles, sientes que estaba con nosotros antes de que existieras, antes de que existiera este edificio, antes de que existiera la Tierra. Es el miedo que hizo que los peces salieran del agua y desarrollaran pulmones, el miedo que nos enseña a correr, el miedo que hace que enterremos a nuestros muertos.

El olor hace que un desesperado pánico se apodere de mí. No como cuando mis pulmones se quedan sin aire, sino como cuando lo que se queda sin aire es la propia atmósfera. Creo que la razón por la que he pasado la mayor parte de mi vida asustado es quizá porque intentaba prepararme y entrenar mi cuerpo para cuando llegara el miedo de verdad. Pero no estoy preparado.

—Colega, deberíamos marcharnos —dice Ben—. Deberíamos llamar a la poli o a quien sea.

Todavía no nos hemos mirado. Los tres seguimos mirando el edificio, un edificio abandonado desde hace mucho tiempo que solo puede albergar cadáveres.

—No —dice Radar—. No no no no no. Los llamaremos si hay razones para llamarlos. Dejó la dirección a Q, no a la poli. Tenemos que buscar la manera de entrar.

—¿Entrar? —pregunta Ben dubitativo.

Le doy una palmada en la espalda a Ben, y por primera vez en todo el día no miramos al frente, sino que nos miramos entre nosotros. Lo hace más llevadero. Al mirarlos, algo me hace sentir que Margo no está muerta si no la hemos encontrado.

—Sí, entrar —digo.

Ya no sé quién es Margo, o quién era, pero tengo que encontrarla.

9

Rodeamos el edificio hasta la parte de atrás y encontramos cuatro puertas de acero cerradas, y nada más aparte de terreno con palmeras enanas esparcidas en una extensión de hierba verde con matices dorados. Aquí todavía hace más peste y me da más miedo seguir andando. Ben y Radar están justo detrás de mí, a mi derecha y a mi izquierda, formando un triángulo. Avanzamos despacio mientras recorremos la zona con los ojos.

—¡Un mapache! —grita Ben—. Gracias, Dios mío. Es un mapache. Joder.

Radar y yo nos alejamos del edificio y vamos hacia el animal, que está junto a una zanja de drenaje poco profunda. Un enorme mapache hinchado y con el pelo apelmazado yace muerto, sin heridas visibles. Se le ha desprendido el pelo, que deja al descubierto una costilla. Radar se aparta con arcadas, pero no llega a vomitar. Me inclino a su lado y apoyo la mano entre sus omóplatos.

—Me alegro tanto de ver a ese puto mapache muerto —me dice cuando recupera la respiración.

Pero, aun así, no me la puedo imaginar viva aquí. Se me ocurre que el Whitman podría ser una nota de suicidio. Pienso en versos que había marcado: «Y morir es algo distinto de lo que muchos supusieron, y de mejor augurio». «Que el lodo sea mi heredero, quiero crecer del pasto que amo; / Si quieres encontrarte conmigo, búscame bajo la suela de tus zapatos.» Por un momento siento un destello de esperanza al pensar en el último verso del poema: «En alguna parte te espero». Pero luego pienso que esa primera persona no tiene por qué ser una persona. También puede ser un cuerpo.

Radar se ha apartado del mapache y tira del pomo de una de las cuatro puertas de acero. Siento deseos de rezar por el muerto, de rezar el Kadish por este mapache, pero ni siquiera me lo sé. Lo siento mucho por él y siento mucho alegrarme tanto de verlo así.

—Está cediendo un poco —nos grita Radar—. Venid a ayudarme.

Ben y yo sujetamos a Radar por la cintura y tiramos de él. Radar apoya un pie en la pared para darse más impulso y de repente los dos caen encima de mí y me encuentro con la camiseta empapada de sudor de Radar en la cara. Por un momento me entusiasmo, creo que lo hemos conseguido, pero entonces me doy cuenta de que Radar tiene el mango de la puerta en la mano. Me levanto y echo un vistazo a la puerta: sigue cerrada.

—Puto pomo de mierda del año de la pera —gruñe Radar. Nunca lo había oído hablar así.

—Tranquilo —le digo—. Alguna manera habrá. Tiene que haberla.

Damos la vuelta hasta la parte delantera del edificio. No vemos puertas, ni agujeros, ni túneles. Pero tengo que entrar. Ben y Radar intentan arrancar las planchas de conglomerado de los escaparates, pero están clavadas. Radar les da patadas, pero no ceden. Ben vuelve a mi lado.

—Detrás de una de esas planchas no hay cristal —me dice.

Y sale corriendo. Mientras corre, sus zapatillas esparcen la arena.

Lo miro confundido.

—Voy a atravesar las planchas —me explica.

—No podrás.

Es el menos corpulento de los tres, que ya es decir. Si alguno tiene que intentar atravesar las planchas de los escaparates, debería ser yo.

Aprieta los puños y luego extiende los dedos. Mientras voy hacia él empieza a decirme:

—En tercero, mi madre intentó que dejaran de pegarme apuntándome a taekwondo. Solo fui a tres clases, y solo aprendí una cosa, pero de vez en cuando es útil. Vimos al maestro de taekwondo partir un bloque grueso de madera y todos pensamos, colega, cómo lo ha hecho, y él nos dijo que si actúas como si tu mano fuera a atravesar el bloque de madera, y si crees que tu mano va a atravesar ese bloque, entonces lo atraviesa.

Estoy a punto de rebatir esa lógica absurda cuando echa a correr y pasa por delante de mí como una flecha. Sigue acelerando mientras se acerca a la plancha y luego, sin miedo, en el último segundo, pega un salto, gira el cuerpo, saca el hombro para que cargue con la fuerza del impacto y cae en la madera. Casi espero que la atraviese y deje su silueta recortada, como en los dibujos animados. Pero rebota en la plancha y cae de culo en una zona de hierba situada en medio de la arena. Ben se gira hacia un lado frotándose el hombro.

—Se ha roto —dice.

Doy por sentado que habla del hombro y corro hacia él, pero se levanta y veo una grieta en la plancha de conglomerado, a su altura. Empiezo a darle patadas y la grieta se expande horizontalmente. Entonces Radar y yo metemos los dedos en la grieta y tiramos. Entrecierro los ojos para evitar que me entre el sudor y tiro con todas mis fuerzas hasta que la grieta empieza a formar una abertura dentada. Seguimos en silencio hasta que Radar necesita descansar y lo sustituye Ben. Al final conseguimos lanzar un trozo grande de plancha dentro del local. Meto los pies y aterrizo a ciegas en lo que parece un montón de papeles.

Por el agujero que hemos abierto entra algo de luz, pero no veo las dimensiones de la sala, ni si hay techo. El aire es tan cálido y está tan viciado que inspirar produce la misma sensación que espirar.

Me giro y me doy con la barbilla en la frente de Ben. Me descubro a mí mismo hablando en susurros, aunque no hay razón para ello.

—¿Tienes una...?

—No —me contesta también en susurros antes de que haya terminado de decirlo—. Radar, ¿has traído una linterna?

Oigo a Radar entrando por el agujero.

—Tengo una en el llavero, pero no es gran cosa.

Enciende la luz. Sigo sin ver muy bien, pero está claro que hemos entrado en una gran sala con un laberinto de estanterías metálicas. Los papeles del suelo son páginas de un viejo calendario. Los días están esparcidos por la sala, todos ellos amarillentos y mordidos por los ratones. Me pregunto si esto pudo ser una librería, aunque hace décadas que los estantes no albergan otra cosa que polvo.

Nos ponemos en fila detrás de Radar. Oigo algo crujir encima de nosotros y nos quedamos los tres quietos. Intento tragarme el pánico. Oigo las respiraciones de Radar y de Ben, sus pasos arrastrando los pies. Quiero salir de aquí, pero el crujido podría ser Margo. También podrían ser adictos al crack.

—Son los cimientos del edificio —susurra Radar, aunque parece menos seguro de lo habitual.

Me quedo donde estoy, incapaz de moverme. Al momento oigo la voz de Ben.

—La última vez que tuve tanto miedo me meé encima.

—La última vez que tuve tanto miedo —dijo Radar— tuve que enfrentarme a un Lord Oscuro para que los magos estuvieran seguros.

Hice un débil intento:

—La última vez que tuve tanto miedo tuve que dormir en la habitación de mi madre.

Ben suelta una risita.

—Q, si yo fuera tú, tendría tanto miedo todas las noches.

No estoy de humor para reírme, pero sus risas consiguen que la sala parezca segura, de modo que empezamos a explorarla. Pasamos entre las filas de estanterías, pero lo único que encontramos son algunas copias del *Reader's Digest* de la década de los setenta tiradas en el suelo. Al rato mis ojos se han adaptado a la oscuridad y medio a oscuras empezamos a andar en diferentes direcciones y a diferentes velocidades.

—Que ninguno salga hasta que salgamos todos —susurro.

Me susurran que de acuerdo. Voy hacia una pared lateral de la sala y encuentro la primera evidencia de que alguien ha estado aquí después de que todo el mundo se hubiera marchado. En la pared, a la altura de mi cintura, hay un túnel más o menos semicircular. Encima del agujero han escrito las palabras AGUJERO DE TROL con espray naranja, además de una útil flecha que apunta al agujero.

—Chicos —dice Radar tan alto que por un momento se rompe el hechizo.

Sigo su voz y lo encuentro en la pared del otro lado, iluminando con la linterna otro Agujero de Trol. El grafiti no se parece demasiado a los de Margo, pero no podría asegurarlo. Solo la he visto pintar una letra.

Radar enfoca la linterna hacia el agujero, y yo me agacho y entro el primero. Lo único que hay en la sala es una moqueta enrollada en una esquina. La linterna recorre el suelo y veo manchas de cola en el hormigón, donde antes había estado la moqueta. Al fondo de la sala descubro otro agujero abierto en la pared, esa vez sin grafiti.

Gateo por ese Agujero de Trol hasta una sala con filas de estantes de ropa. Las perchas de acero inoxidable siguen colgadas en las paredes con manchas de color vino y de humedad. Esta sala está más iluminada, y tardo un momento en darme cuenta de que es porque en el techo hay varios agujeros. La tela asfáltica está colgando y veo trozos en los que el techo se hunde sobre vigas de hierro descubiertas.

—Una tienda de souvenirs —susurra Ben delante de mí.

Y al momento me doy cuenta de que tiene razón.

En medio de la sala, cinco vitrinas forman un pentágono. El cristal que en su momento separaba a los turistas de sus mierdas para turistas está hecho añicos en el suelo, alrededor de las vitrinas. La pintura gris se desconcha de las paredes formando bonitos dibujos. Cada polígono de pintura desconchada es como un copo de nieve de la decadencia.

Pero lo raro es que quedan algunos artículos. Hay un teléfono de Mickey Mouse que me recuerda a mi infancia. En las vitrinas, salpicadas de cristales rotos, hay camisetas mordidas por las polillas, aunque todavía dobladas, en las que pone ORLANDO AL SOL. Debajo de las vitrinas, Radar encuentra una caja llena de mapas y viejos folletos turísticos que publicitan Gator World, Crystal Gardens y otras atracciones que ya no existen. Ben me hace un gesto con la mano y sin decir nada señala el caimán de vidrio verde metido en una caja, casi enterrado entre el polvo. Esto es lo que valen nuestros recuerdos, pienso. No puedes regalar esta mierda.

Volvemos atrás pasando por la sala vacía y la sala de las estanterías, y gateamos por el último Agujero de Trol. Esta sala parece un despacho, solo que no tiene ordenadores, y da la impresión de que la abandonaron a toda prisa, como si hubieran teletransportado al espacio a los trabajadores o algo así. Veinte mesas colocadas en cuatro filas. En alguna mesa todavía hay bolis, y todas ellas están cubiertas de calendarios de papel gigantes. Todos los calendarios se han detenido en febrero de 1986. Ben empuja una silla de escritorio, que al girar chirría rítmicamente. Miles de post-it con publicidad de la empresa de hipotecas Martin-Gale están apilados en forma de pirámide inestable debajo de una mesa. Hay cajas abiertas con pilas de papel de viejas impresoras matriciales que detallan los gastos y los ingresos de la empresa Martin-Gale. En una de las mesas alguien ha apilado folletos de urbanizaciones formando una casa de una planta. Extiendo los folletos por si esconden alguna pista, pero no.

—Nada de después de 1986 —suspira Radar pasando los dedos por los papeles.

Empiezo a revisar los cajones. Encuentro bastoncillos para los oídos y alfileres. Bolígrafos y lápices metidos de diez en diez en cajas de cartulina con letras y diseños retro. Servilletas de papel. Un par de guantes de golf.

—¿Veis el menor indicio de que alguien haya estado aquí en los últimos veinte años, por decir algo? —les pregunto.

—Solo los Agujeros de Trol —me contesta Ben.

Es una tumba, todo cubierto de polvo.

—Y entonces ¿por qué nos ha traído aquí? —pregunta Radar.

Por fin empezamos a hablar.

—Ni idea— le contesto.

No hay duda de que Margo no está.

—Hay manchas con menos polvo —dice Radar—. En la sala vacía hay un rectángulo sin polvo, como si hubieran movido algo. Pero no sé.

—Y está este trozo pintado —observa Ben señalando a una pared.

La linterna de Radar me muestra que en la pared del fondo del despacho hay un trozo al que se ha dado una capa de pintura blanca, como si a alguien se le hubiera ocurrido remodelarlo, pero hubiera abandonado el proyecto a la media hora. Me acerco a la pared y veo que debajo de la pintura hay algo escrito de color rojo. Pero solo veo indicios de pintura roja que traspasa, no lo suficiente para saber lo que pone. Junto a la pared hay un bote abierto de pintura blanca. Me arrodillo y meto el dedo en la pintura. La superficie está dura, pero se rompe fácilmente, así que saco el dedo blanco. No digo nada mientras la pintura me gotea del dedo, porque todos hemos llegado a la misma conclusión: que alguien ha estado aquí hace poco. Y entonces el edificio vuelve a crujir, y a Radar se le cae la linterna y suelta un taco.

—Esto es muy raro —comenta.

—Chicos —dice Ben.

Como la linterna sigue en el suelo, doy un paso atrás para cogerla, pero entonces veo a Ben señalando. Lo que señala es la pared. Al recibir la luz indirecta, las letras de la pintada han atravesado la capa de pintura. Al momento sé que esas fantasmagóricas letras grises son de Margo.

IRÁS A LAS CIUDADES DE PAPEL
Y NUNCA VOLVERÁS

Cojo la linterna, enfoco directamente a la pintura, y el mensaje desaparece. Pero cuando enfoco otra zona de la pared, vuelve a ser legible.

—Mierda —dice Radar en voz baja.

—Colega, ¿podemos irnos ya? —pregunta Ben—. Porque la última vez que tuve tanto miedo… A tomar por saco. Estoy acojonado. Esta mierda no tiene nada de divertido.

Creo que «Esta mierda no tiene nada de divertido» es lo que más se acerca a mi propio terror. Y para mí está lo bastante cerca. Me dirijo a toda prisa al Agujero de Trol. Siento que las paredes se cierran sobre nosotros.

10

Ben y Radar me dejaron en casa. Aunque no habían ido a clase, no podían permitirse saltarse el ensayo. Me senté un buen rato con el «Canto de mí mismo», y por enésima vez intenté leer el poema entero, empezando por el principio, pero el problema era que son como ochenta páginas, es raro y repetitivo, y aunque entendía todas las palabras, no entendía lo que quería decir en sí. Pese a que sabía que seguramente lo único importante eran los versos marcados, quería saber si el poema era una especie de nota suicida. Pero no entendía nada.

Había leído ya diez confusas páginas cuando me puse tan histérico que decidí llamar al detective. Saqué su tarjeta de unos pantalones cortos del cesto de la ropa sucia. Contestó al segundo tono.

—Warren.

—Hola, hum, soy Quentin Jacobsen, un amigo de Margo Roth Spiegelman.

—Claro, muchacho, me acuerdo de ti. ¿Qué sucede?

Le conté lo de las pistas, lo del centro comercial y lo de las ciudades de papel, le expliqué que desde lo alto del SunTrust

Building me había dicho que Orlando era una ciudad de papel, pero no había hablado de ciudades en plural, que me había contado que no quería que la encontraran y lo de buscarla bajo la suela de nuestros zapatos. El detective ni siquiera me dijo que no debía entrar en edificios abandonados, ni me preguntó qué hacía allí a las diez de la mañana de un día de clase. Esperó a que hubiera terminado de hablar.

—Por Dios, muchacho, eres casi un detective. Lo único que te falta es una pistola, una buena barriga y tres ex mujeres. ¿Cuál es tu teoría?

—Me preocupa que se haya… bueno, que se haya suicidado, supongo.

—Jamás se me ha pasado por la cabeza que esta chica hiciera otra cosa que escaparse, muchacho. Entiendo lo que me dices, pero recuerda que lo ha hecho otras veces. Me refiero a las pistas. Así le añade un poco de teatro. Sinceramente, si hubiera querido que la encontraras, viva o muerta, ya la habrías encontrado.

—Pero ¿no le…?

—Muchacho, tenemos la mala suerte de que legalmente es una persona adulta y libre, ¿sabes? Permíteme que te dé un consejo: espera a que vuelva. Bueno, en algún momento dejarás de mirar el cielo, o uno de estos días mirarás hacia abajo y verás que también tú has salido volando.

Colgué con mal sabor de boca. Estaba claro que lo que me llevaría hasta Margo no sería la poesía de Warren. Seguí pensando en los versos del final que Margo había marcado: «Que el lodo sea mi heredero, quiero crecer del pasto que amo; / Si quieres encontrarte conmigo, búscame bajo la suela de tus zapatos». En las primeras páginas, Whitman escribe que ese pasto, esa hierba, es «la cabellera suelta y hermosa de las tumbas». Pero ¿dónde estaban las tumbas? ¿Dónde estaban las ciudades de papel?

Entré en el Omnictionary para ver si se sabía algo más sobre la expresión «ciudades de papel». Encontré una entrada enormemente detallada y útil creada por un usuario llamado culodemofeta: «Una Ciudad de Papel es una ciudad con una fábrica de papel». Era el fallo del Omnictionary: las entradas que escribía Radar eran exhaustivas y tremendamente útiles, pero la de ese tal culodemofeta dejaba mucho que desear. Pero cuando busqué en la red en general, encontré algo interesante escondido entre las entradas de un foro sobre propiedades inmobiliarias en Kansas.

Parece que Madison Estates no va a construirse. Mi marido y yo compramos una casa, pero esta semana nos llamaron para decirnos que van a devolvernos la entrada porque no han vendido suficientes casas para financiar el proyecto. ¡Otra ciudad de papel para Kansas! – Marge, Cawker, Kansas.

¡Una pseudovisión! Irás a las pseudovisiones y no volverás jamás. Respiré hondo y me quedé mirando la pantalla.

La conclusión parecía irrefutable. Aunque todo se había roto en su interior y había tomado su decisión, no se permitió desaparecer para siempre, así que había decidido dejar su cuerpo —dejármelo a mí— en una sombría versión de nuestra urbanización, donde se le rompieron los primeros hilos. Había dicho que no quería que cualquier niño encontrara su cuerpo, y parecía lógico que, de todas las personas a las que conocía, me eligiera a mí para encontrarlo. No me haría tanto daño porque para mí no sería nuevo. Ya me había sucedido antes. Tenía experiencia en la materia.

Vi que Radar estaba conectado, y estaba pinchando para hablar con él cuando en la pantalla me apareció un mensaje suyo.

OMNICTIONARIAN96: Hola.
QTHERESURRECTION: Ciudades de papel = pseudovisiones. Creo que quiere que encuentre su cuerpo. Porque piensa que podré soportarlo. Porque encontramos a un tipo muerto cuando éramos niños.

Le mandé el link.

OMNICTIONARIAN96: Cálmate. Espera a que vea el link.
QTHERESURRECTION: OK.
OMNICTIONARIAN96: Vale, no seas tan macabro. No sabes nada seguro. Creo que seguramente está bien.
QTHERESURRECTION: No, no lo crees.
OMNICTIONARIAN96: Vale, no lo creo. Pero puede estar viva a pesar de los indicios…
QTHERESURRECTION: Sí, supongo. Me voy a la cama. Mis padres no tardarán en llegar.

Pero no conseguía calmarme, así que llamé a Ben desde la cama y le conté mi teoría.

—Qué mierda macabra, colega. Margo está bien. Solo está jugando.

—No parece preocuparte demasiado.

Suspiró.

—Bueno, es un mal rollo por su parte hacerte perder las tres últimas semanas de clase, ¿sabes? Te tiene muy preocupado, y tiene a Lacey muy preocupada, y faltan tres días para el baile, ¿sabes? ¿No podemos tener un baile tranquilo y divertirnos?

—¿Lo dices en serio? Ben, podría estar muerta.

—No está muerta. Es la reina del teatro. Quiere llamar la atención. Mira, ya sé que sus padres son unos gilipollas, pero la conocen mejor que nosotros, ¿verdad? Y sus padres piensan lo mismo.

—Cuando quieres eres un perfecto capullo.

—Lo que tú digas, colega. El día ha sido largo para los dos. Demasiado melodrama. TTYS.

Quise reírme de él por utilizar siglas de chat IRL, pero no tuve fuerzas.

Colgué y volví a la red en busca de un listado de pseudovisiones de Florida. No lo encontraba por ningún sitio, pero, después de teclear «urbanizaciones abandonadas», «Grovepoint Acres» y cosas por el estilo un buen rato, conseguí una lista de cinco lugares a menos de tres horas de Jefferson Park. Imprimí un mapa de Florida central, lo clavé con chinchetas en la pared, por encima del ordenador, y puse una chincheta en cada una de las cinco localizaciones. A simple vista no detecté la menor relación entre ellas. Estaban repartidas al azar entre las urbanizaciones más lejanas, así que necesitaría al menos una semana para ir a todas. ¿Por qué no me había dejado un lugar concreto? Varias pistas jodidamente siniestras, varios indicios de tragedia, pero ni un lugar. Nada a lo que agarrarse. Como intentar subir una montaña de gravilla.

Ben me dio permiso para llevarme el *Chuco* al día siguiente, porque iba a ir de compras con Lacey en su todoterreno. Así que por una vez no tenía que esperar a la puerta de la sala de ensayo. Sonó el timbre y corrí a su coche. Como no tenía el talento de Ben para arrancar el *Chuco*, fui uno de los primeros en llegar al aparcamiento de los alumnos de último curso y uno de los últimos en salir, pero al final el motor hizo contacto y me puse en camino hacia Grovepoint Acres.

Conduje despacio por la Colonial, buscando otras pseudovisiones que pudieran habérseme escapado en la red. Llevaba detrás una larga fila de coches y me angustiaba pensar que estaba creando un embotellamiento. Me sorprendía que todavía pudiera preocuparme de gilipolleces insignificantes y ridículas como si el tipo del coche que iba detrás de mí pensaba que conducía con excesiva precaución. Me habría gustado que la desaparición de Margo me hubiera cambiado, pero la verdad era que no.

Mientras la fila de coches se arrastraba detrás de mí como un reticente cortejo fúnebre, me descubrí a mí mismo hablando con Margo en voz alta. «Seguiré el hilo. No traicionaré tu confianza. Te encontraré.»

Por raro que parezca, dirigirme a ella en voz alta me tranquilizaba. Evitaba que imaginara las diversas posibilidades. Llegué al letrero de madera roída de Grovepoint Acres. Casi oí los suspiros de alivio de los que me seguían cuando giré a la izquierda hacia la carretera asfaltada sin salida. Parecía un camino de acceso a una casa pero sin casa. Dejé el *Chuco* en marcha y salí. Al acercarme, vi que Grovepoint Acres estaba más acabado de lo que en un primer momento parecía. Habían abierto en el suelo dos caminos de tierra sin salida, aunque se habían erosionado tanto que apenas se veían los contornos. Recorrí las dos calles arriba y abajo sintiendo el calor en la nariz cada vez que respiraba. El sol abrasador dificultaba el movimiento, pero sabía la bonita, aunque macabra, verdad: el calor hace que los muertos apesten, y Grovepoint Acres solo olía a aire caliente y tubos de escape. La humedad hacía que la acumulación de exhalaciones se mantuviera en en el aire a mi alrededor.

Busqué pruebas de que Margo hubiera estado allí: huellas, algo escrito en la tierra o cualquier cosa que hubiera dejado, pero parecía que yo era la primera persona que andaba por aquellas calles sin nombre en años. El suelo era plano y todavía no había crecido mucha hierba, así que tenía la vista despejada en todas las direcciones. No vi tiendas de campaña, ni rastros de hogueras, ni a Margo.

Volví al *Chuco*, me dirigí a la I-4 y giré al nordeste de la ciudad, hacia un lugar llamado Holly Meadows. Lo pasé de largo tres veces antes de encontrarlo por fin, porque toda la zona estaba rodeada de robles y ranchos, y como no había un cartel que indicara la entrada, Holly Meadows no se veía. Pero en cuanto avancé unos metros por una carretera sin asfaltar entre los robles y los pinos, apareció todo tan desolado como en Grovepoint Acres. El camino principal se diluía lentamente en un terreno de tierra. No vi otros caminos, pero andando descubrí en el suelo varios postes de madera pintados con espray. Supuse que los habían utilizado para delimitar el terreno. No olía ni veía nada sospechoso, pero aun así sentí que el miedo se apoderaba de mí, y al principio no entendía por qué, pero luego lo vi: al limpiar la zona para construir, habían dejado un roble solitario en la parte de atrás del campo. Y el árbol retorcido, con sus ramas cubiertas de gruesa corteza, se parecía tanto al árbol en el que habíamos encontrado a Robert Joyner, en Jefferson Park, que estuve seguro de que Margo estaba allí, al otro lado del árbol.

Y por primera vez tuve que imaginarlo: Margo Roth Spiegelman desplomada sobre el árbol, los ojos mudos, la sangre oscura saliéndole de la boca, toda hinchada y deformada porque había tardado mucho en encontrarla. Ella había confiado en que la encontraría antes. Me había confiado su última noche. Y le había fallado. Y aunque el olor del aire solo permitía deducir que se avecinaba lluvia, estaba seguro de que la había encontrado.

Pero no. Solo era un árbol solitario en la tierra gris. Me senté, me apoyé en el tronco y esperé a recuperar el aliento. Odiaba estar solo en aquellos momentos. Lo odiaba. Si Margo pensaba que Robert Joyner me había preparado para aquello, se equivocaba. Yo no conocía a Robert Joyner. Yo no amaba a Robert Joyner.

Golpeé el suelo con los nudillos y volví a golpearlo una y otra vez. La arena cedía alrededor de mis manos hasta que llegué a las raíces del árbol, y seguí golpeando. El dolor me subía por las palmas y las muñecas. Hasta aquel momento no había llorado por Margo, pero por fin lo hice, di golpes en el suelo y grité porque nadie podía oírme. La echaba de menos la echaba de menos la echaba de menos la echo de menos.

Me quedé allí, aunque se me habían agotado los brazos y se me habían secado los ojos. Me quedé sentado pensando en ella hasta que la luz se volvió gris.

11

Al día siguiente encontré a Ben junto a la puerta de la sala de ensayo, charlando con Lacey, Radar y Angela a la sombra de un árbol de ramas bajas. Me resultaba difícil oírlos hablar del baile, de que Lacey se había peleado con Becca o de lo que fuera. Estaba esperando la oportunidad de contarles lo que había visto, pero cuando por fin la tuve me di cuenta de que en realidad no tenía nada nuevo que contar.

—Revisé a fondo dos pseudovisiones, pero no encontré nada.

Nadie pareció especialmente interesado, excepto Lacey, que meneaba la cabeza mientras contaba lo de las pseudovisiones.

—Anoche leí en internet que los suicidas rompen relaciones con las personas con las que están enfadados. Y regalan sus cosas. La semana pasada Margo me dio cinco vaqueros porque me dijo que a mí me irían mejor, y no es verdad, porque ella tiene muchas más curvas.

Lacey me caía bien, pero entendí lo que me había contado Margo de que siempre estaba menoscabándola.

Al contárnoslo, empezó a llorar. Ben le pasó un brazo por la cintura, y ella apoyó la cabeza en su hombro, lo que no le resultó fácil, porque con tacones era más alta que él.

—Lacey, tenemos que encontrarla. En fin, habla con tus amigos. ¿Habló alguna vez de ciudades de papel? ¿Habló de algún lugar en concreto? ¿Había alguna urbanización en alguna parte que significara algo para ella?

Lacey se encogió de hombros, todavía apoyada en Ben.

—Colega, no la presiones —me advirtió Ben.

Suspiré, pero no dije nada.

—Estoy en internet —dijo Radar—, pero su nombre de usuario no ha entrado en el Omnictionary desde que se marchó.

Y de repente volvieron al tema del baile. Lacey levantó la cabeza del hombro de Ben con aire triste y distraído, pero intentó sonreír mientras Radar y Ben intercambiaban historias sobre la compra de flores.

El día transcurrió como siempre, a cámara lenta y con mil miradas lastimeras al reloj. Pero todavía era más insoportable, porque cada minuto que perdía en el instituto era otro minuto que no conseguía encontrarla.

La única clase remotamente interesante aquel día fue literatura, cuando la doctora Holden me destrozó el final de *Moby Dick* dando por sentado, equivocadamente, que todos lo habíamos leído y hablando del capitán Ahab y de su obsesión por encontrar y matar a la ballena blanca. Pero fue divertido ver como se emocionaba a medida que hablaba.

—Ahab es un loco que despotrica del destino. En toda la novela no se ve que quiera otra cosa, ¿verdad? Tiene una única obsesión. Y como es el capitán del barco, nadie puede detenerlo. Podéis argumentar (de hecho, tenéis que argumentar si decidís hacer el trabajo de final de curso sobre *Moby Dick*) que Ahab está loco porque está obsesionado. Pero también podríais argumentar que hay algo trágicamente heroico en librar una batalla que está condenado a perder. ¿Es la esperanza de Ahab una especie de locura o es el símbolo de lo humano?

Tomé apuntes de todo lo que pude pensando que seguramente podría hacer el trabajo de fin de curso sin haber leído el libro. Mientras la doctora Holden hablaba, pensé que era una lectora fuera de lo corriente. Y me había dicho que le gustaba Whitman. Así que cuando sonó el timbre, saqué *Hojas de hierba* de la mochila y volví a cerrarla despacio mientras todo el mundo se marchaba corriendo a su casa o a las actividades extraescolares. Esperé detrás de un compañero que le pidió prórroga para entregar un trabajo.

—Mi lector de Whitman favorito —me dijo la doctora Holden cuando el alumno salió.

Forcé una sonrisa.

—¿Conoce a Margo Roth Spiegelman? —le pregunté.

Se sentó a su mesa y me indicó con un gesto que me sentara también yo.

—Nunca la he tenido en clase —me contestó la doctora Holden—, pero he oído hablar de ella, claro. Sé que se ha escapado.

—Bueno, me dejó este libro de poemas antes de… desaparecer.

Le tendí el libro, y la doctora Holden empezó a hojearlo despacio. Mientras pasaba las páginas le dije:

—He dado muchas vueltas a los versos marcados. Al final del «Canto de mí mismo» señala eso sobre la muerte. Eso de «Si quieres encontrarte conmigo, búscame bajo la suela de tus zapatos».

—Te dejó este libro —murmuró la doctora Holden como para sí.

—Sí —le contesté.

Siguió pasando las páginas y señaló con la uña la cita marcada en fluorescente verde.

—¿Qué es esto de los goznes? Es un gran momento en el poema, en el que Whitman… Bueno, lo oyes gritarte: «¡Abre las puertas! De hecho, ¡arráncalas!».

—Me dejó algo dentro de la bisagra de mi puerta.

La doctora Holden se rió.

—Uau. Inteligente. Pero es un poema muy bueno… No me gusta nada que se reduzca a una lectura literal. Y parece que ha reaccionado muy enigmáticamente ante un poema que al final es muy optimista. El poema trata de nuestra conexión, de que todos nosotros compartimos las mismas raíces, como hojas de hierba.

—Pero, bueno, por lo que marcó, parece una especie de nota de suicidio —le dije.

La doctora Holden volvió a leer las últimas estrofas y me miró.

—Es un gran error resumir este poema en algo sin esperanza. Espero que no sea el caso, Quentin. Si lees todo el poema, no entiendo cómo puedes llegar a otra conclusión que la de que la vida es sagrada y valiosa. Pero… quién sabe. Quizá echó un vistazo para encontrar lo que estaba buscando. A menudo leemos los poemas así. Pero si fue el caso, malinterpretó totalmente lo que Whitman estaba pidiéndole.

—¿Y qué le pedía?

Cerró el libro y me miró tan fijamente que no pude sostenerle la mirada.

—¿Qué crees tú?

—No lo sé —le contesté mirando un montón de trabajos corregidos encima de su mesa—. He intentado leerlo entero un montón de veces, pero no he llegado muy lejos. Prácticamente solo leo las partes que Margo tiene marcadas. Lo leo para intentar entenderla a ella, no a Whitman.

Cogió un lápiz y escribió algo en la parte de atrás de un sobre.

—Sigue. Estoy escribiéndolo.

—¿El qué?

—Lo que acabas de decir —me explicó.

—¿Por qué?

—Porque creo que es exactamente lo que Whitman habría querido. Que consideraras el «Canto de mí mismo» no un mero poema, sino una vía para entender otra cosa. Pero me pregunto si no deberías leerlo como poema, no leer solo esos fragmentos en busca de citas y pistas. Creo que hay conexiones interesantes entre el poeta del «Canto de mí mismo» y Margo Spiegelman… Ese carisma salvaje y ese espíritu viajero. Pero los poemas no funcionan si solo los lees a trozos.

—De acuerdo, gracias —le dije.

Cogí el libro y me levanté. No me sentía mucho mejor.

Aquella tarde volví en coche con Ben y me quedé en su casa hasta que fue a buscar a Radar para ir a una especie de fiesta previa al baile en casa de nuestro amigo Jake, cuyos padres no estaban en la ciudad. Ben me pidió que me apuntara, pero no me apetecía.

Volví a mi casa andando y crucé el parque en el que Margo y yo habíamos encontrado al muerto. Recordé aquella mañana, y al recordarla sentí que se me revolvían las tripas, no por el muerto, sino porque recordaba que ella lo había visto primero. Ni siquiera en el parque infantil de nuestro barrio había sido capaz de encontrar un cadáver por mí mismo… ¿Cómo demonios iba a encontrarlo en ese momento?

Intenté volver a leer el «Canto de mí mismo» al llegar a casa aquella noche, pero, pese al consejo de la doctora Holden, seguía pareciéndome un batiburrillo de palabras sin sentido.

Al día siguiente me desperté temprano, poco después de las ocho, y encendí el ordenador. Ben estaba conectado, así que le mandé un mensaje.

QTHERESURRECTION: ¿Qué tal la fiesta?
FUEUNAINFECCIONRENAL: Aburrida, claro. Todas las fiestas a las que voy son aburridas.
QTHERESURRECTION: Siento no haber ido. Te has levantado pronto. ¿Quieres venir a jugar al Resurrection?

196

FUEUNAINFECCIONRENAL: ¿Estás de broma?

QTHERESURRECTION: No…

FUEUNAINFECCIONRENAL: ¿Sabes qué día es?

QTHERESURRECTION: Sábado, 15 de mayo.

FUEUNAINFECCIONRENAL: Colega, el baile empieza dentro de once horas y cuarenta minutos. Tengo que recoger a Lacey en menos de nueve horas. Todavía no he limpiado y abrillantado el *Chuco*, que, por cierto, lo dejaste hecho una pena. Luego tengo que ducharme, afeitarme, sacarme los pelos de la nariz y sacarme brillo también yo. Joder, no empecemos. Tengo mucho que hacer. Mira, te llamo luego si puedo.

Radar también estaba conectado, así que le mandé un mensaje.

QTHERESURRECTION: ¿Qué le pasa a Ben?

OMNICTIONARIAN96: Para el carro, vaquero.

QTHERESURRECTION: Perdona, solo me cabrea que piense que el baile es tan importante.

OMNICTIONARIAN96: Pues vas a cabrearte bastante cuando sepas que me he levantado tan temprano solo porque tengo que ir a recoger mi esmoquin, ¿verdad?

QTHERESURRECTION: Joder. ¿En serio?

OMNICTIONARIAN96: Q, mañana, pasado mañana, el día siguiente y todos los días que me quedan de vida estaré encantado de participar en tu investigación. Pero tengo novia. Quiere que el baile de graduación sea bonito. Yo también quiero que el baile de graduación sea bonito. No es culpa mía que Margo Roth Spiegelman no quisiera que nuestro baile de graduación fuera bonito.

No supe qué decir. Quizá tenía razón. Quizá Margo merecía que la olvidaran. Pero, en cualquier caso, yo no podía olvidarla.

Mi madre y mi padre estaban aún en la cama, viendo una película antigua en la tele.

—¿Puedo coger el coche? —pregunté.

—Claro, ¿por qué?

—He decidido ir al baile de graduación —contesté de inmediato. Se me ocurrió la mentira mientras la decía—. Tengo que recoger un esmoquin y pasarme por casa de Ben. Iremos los dos solos.

Mi madre se incorporó sonriendo.

—Bueno, estupendo, cariño. Te lo pasarás genial. ¿Volverás para que podamos hacerte fotos?

—Mamá, ¿de verdad necesitas fotos mías yendo al baile solo? Quiero decir, ¿no ha sido mi vida ya lo bastante humillante?

Se rió.

—Llama antes del toque de queda —me dijo mi padre.

El toque de queda era a las doce de la noche.

—Claro —le contesté.

Fue tan fácil mentirles que me descubrí a mí mismo preguntándome por qué hasta aquella noche con Margo apenas lo había hecho.

Tomé la I-4 hacia Kissimmee y los parques temáticos, pasé a la I-Drive, desde donde Margo y yo nos habíamos metido en el

SeaWorld, y luego tomé la autopista 27 hacia Haines City. En esa zona hay muchos lagos, y alrededor de los lagos de Florida siempre se congregan los ricos, de modo que parecía poco probable encontrar una pseudovisión. Pero la página de internet que había consultado ofrecía detalles concretos sobre un terreno embargado en el que nadie había llegado a edificar. Lo reconocí de inmediato, porque el acceso a todas las demás urbanizaciones estaba vallado, mientras que en Quail Hollow había un simple letrero de plástico clavado en el suelo. Al entrar vi carteles de plástico de EN VENTA, UBICACIÓN IDEAL y GRANDES OPORTUNIDADES DE URBANIZACIÓN.

A diferencia de las pseudovisiones anteriores, alguien se ocupaba del mantenimiento de Quail Hollow. No habían construido casas, pero las parcelas estaban señaladas con postes y el césped estaba recién podado. Todas las calles estaban asfaltadas y tenían placas con el nombre. En el centro de la urbanización habían construido un lago perfectamente circular y, por alguna razón, lo habían vaciado. Mientras me acercaba con el coche vi que debía de tener un metro de profundidad y unos ciento cincuenta de diámetro. Una manguera zigzagueaba por el fondo hasta el centro, donde se alzaba una fuente de acero y aluminio. Me descubrí a mí mismo alegrándome de que el lago estuviera vacío, porque así no tendría que mirar fijamente el agua preguntándome si Margo estaba en el fondo, esperando que me pusiera un traje de buzo para encontrarla.

Estaba seguro de que no podía estar en Quail Hollow. Lindaba con demasiadas urbanizaciones para ser un buen sitio para esconderse, tanto si estabas vivo como si estabas muerto.

Pero, de todas formas, miré, y mientras recorría las calles en coche me sentía cada vez más desesperanzado. Quería alegrarme de que no estuviera allí. Pero si no era Quail Hollow, sería la siguiente, o la siguiente, o la siguiente. O quizá nunca la hallaría. ¿Era lo mejor que podía pasar?

Terminé la ronda sin haber encontrado nada y volví a la autopista. Compré algo de comer en un restaurante con servicio para coches y comí conduciendo hacia el oste, hacia el pequeño centro comercial abandonado.

12

Al entrar en el aparcamiento observé que habían tapado con cinta adhesiva azul el agujero que habíamos hecho en el conglomerado. Me pregunté quién habría estado allí después de nosotros.

Avancé con el coche hasta la parte de atrás y aparqué al lado de un contenedor oxidado por el que no había pasado un camión de basura en décadas. Supuse que podría colarme entre la cinta adhesiva si era necesario, y me dirigía hacia la fachada cuando observé que en las puertas de acero de la parte de atrás de las tiendas no se veían las bisagras.

Gracias a Margo había aprendido un par de cosas sobre bisagras, así que entendí por qué no habíamos tenido suerte al tirar de aquellas puertas: se abrían hacia dentro. Me acerqué a la puerta del despacho de la empresa hipotecaria y empujé. Se abrió sin ofrecer la más mínima resistencia. Joder, qué idiotas éramos. Sin duda la persona que se ocupaba del edificio sabía que la puerta no estaba cerrada con llave, lo cual hacía que la cinta adhesiva pareciera todavía más fuera de lugar.

Me quité la mochila que me había preparado por la mañana, saqué la potente linterna de mi padre y pasé la luz por toda la sala. Algo de tamaño considerable corrió por las vigas. Me estremecí. Varias lagartijas se movieron en el foco de luz.

Se veía un único rayo de luz procedente de un agujero del techo, en la esquina delantera de la sala, y desde el otro lado del conglomerado se filtraba algo de luz, pero prácticamente dependía de la linterna. Recorrí las filas de mesas observando los objetos que habíamos encontrado en los cajones y que habíamos dejado allí. Era absolutamente espeluznante ver mesa tras mesa con el mismo calendario: febrero de 1986. Febrero de 1986. Febrero de 1986. Junio de 1986. Febrero de 1986. Me giré y enfoqué a una mesa situada en el centro de la sala. Habían cambiado el calendario a junio. Me incliné y observé el papel del calendario esperando ver el bloque dentado que queda después de haber arrancado las páginas, o alguna marca de bolígrafo en la página, pero la única diferencia respecto a los demás calendarios era la fecha.

Me coloqué la linterna entre el cuello y el hombro, y empecé a buscar otra vez en los cajones, prestando especial atención a la mesa de junio: servilletas, lápices con punta, informes de hipotecas dirigidas a un tal Dennis McMahon, un paquete vacío de Marlboro Light y un frasco casi lleno de esmalte de uñas rojo.

Cogí la linterna con una mano, el pintaúñas con la otra, y lo observé de cerca. Era tan rojo que casi parecía negro. Había visto antes ese color aquella noche. En el salpicadero del monovolumen. De pronto, las carreras por las vigas y los crujidos del edificio se volvieron irrelevantes. Sentí una euforia perversa. No podía saber si era el mismo frasco, por supuesto, pero sin duda era el mismo color.

Giré el frasco y vi sin el menor género de duda una diminuta mancha de espray azul en la parte externa del vidrio. De sus dedos manchados de espray. Entonces estuve seguro. Había estado allí después de que nos separáramos aquella mañana. Quizá todavía estaba allí. Quizá solo salía por la noche. Quizá había puesto la cinta en el conglomerado para mantener la privacidad.

En aquel momento decidí quedarme hasta el día siguiente. Si Margo había dormido allí, también yo podría hacerlo. Y así empezó una breve conversación conmigo mismo.

Yo: Pero hay ratas.

Yo: Sí, pero parece que se quedan en el techo.

Yo: Pero hay lagartijas.

Yo: Oh, vamos. De pequeño les cortabas la cola. Las lagartijas no te dan miedo.

Yo: Pero hay ratas.

Yo: Pero las ratas no pueden hacerte daño. Les asustas más tú a ellas que ellas a ti.

Yo: Vale, pero ¿qué pasa con las ratas?

Yo: Cállate.

Al final no importó que hubiera ratas, al menos no mucho, porque estaba en un sitio en el que Margo había estado viva. Estaba en un sitio que la había visto después de mí, y aquella calidez hacía que el centro comercial fuera un lugar casi cómodo. Bueno, no me sentía como un niño en brazos de su mamá, pero ya no me quedaba sin respiración cada vez que oía un ruido. Y al sentirme más cómodo, me resultó más fácil explorar. Sabía que quedaban cosas por encontrar, y ya estaba listo para encontrarlas.

Me metí por un Agujero de Trol y llegué a la sala del laberinto de estanterías. Recorrí los pasillos un buen rato. Al final me metí en el siguiente Agujero de Trol y gateé hasta la sala vacía. Me senté en la moqueta enrollada contra la pared del fondo. La pintura blanca desconchada crujió al apoyar la espalda. Me quedé allí un rato, el tiempo suficiente para que el rayo dentado de luz que entraba por un agujero del techo se desplazara tres centímetros por el suelo mientras me acostumbraba a los sonidos.

Al rato me aburrí y gateé por el último Agujero de Trol hasta la tienda de souvenirs. Rebusqué entre las camisetas. Saqué la caja de folletos turísticos de la vitrina y los hojeé en busca de algún mensaje escrito a mano de Margo, pero no encontré nada.

Volví a la sala que me descubrí a mí mismo llamando la biblioteca. Hojeé los *Reader's Digests* y encontré una pila de *National Geographics* de la década de 1960, pero la caja estaba tan cubierta de polvo que estaba claro que Margo no había sacado su contenido.

No empecé a encontrar indicios de que alguien había estado allí hasta que volví a la sala vacía. En la pared desconchada de la moqueta descubrí nueve agujeros de chincheta. Cuatro agujeros formaban una especie de cuadrado, y los otros cinco estaban dentro del cuadrado. Pensé que quizá Margo había pasado allí tiempo suficiente como para colgar algún póster, aunque a primera vista no pareció que faltara ninguno cuando inspeccionamos su habitación.

Desenrollé parte de la moqueta e inmediatamente encontré algo más: una caja chafada que en su momento había contenido veinticuatro barritas de cereales. Me descubrí a mí mismo imaginando a Margo allí, sentada en la moqueta enrollada y enmohecida, apoyada contra la pared y comiéndose una barrita de cereales. Está sola y no tiene otra cosa que comer. Quizá una vez al día va en coche a una tienda a comprarse un bocadillo y algún Mountain Dew, pero la mayor parte del día la pasa en esta moqueta o cerca de ella. Me pareció una imagen demasiado triste para ser real. Demasiado solitaria y nada propia de Margo. Pero los indicios de los últimos diez días parecían conducir a una sorprendente conclusión: Margo era —al menos buena parte del tiempo— muy poco propia de Margo.

Desenrollé un poco más la moqueta y encontré una manta azul de punto, casi tan fina como un periódico. La cogí, me la llevé a la cara y sí, sí. Su olor. El champú de lilas y la loción de almendras, y más allá, la débil suavidad de su piel.

Y volví a imaginármela: desenrolla parte de la moqueta todas las noches para no clavarse la cadera en el hormigón cuando duerme de lado. Se mete debajo de la manta, utiliza el resto de la moqueta como almohada y se duerme. Pero ¿por qué aquí? ¿Por qué está aquí mejor que en su casa? Y si está tan bien, ¿por qué marcharse? Es lo que no conseguía imaginar, y caigo en la cuenta de que no podía imaginármelo porque no conocía a Margo. Conocía su olor, y sabía cómo actuaba conmigo, y sabía cómo actuaba con los demás, y sabía que le gustaba el Mountain Dew, la aventura y los gestos dramáticos, y sabía que era divertida, inteligente y en general superior a todos nosotros. Pero no sabía qué la había llevado allí, o qué la había retenido allí, o qué había hecho que se marchara de allí. No sabía por qué tenía miles de discos, pero nunca había dicho a nadie que le gustaba la música. No sabía qué hacía por las noches, en la oscuridad, con la puerta cerrada, en la sellada privacidad de su habitación.

Y quizá era lo que necesitaba más que nada. Necesitaba descubrir cómo era Margo cuando no estaba siendo Margo.

Me tumbé un rato con la manta que olía a ella y miré el techo. Por un agujero veía un trocito del cielo de la tarde, como un lienzo dentado pintado de azul. Era el sitio perfecto para dormir. Podían verse las estrellas por la noche sin mojarte si llovía.

Llamé a mis padres. Contestó mi padre y le dije que estábamos en el coche, que íbamos a buscar a Radar y a Angela, y que me quedaría con Ben toda la noche. Me pidió que no bebiera, le dije que no bebería, me dijo que estaba orgulloso de mí por haber decidido ir al baile de graduación y me pregunté si lo estaría por haber decidido hacer lo que en realidad estaba haciendo.

El sitio era un aburrimiento. Quiero decir que en cuanto pasabas de los roedores y del misterioso crujido de las paredes, como si fuera a caerse el edificio, no había nada que hacer. Ni internet, ni tele, ni música. Me aburría, así que seguía despistándome el hecho de que hubiera elegido ese lugar, porque

Margo siempre me había parecido una persona con una tolerancia muy limitada al aburrimiento. Quizá le gustaba la idea de vivir en plan pobre. Lo dudo. Margo llevaba vaqueros de marca cuando nos colamos en el SeaWorld.

La ausencia de estímulos alternativos me llevó de nuevo al «Canto de mí mismo», el único regalo que sin duda había dejado para mí. Me trasladé a una zona del suelo de cemento que tenía manchas de agua, exactamente debajo del agujero del techo, me senté con las piernas cruzadas e incliné el libro para que el rayo de luz le cayera justo encima. Y por alguna razón pude por fin leerlo.

El caso es que el poema empieza muy lento, con una especie de larga introducción, pero hacia el verso noventa Whitman empieza por fin a contar una historia, así que empecé por ahí. Whitman está sentado en la hierba (él dice tendido), y entonces:

> *Un niño me preguntó: ¿Qué es la hierba?, trayéndola a manos*
> *[llenas,*
> *¿Cómo podría contestarle? Yo tampoco lo sé.*
>
> *Sospecho que es la bandera de mi carácter tejida con esperan-*
> *[zada tela verde.*

Ahí estaba la esperanza de la que me había hablado la doctora Holden. La hierba era una metáfora de la esperanza. Pero eso no es todo. Sigue diciendo:

O el pañuelo de Dios,
una prenda fragante dejada caer a propósito,

La hierba es una metáfora de la grandeza de Dios, o algo así.

O sospecho que la hierba misma es un niño...

Y algo después:

O un jeroglífico uniforme,
que significa: crezco por igual en las regiones vastas y en las
                                                    [estrechas,
crezco por igual entre los negros y los blancos.

Así que quizá la hierba es una metáfora de que somos iguales y estamos básicamente conectados, como me había dicho la doctora Holden. Y luego dice de la hierba:

Y ahora se me figura que es la cabellera suelta y hermosa de las
tumbas.

Así que la hierba es también la muerte. Crece encima de nuestros cuerpos enterrados. La hierba era muchas cosas diferentes a la vez. Era desconcertante. La hierba es una metáfora de la vida, y de la muerte, y de la igualdad, y de que estamos conectados, y de los niños, y de Dios, y de la esperanza.

No lograba descubrir cuál de estas ideas era el meollo del poema, suponiendo que alguna lo fuera. Pero pensar en la hierba y en las diferentes maneras de verla me hizo pensar en todas las maneras en que había visto y mal visto a Margo. Las maneras de verla no eran pocas. Me había centrado en lo que había sido de ella, pero allí, intentando entender la multiplicidad de la hierba y con el olor de la manta todavía en la garganta, me daba cuenta de que la pregunta más importante era a quién estaba buscando. Pensé que si resultaba tan complicado responder a la pregunta «¿Qué es la hierba?», también debía de ser complicado responder a la pregunta «¿Quién es Margo Roth Spiegelman?». Como una metáfora inasible por su amplitud, en lo que me había dejado había lugar para imaginar infinitamente, para una serie infinita de Margos.

Tuve que acotarla, y supuse que tenía que haber cosas que estaba viendo mal o que no estaba viendo. Quería arrancar el techo para que entrara la luz y verlo todo a la vez, no cada cosa por separado con la linterna. Aparté la manta de Margo y grité lo bastante alto para que me oyeran las ratas:

—¿Voy a encontrar algo aquí?

Volví a las mesas del despacho, pero cada vez parecía más obvio que Margo solo había utilizado la del cajón con el pintaúñas y el calendario en el mes de junio.

Gateé por un Agujero de Trol, volví a la biblioteca y recorrí de nuevo las estanterías metálicas abandonadas. Busqué en todos los estantes marcas sin polvo que indicaran que Margo los había utilizado para algo, pero no encontré ninguno. Pero de repente el foco de la linterna pasó por algo que estaba en un estante de una esquina de la sala, justo al lado del escaparate con la plancha de conglomerado. Era el lomo de un libro.

El libro se titulaba *Roadside America* y se había publicado en 1998, después de que se abandonara aquel lugar. Lo hojeé sujetando la linterna entre el cuello y el hombro. El libro ofrecía una relación de cientos de atracciones turísticas, desde la bola de cuerda más grande del mundo, en Darwin, Minnesota, hasta la bola de sellos más grande del mundo, en Omaha, Nebraska. Alguien había doblado las esquinas de varias páginas, al parecer al azar. El libro no tenía mucho polvo. Quizá el SeaWorld había sido solo la primera parada de una especie de torbellino de aventuras. Sí. No era ninguna tontería. Así era Margo. De alguna manera descubrió aquel sitio, fue a recoger provisiones, pasó una noche o dos y siguió su camino. Me la imaginaba dando tumbos entre trampas para turistas.

Mientras los últimos rayos de luz entraban por los agujeros del techo, encontré más libros en otros estantes: *Guía general de Nepal*, *Grandes atracciones de Canadá*, *América en coche*, *Guía Fodor de las Bahamas* y *Vamos a Bután*. No parecía que hubiera la menor relación entre los libros, excepto que todos eran de viajes y la fecha de publicación era posterior al abandono del edificio. Me metí la linterna debajo de la barbilla, cargué en los brazos la pila de libros, que me llegaba desde la cintura hasta el pecho, y los llevé a la sala vacía, que entonces imaginaba que era el dormitorio.

De modo que resultó que sí pasé la noche del baile de graduación con Margo, solo que no como había soñado. En lugar de irrumpir en el baile juntos, me senté, me apoyé en su moqueta enrollada, con su manta de punto tapándome las rodillas, y me puse a leer las guías de viajes a la luz de la linterna, inmóvil en la oscuridad mientras las cigarras cantaban a mi alrededor.

Quizá se había sentado allí, en la ruidosa oscuridad, y sintió que le invadía la desesperación, y quizá le resultó imposible no pensar en la muerte. Podía imaginármelo, por supuesto.

Pero también podía imaginarme lo siguiente: Margo comprando esos libros en diversos mercadillos, comprando todas las guías de viajes que caían en sus manos a precio de saldo. Luego yendo allí —incluso antes de que desapareciera— para leerlas alejada de miradas indiscretas. Leyéndolas e intentando decidir adónde dirigirse. Sí. Viajaría y se escondería, un globo volando por el cielo, haciendo cientos de kilómetros al día con la ayuda de un perpetuo viento de cola. Y la imaginaba viva. ¿Me había llevado hasta allí para darme las pistas para que descifrara el itinerario? Quizá. Por supuesto, yo estaba bien lejos de haber descifrado el itinerario. A juzgar por los libros, podía estar en Jamaica, Namibia, Topeka o Pekín. Pero no había hecho más que empezar a mirar.

13

En mi sueño, yo estaba tumbado boca arriba, y ella tenía la cabeza apoyada en mi hombro. Solo la moqueta nos separaba del suelo de cemento. Me rodeaba el pecho con el brazo. Estábamos simplemente tumbados, durmiendo. Dios mío, ayúdame. El único adolescente del país que sueña con dormir con chicas, y solo dormir. Pero entonces sonó el móvil. Mis manos tardaron dos tonos más en encontrar a tientas el teléfono, que estaba encima de la moqueta sin enrollar. Eran las 3.18 de la madrugada. El que me llamaba era Ben.

—Buenos días, Ben —le dije.

—¡¡¡¡¡SÍÍÍ!!!!!! —me gritó.

Supe de inmediato que no era el momento de explicarle todo lo que había descubierto e imaginado sobre Margo. Casi me llegaba su tufo a alcohol. Aquella única palabra, tal y como la había gritado, tenía más signos de exclamación que cualquier cosa que me hubiera dicho en toda su vida.

—Entiendo que el baile va bien.

—¡SÍÍ! ¡Quentin Jacobsen! ¡El Q! ¡El mejor Quentin del país! ¡Sí! —Su voz se alejó, aunque seguía oyéndola—. A ver,

callaos todo el mundo, espera, callaos… ¡TENGO A QUEN-
TIN DENTRO DEL TELÉFONO! —Oí una aclamación y luego volvió la voz de Ben—. ¡Sí, Quentin! ¡Sí! Colega, tienes que
venir.

—¿Adónde? —le pregunté.

—¡A casa de Becca! ¿Sabes dónde está?

Resultó que sabía perfectamente dónde estaba. Había estado en su sótano.

—Sé dónde está, pero son las tantas de la madrugada, Ben.
Y estoy en…

—¡SÍÍÍ! Tienes que venir ahora mismo. ¡Ahora mismo!

—Ben, tengo cosas más importantes que hacer —le contesté.

—¡TE HA TOCADO CONDUCIR!

—¿Qué?

—¡Que te ha tocado conducir! ¡Sí! ¡Te ha tocado! ¡Me alegro de que hayas contestado! ¡Es fantástico! ¡Tengo que estar
en casa a las seis! ¡Y te ha tocado llevarme! ¡SÍÍÍÍÍÍ!

—¿No puedes quedarte a pasar la noche? —le pregunté.

—¡NOOO! Buuu. Un buuu para Quentin. ¡Venga, todos! ¡Buuuu, Quentin! —Y me abuchearon—. Están todos
borrachos. Ben, borracho. Lacey, borracha. Radar, borracho.
Nadie puede conducir. En casa a las seis. Se lo prometí a mi
madre. ¡Buuu, Quentin, dormilón! ¡Te ha tocado conducir!
¡SÍÍÍ!

Respiré hondo. Si Margo hubiera querido aparecer, habría
aparecido antes de las tres.

—Estaré allí dentro de media hora.

—¡¡¡¡¡¡SÍ SÍ SÍ SÍ SÍ SÍ SÍ SÍ SÍ SÍ SÍ SÍ SÍÍÍÍÍÍ!!!!!! ¡SÍ! ¡SÍ!

Ben seguía afirmando cuando colgué el teléfono. Me quedé un momento tumbado, diciéndome a mí mismo que tenía que levantarme, y por fin me levanté. Gateé por los Agujeros de Trol medio dormido, pasé por la biblioteca, llegué al despacho, abrí la puerta de atrás del edificio y me metí en el coche.

Llegué a la urbanización de Becca Arrington poco antes de las cuatro. A ambos lados de su calle había decenas de coches aparcados, y sabía que dentro habría todavía más gente, porque muchos habían llegado en limusina. Encontré sitio a un par de coches del *Chuco*.

Nunca había visto a Ben borracho. Unos años atrás me había bebido una botella de «vino» rosado en una fiesta de la banda de música. Tenía tan mal sabor al tragarlo como al vomitarlo. Fue Ben el que se sentó conmigo en el baño estilo Winnie the Pooh de Cassie Hiney mientras yo lanzaba proyectiles de líquido rosa hacia un cuadro de Ígor. Creo que la experiencia nos amargó a los dos las borracheras para siempre. Bueno, hasta esa noche.

Ya sabía que Ben estaría borracho. Lo había oído al teléfono. Nadie sobrio dice «sí» tantas veces por minuto. Sin embargo, cuando pasé entre varias personas que estaban fumando en el césped de Becca y abrí la puerta de su casa, no esperaba ver a Jase Worthington y a otros dos jugadores de béisbol sujetando a un Ben con esmoquin, patas arriba, sobre un barril de cerveza. Tenía metido en la boca el grifo del barril, y toda la sala lo miraba. Todos cantaban al unísono: «Dieciocho, diecinueve, veinte», y por un momento pensé que estaban haciéndole una putada o algo así. Pero no. Mientras chupaba del grifo como si fuera la leche de su madre, pequeños chorros de cerveza le resbalaban a ambos lados de la boca, porque estaba sonriendo. «Veintitrés, veinticuatro, veinticinco», gritaban todos entusiasmados. Al parecer, estaba sucediendo algo importante.

Toda la escena me resultaba trivial y bochornosa. Chicos de papel con su diversión de papel. Me abrí camino hacia Ben entre la multitud y me sorprendió encontrarme con Radar y Angela.

—¿Qué mierda es esto? —les pregunté.

Radar dejó de contar y me miró.

—¡Sí! —exclamó—. ¡Ha llegado el conductor! ¡Sí!

—¿Por qué todo el mundo se dedica a decir «sí»?

—Buena pregunta —me gritó Angela.

Resopló y suspiró. Parecía tan molesta como yo.

—¡Sí, joder, es una buena pregunta! —dijo Radar con un vaso rojo de plástico lleno de cerveza en cada mano.

—Los dos son suyos —me explicó Angela con un tono tranquilo.

—¿Por qué no te han pedido a ti que los lleves a casa? —le pregunté.

—Te querían a ti —me contestó—. Pensaron que así vendrías.

Miré al techo. Angela miró también al techo compadeciéndome.

—Debe de gustarte mucho —le dije señalando con la cabeza a Radar, que levantó los dos vasos de cerveza y siguió contando.

Parecían todos muy orgullosos de saber contar.

—Incluso ahora es monísimo —me contestó.

—Qué asco —le dije.

Radar me dio un golpecito con un vaso de cerveza.

—¡Mira a nuestro Ben! Es como un sabio autista en un *keg stand*. Parece que quiere batir un récord o algo así.

—¿Qué es un *keg stand*? —le pregunté.

—Eso —me contestó Angela señalando a Ben.

—Ah —dije—. Bueno, es… Vaya, ¿no es muy duro estar colgado cabeza abajo?

—Al parecer, el *keg stand* más largo de la historia de Winter Park es de sesenta y dos segundos —me explicó—. Lo consiguió Tony Yorrick.

Tony Yorrick era un tipo gigantesco que se graduó cuando nosotros estábamos en primero de instituto y que en ese momento jugaba en el equipo de fútbol americano de la Universidad de Florida.

No tenía nada en contra de que Ben batiera un récord, pero no pude unirme al grupo, que gritaba: «¡Cincuenta y ocho, cincuenta y nueve, sesenta, sesenta y uno, sesenta y dos, sesenta y tres!». Entonces Ben sacó la boca del grifo y gritó:

—¡SÍÍÍ! ¡SOY EL MEJOR! ¡QUE TIEMBLE EL MUNDO!

Jase y varios jugadores de béisbol le dieron la vuelta y se lo subieron a hombros. Entonces Ben me vio, me señaló y soltó el más apasionado «SÍÍÍ» que he oído en mi vida. Vaya, ni los jugadores de fútbol se entusiasman tanto cuando ganan la copa del mundo.

Ben saltó de los hombros de los jugadores de béisbol, aterrizó agachado, en una incómoda postura, y luego se tambaleó hasta ponerse de pie. Me pasó un brazo por el hombro.

—¡SÍ! —repitió—. ¡Quentin está aquí! ¡El gran Quentin! ¡Un aplauso para Quentin, el mejor amigo del puto campeón del mundo de *keg stand*!

Jase me pasó la mano por la cabeza y me dijo:

—¡Ese eres tú, Q!

—Por cierto —me dijo Radar al oído—, somos como héroes para esta peña. Angela y yo hemos venido porque Ben me ha dicho que me recibirían como a un rey. Vaya, coreaban mi nombre. Al parecer, todos creen que Ben es divertidísimo, y por eso les caemos simpáticos nosotros también.

—Uau —exclamé dirigiéndome tanto a Radar como a todos los demás.

Ben se apartó de nosotros y lo vi agarrando a Cassie Hiney. Le puso las manos en los hombros y ella puso las suyas en las de Ben.

—Mi pareja esta noche casi ha sido la reina del baile —le dijo Ben.

—Lo sé —repuso Cassie—. Es genial.

—He deseado besarte cada día en los últimos tres años —dijo Ben.

—Creo que deberías hacerlo —le contestó Cassie.

—¡SÍ! —exclamó Ben—. ¡Impresionante!

Pero no besó a Cassie. Se giró y me dijo:

—¡Cassie quiere besarme!

—Sí —le contesté.

—Es impresionante —dijo.

Y luego pareció olvidarse tanto de Cassie como de mí, como si la idea de besar a Cassie Hiney fuera mejor que besarla en realidad.

—Esta fiesta es genial, ¿verdad? —preguntó Cassie.

—Sí —le contesté.

—Nada que ver con las fiestas de la banda, ¿eh? —preguntó.

—Sí —repuse yo.

—Ben está sonado, pero me encanta —me dijo.

—Sí.

—Y tiene los ojos muy verdes —añadió.

—Ay, ay.

—Todas dicen que tú eres más mono, pero me gusta Ben.

—Vale —le contesté.

—Esta fiesta es genial, ¿verdad? —dijo.

—Sí —le contesté.

Hablar con una persona borracha era como hablar con un niño de tres años muy alegre y con serias lesiones cerebrales.

Mientras Cassie se alejaba, Chuck Parson se acercó a mí.

—Jacobsen —me dijo como si tal cosa.

—Parson —le contesté.

—Tú me afeitaste la puta ceja, ¿verdad?

—En realidad no te la afeité —le contesté—. Utilicé crema depilatoria.

Me pegó un manotazo bastante fuerte en todo el pecho.

—Eres un capullo —me dijo, aunque se reía—. Hay que tener cojones, colega. Y ahora eres como un kapo de mierda. Bueno, quizá solo estoy borracho, pero ahora mismo me encanta tu culo de capullo.

—Gracias —le contesté.

Me sentía totalmente al margen de aquella mierda, de aquel rollo de que se acaba el instituto y tiene que quedar claro que en el fondo todos nos queremos mucho. Y me imaginé a

Margo en aquella fiesta, o en miles de fiestas como aquella. La vida vista con sus ojos. La imaginé escuchando las chorradas de Chuck Parson y pensando en largarse, tanto viva como muerta. Imaginaba los dos caminos con igual claridad.

—¿Quieres una cerveza, comepollas? —me preguntó Chuck.

Podría haber olvidado que estaba ahí, pero la peste a alcohol de su aliento hacía difícil pasar por alto su presencia. Negué con la cabeza y se marchó.

Quería volver a casa, pero sabía que no podía meter prisa a Ben. Seguramente era el mejor día de su vida. Tenía derecho a disfrutarlo.

Así que encontré una escalera y me dirigí al sótano. Había pasado tantas horas a oscuras que me apetecía seguir estándolo. Solo quería tumbarme en algún sitio medio tranquilo y medio oscuro, y seguir imaginando a Margo. Pero al pasar por la habitación de Becca oí unos ruidos amortiguados —para ser exacto, gemidos—, así que me detuve en la puerta, que estaba entreabierta.

Vi los dos tercios superiores de Jase, sin camisa, encima de Becca, que lo rodeaba con las piernas. No estaban desnudos, pero iban en camino. Y quizá una buena persona se habría marchado, pero la gente como yo no tiene muchas oportunidades de ver a gente como Becca Arrington desnuda, de modo que me quedé en la puerta fisgando. Entonces se dieron la vuelta, Becca quedó encima de Jason, suspiraba mientras lo besaba y empezaba a bajarse la blusa.

—¿Crees que estoy buena? —le preguntó.

—Sí, sí, estás buenísima, Margo —le contestó Jase.

—¿Qué? —dijo Becca, furiosa.

Y no tardé en darme cuenta de que no iba a ver a Becca desnuda. Empezó a gritar. Me aparté de la puerta, pero Jase me vio.

—¿A ti qué te pasa? —me gritó.

—Pasa de él —gritó Becca—. ¿A quién le importa una mierda? ¿Qué pasa conmigo? ¿Por qué estás pensando en ella y no en mí?

Me pareció el mejor momento para retirarme, así que cerré la puerta y me metí en el baño. Tenía que mear, pero sobre todo necesitaba alejarme de las voces humanas.

Siempre tardo un par de segundos en empezar a mear después de haber preparado todo el equipo, así que esperé un segundo y luego empecé a mear. Acababa de llegar a la fase en la que te estremeces de alivio cuando desde la bañera me llegó una voz femenina.

—¿Quién está ahí?

—¿Lacey? —pregunté.

—¿Quentin? ¿Qué mierda estás haciendo aquí?

Quería detener la meada, pero no podía, claro. Mear es como un buen libro: cuando empiezas, es muy muy difícil parar.

—Bueno, mear —le contesté.

—¿Qué tal? —me preguntó desde el otro lado de la cortina.

—Bien, bien.

Sacudí las últimas gotas, me subí la cremallera y me ruboricé.

—¿Quieres darte una vuelta por la bañera? —me preguntó—. No estoy tirándote los tejos.

Tardé un momento en contestar.

—Claro —dije por fin.

Aparté la cortina. Lacey me sonrió y subió las rodillas hasta el pecho. Me senté frente a ella, con la espalda pegada a la fría porcelana. Entrelazamos los pies. Llevaba unos pantalones cortos, una camiseta sin mangas y unas chanclas muy monas. Se le había corrido un poco la pintura alrededor de los ojos. Llevaba el pelo medio recogido, todavía con el peinado del baile, y tenía las piernas bronceadas. Hay que decir que Lacey Pemberton era muy guapa. No era el tipo de chica que podía hacerte olvidar a Margo Roth Spiegelman, aunque sí era el tipo de chica que podía hacerte olvidar un montón de cosas.

—¿Qué tal el baile? —le pregunté.

—Ben es muy dulce —me contestó—. Me he divertido. Pero luego me he peleado con Becca, me ha llamado puta, se ha puesto de pie en el sofá, ha pedido a todo el mundo que se callara y ha dicho que tengo una enfermedad de transmisión sexual.

Hice una mueca.

—Joder —exclamé.

—Sí. Estoy perdida. Es que… Joder, qué mierda, de verdad, porque… es tan humillante, y ella sabía que sería humillante, y… qué mierda. Entonces me he metido en la bañera, y Ben ha bajado, pero le he pedido que me dejara sola. No tengo nada en contra de Ben, pero no me escuchaba demasiado. Está borracho. Ni siquiera la tengo. La tuve. Ya está curada. Da igual. Pero no soy una guarra. Fue un tío. Un comemierda. Joder, no me creo que se lo contara. Tendría que habérselo contado solo a Margo, sin Becca delante.

—Lo siento —le dije—. El problema es que Becca está celosa.

—¿Por qué iba a estar celosa? Es la reina del baile. Está saliendo con Jase. Es la nueva Margo.

Tenía el culo dolorido contra la porcelana, así que intenté recolocarme. Mis rodillas tocaron las suyas.

—Nadie será jamás la nueva Margo —añadí—. De todas formas, tienes lo que ella realmente quiere. Gustas a la gente. Creen que eres más guapa que ella.

Lacey se encogió de hombros tímidamente.

—¿Crees que soy superficial?

—Bueno, sí. —Pensé en mí mismo en la puerta de la habitación de Becca, esperando que se quitara la blusa—. Pero yo también lo soy. Como todo el mundo.

Muchas veces había pensado: «Ojalá tuviera el cuerpo de Jase Worthington. Andaría como si supiera andar. Besaría como si supiera besar».

—Pero no de la misma manera. Ben y yo somos superficiales de la misma manera. A ti no te importa una mierda caer bien a los demás.

Lo que en parte era cierto, y en parte no.

—Me importa más de lo que quisiera —le dije.

—Sin Margo todo es una mierda —repuso.

También ella estaba borracha, pero su modalidad de borrachera no me molestaba.

—Sí —admití.

—Quiero que me lleves a ese sitio —me dijo—. Al centro comercial. Ben me lo contó.

—Sí, podemos ir cuando quieras —le contesté.

Le conté que había pasado allí la noche, que había encontrado un frasco de pintaúñas y una manta de Margo.

Lacey se quedó un momento callada, respirando por la boca. Cuando por fin lo dijo, fue casi en un susurro. Parecía una pregunta, aunque lo pronunció como una afirmación:

—Está muerta, verdad.

—No lo sé, Lacey. Lo pensaba hasta esta noche, pero ahora no lo sé.

—Ella muerta, y nosotros… haciendo todo esto.

Pensé en los versos marcados de Whitman: «Si nadie en el mundo lo sabe, estoy satisfecho, / Si todos y cada uno lo saben, estoy satisfecho».

—Quizá es lo que quería, que la vida siguiera —dije.

—No suena a mi Margo —comentó.

Y pensé en mi Margo, en la Margo de Lacey, en la Margo de la señora Spiegelman, y en todos nosotros observando su imagen en un espejo distinto de una casa de los espejos. Iba a decir algo, pero la boca abierta de Lacey se terminó de abrir del todo y apoyó la cabeza en las frías baldosas del baño, dormida.

No decidí despertarla hasta que dos personas entraron en el baño a mear. Eran casi las cinco de la madrugada y tenía que llevar a Ben a su casa.

—Lace, despierta —le dije rozándole la sandalia con mi zapato.

Movió la cabeza.

—Me gusta que me llamen así —me dijo—. ¿Sabes que ahora mismo eres mi mejor amigo?

—Me alegro mucho —le contesté, aunque estaba borracha y cansada, y mentía—. Mira, vamos a subir los dos, y si alguien dice algo de ti, defenderé tu honor.

—Vale —me dijo.

Así que subimos juntos.

La fiesta se había dispersado un poco, pero todavía quedaban varios jugadores de béisbol, incluido Jase, encima del barril de cerveza. La mayoría estaban durmiendo en sacos de dormir tirados por el suelo. Había varios apretujados en un sofá cama. Angela y Radar estaban tumbados juntos en un sofá de dos plazas. A Radar le colgaban las piernas por un lado. Iban a quedarse a dormir.

Estaba a punto de preguntar a los tipos que había junto al barril si habían visto a Ben cuando entró corriendo en la sala. Llevaba en la cabeza un gorro azul de bebé y blandía una espada hecha con ocho latas vacías de Milwaukee's Best Light, que supuse que había pegado.

—¡TE HE VISTO! —gritó Ben apuntándome con la espada—. ¡HE AVISTADO A QUENTIN JACOBSEN! ¡SÍ! ¡Ven aquí! ¡Arrodíllate!

—¿Qué? Ben, cálmate.

—¡DE RODILLAS!

Me arrodillé obedientemente y lo miré.

Levantó la espada de latas de cerveza y me dio un golpecito en cada hombro.

—Por el poder de la espada de latas de cerveza pegadas, por la presente te nombro mi conductor.

—Gracias —le dije—. No eches la pota en el coche.

—¡SÍ! —gritó.

Y cuando intentaba levantarme, me empujó hacia abajo con la mano que tenía libre y volvió a pasarme por los hombros la espada de latas de cerveza.

—Por la fuerza de la espada de latas de cerveza, por la presente declaro que en la graduación no llevarás ropa debajo de la toga.

—¿Qué?

Me levanté.

—¡SÍ! ¡Radar, tú y yo! ¡En pelotas debajo de la toga! ¡En la graduación! ¡Será increíble!

—Bueno —le dije—, será muy erótico.

—¡SÍ! —me contestó—. ¡Jura que lo harás! Ya he conseguido que Radar lo jurara. RADAR, LO HAS JURADO, ¿VERDAD?

Radar giró ligeramente la cabeza y abrió un poco los ojos.

—Lo he jurado —murmuró.

—Bueno, pues entonces yo también lo juro —le dije.

—¡SÍ! —Y se volvió hacia Lacey—: Te quiero.

—Yo también te quiero, Ben.

—No, yo te quiero. No como una hermana quiere a su hermano ni como un amigo quiere a su amigo. Te quiero como un tipo totalmente borracho quiere a la mejor chica del mundo.

Sonrió.

Di un paso adelante con la intención de evitar que siguiera haciendo el ridículo y le puse una mano en el hombro.

—Si tenemos que estar en tu casa a las seis, deberíamos ir saliendo —le dije.

—Vale —me contestó—. Voy a darle las gracias a Becca por esta increíble fiesta.

Lacey y yo lo seguimos al piso de abajo, donde abrió la puerta de la habitación de Becca y dijo:

—¡Tu fiesta ha molado un huevo! ¡Aunque tú das asco! Tu corazón no bombea sangre, sino mierda. Pero gracias por la cerveza.

Becca estaba sola, tumbada encima de la colcha y mirando al techo. Ni siquiera miró a Ben. Se limitó a murmurar:

—Uf, vete a la mierda, imbécil. Espero que tu pareja te pegue las ladillas.

—Encantado de hablar contigo —le contestó Ben sin un ápice de ironía.

Y cerró la puerta. Creo que ni se había enterado de que acababan de insultarle.

Volvimos a subir y nos dirigimos a la puerta.

—Ben —le dije—, vas a tener que dejar la espada aquí.

—Vale —me contestó.

Cogí el extremo de la espada y tiré, pero Ben se negó a soltarla. Estaba a punto de empezar a gritarle que era un borracho de mierda cuando me di cuenta de que no podía soltar la espada.

—Ben, ¿te has pegado la espada a la mano? —le preguntó Lacey riéndose.

—Sí —le contestó Ben—, me la he pegado con Super Glue. Así nadie me la robará.

—Bien pensado —dijo Lacey, impávida.

Lacey y yo conseguimos despegar todas las latas menos la que estaba pegada a la mano de Ben. Por más que tirara, su mano iba detrás, como si la lata fuera el hilo y su mano la marioneta.

—Tenemos que irnos —dijo Lacey por fin.

Y nos fuimos. Sentamos a Ben en el asiento de atrás y le abrochamos el cinturón. Lacey se sentó a su lado porque «así controlo que no vomite, se pegue un golpe con la lata de cerveza y se mate, o algo así».

Pero estaba tan ido que Lacey no tuvo problema en hablarme de él.

—Tengo algo que decir sobre la insistencia, ¿sabes? —me dijo mientras avanzábamos por la autopista—. Bueno, sé que insiste demasiado, pero ¿por qué iba a ser malo? Y además es muy dulce, ¿verdad?

—Supongo —le contesté.

A Ben le colgaba la cabeza, como si no la tuviera unida a la columna vertebral. No me pareció especialmente dulce, pero bueno.

Llevé primero a Lacey al otro extremo de Jefferson Park. Cuando Lacey se inclinó y le dio un pico, se espabiló lo suficiente para murmurar: «Sí».

Lacey se acercó a la puerta del conductor de camino a su casa.

—Gracias —me dijo.

Asentí.

Crucé la urbanización. Ya no era de noche, pero todavía no había amanecido. Ben roncaba flojito en el asiento de atrás. Aparqué delante de su casa, salí del coche, abrí la puerta corredera del monovolumen y le desabroché el cinturón de seguridad.

—Hora de irse a casa, Benners.

Olisqueó, movió la cabeza y se despertó. Levantó las manos para frotarse los ojos y pareció sorprenderse de ver una lata de Milwaukee's Best Light pegada en su mano. Intentó cerrar el puño y abollar un poco la lata, pero no se la pudo arrancar. La miró un minuto y movió la cabeza.

—La Bestia está pegada a mí —observó.

Saltó del coche y avanzó tambaleándose por la acera de su casa. Cuando llegó al porche, se giró sonriendo. Lo saludé con la mano. La cerveza me devolvió el saludo.

14

Dormí unas horas y luego pasé la mañana leyendo atentamente las guías de viajes que había encontrado el día anterior. Esperé a las doce para llamar a Ben y a Radar. Llamé primero a Ben.

—Buenos días, su señoría —le dije.

—Oh, Dios mío —dijo Ben con un tono que destilaba la más abyecta miseria—. Oh, Jesusito de mi vida, ven a consolar a tu hermano Ben. Oh, Señor, cólmame de tu gracia.

—Tengo un montón de novedades sobre Margo —le dije entusiasmado—, así que tienes que venir. Voy a llamar también a Radar.

Ben no pareció haberme oído.

—Oye, ¿cómo es posible que cuando mi madre ha entrado en mi habitación esta mañana, a las nueve, y he estirado los brazos, hayamos descubierto una lata de cerveza pegada en mi mano?

—Pegaste un montón de latas de cerveza para hacerte una espada, y luego te la pegaste a la mano.

—Oh, sí. La espada de cerveza. Me suena de algo.

—Ben, pásate por aquí.

—Colega, estoy hecho una mierda.

—Entonces me pasaré yo por tu casa. ¿A qué hora?

—Colega, no puedes venir. Tengo que dormir diez mil horas. Tengo que beberme diez mil litros de agua y tomarme diez mil ibuprofenos. Te veré mañana en el instituto.

Respiré hondo e intenté no parecer defraudado.

—Crucé Florida central en plena noche para llegar sobrio a la fiesta más borracha del mundo y dejar tu culo gordo en casa, y es…

Habría seguido hablando, pero me di cuenta de que Ben había colgado. Me había colgado. Gilipollas.

A medida que pasaba el tiempo iba cabreándome cada vez más. Una cosa era que Margo le importara una mierda, pero la verdad era que a Ben también le había importado una mierda yo. Quizá nuestra amistad siempre había sido por conveniencia, porque no tenía a nadie mejor con quien jugar a videojuegos. Pero a partir de entonces ya no tenía que ser amable conmigo ni preocuparse por las cosas que me importaban, porque tenía a Jase Worthington. Tenía el récord del instituto de *keg stand*. Había ido al baile con una tía buena. Había aprovechado la primera oportunidad para pasarse al grupo de los imbéciles insulsos.

Cinco minutos después de que me colgara volví a llamarlo al móvil. Como no me contestó, le dejé un mensaje: «¿Quieres ser guay como Chuck, Ben el Sangriento? ¿Es lo que siempre has querido? Pues felicidades. Ya lo has conseguido. Y te lo mereces, porque eres un mierda. No hace falta que me llames».

Luego llamé a Radar.

—Hola —le dije.

—Hola —me contestó—. Acabo de potar en la ducha. ¿Puedo llamarte luego?

—Claro —le dije intentando no parecer enfadado.

Solo quería que alguien me ayudara a analizar el mundo de Margo. Pero Radar no era Ben. Me llamó a los dos minutos.

—Era tan asqueroso que he potado mientras lo limpiaba, y luego, mientras lo limpiaba por segunda vez, he vuelto a potar. Es como una máquina que no para. Si sigo comiendo, puedo pasarme el resto de la vida potando.

—¿Puedes venir? ¿O puedo pasarme yo por tu casa?

—Sí, claro. ¿Qué pasa?

—Margo estuvo viva en el centro comercial abandonado por lo menos una noche después de que desapareciera.

—Voy para allá. Cuatro minutos.

Radar apareció por mi ventana al cabo de cuatro minutos exactos.

—Que sepas que me he cabreado con Ben —le dije mientras trepaba.

—Estoy demasiado resacoso para mediar entre vosotros —me contestó con tono calmado. Se tumbó en la cama, con los ojos medio cerrados, y se frotó el pelo, casi rapado—. Es como si me hubiera caído encima un rayo. —Resopló—. Bueno, ponme al día.

Me senté en la silla del escritorio y le conté a Radar lo de mi noche en el edificio por el que había pasado Margo, intentando no dejarme ningún detalle significativo. Sabía que Radar era mejor que yo con los rompecabezas, así que esperaba que ensamblara las piezas de este.

No dijo nada hasta que le comenté:

—Y entonces Ben me llamó y fui a la fiesta.

—¿Tienes ese libro, el de las esquinas dobladas? —me preguntó.

Me levanté, lo busqué con la mano debajo de la cama y lo saqué. Radar lo levantó, entrecerró los ojos por el dolor de cabeza y lo hojeó.

—Apunta —me dijo—: Omaha, Nebraska. Sac City, Iowa. Alexandria, Indiana. Darwin, Minnesota. Hollywood, California. Alliance, Nebraska. Ya está. Son los lugares que a Margo —bueno, o a quien leyera este libro— le parecieron interesantes. —Se incorporó, me levantó de la silla y se giró hacia el ordenador. Radar tenía un talento increíble para seguir hablando mientras tecleaba—. Hay un grupo de mapas que te permite entrar múltiples destinos y te ofrece diversos itinerarios. No creo que Margo conociera el programa, pero quiero echar un vistazo.

—¿Cómo sabes toda esa mierda? —le pregunté.

—Uf, recuerda que me paso la vida entera en el Omnictionary. En la hora desde que he llegado a casa esta mañana y me he metido en la ducha, he reescrito de arriba abajo la página de los peces abisales Lophiiformes. Tengo un problema. Vale, mira esto.

Me incliné y vi varias rutas trazadas en un mapa de Estados Unidos. Todas empezaban en Orlando y terminaban en Hollywood, California.

—¿Estará en Los Ángeles? —sugirió Radar.

—Puede ser —le contesté—. Pero no hay manera de saber su ruta.

—Cierto. Y ninguna otra pista apunta a Los Ángeles. Lo que le dijo a Jase apunta a Nueva York. El «irás a ciudades de papel y nunca volverás» parece apuntar a una pseudovisión de esta zona. El pintaúñas, ¿no apunta también a que quizá sigue por aquí? Creo que ya solo nos falta añadir la localización de la bola de palomitas más grande del mundo a nuestra lista de posibles localizaciones de Margo.

—El viaje coincidiría con una de las citas de Whitman: «El viaje que he emprendido es eterno».

Radar siguió encorvado delante del ordenador, y yo fui a sentarme en la cama.

—Oye, ¿puedes imprimir un mapa de Estados Unidos para que marque los puntos? —le pregunté.

—Puedo marcarlos aquí.

—Ya, pero me gustaría tener el mapa a la vista.

La impresora arrancó a los dos segundos y colgué el mapa de Estados Unidos al lado del de las pseudovisiones. Clavé una chincheta en cada uno de los seis lugares que Margo (o alguien) había señalado en el libro. Intenté mirarlos como si formaran una constelación, descubrir si formaban una forma o una letra, pero no vi nada. La distribución era totalmente azarosa, como si se hubiera vendado los ojos y hubiera disparado dardos al mapa.

Suspiré.

—¿Sabes lo que estaría bien? —me preguntó Radar—. Encontrar alguna prueba de que revisó su e-mail o cualquier otra cosa en internet. La busco todos los días. Tengo una alerta por si entra en el Omnictionary con su nombre de usuario. Y rastreo las IP de los que buscan las palabras «ciudades de papel». Es increíblemente frustrante.

—No sabía que estabas haciendo tantas cosas —le dije.

—Sí, bueno, solo hago lo que me gustaría que hicieran conmigo. Sé que no era amiga mía, pero se merece que la encontremos, ¿sabes?

—A menos que no quiera —le dije.

—Sí, supongo que es posible. Todo es posible.

Asentí.

—En fin —siguió diciendo—, ¿podemos pasar a los videojuegos?

—La verdad es que no estoy de humor.

—Pues ¿llamamos a Ben?

—No. Ben es un gilipollas.

Radar me miró de reojo.

—Por supuesto. ¿Sabes cuál es tu problema, Quentin? Siempre esperas que la gente no sea quien es. Quiero decir que yo podría odiarte por llegar siempre tarde, por preocuparte solo de Margo Roth Spiegelman y por no preguntarme nunca cómo me va con mi novia… pero me importa una mierda, tío, porque eres así. Mis padres tienen una tonelada de Santa Claus negros, pero está bien. Ellos son así. A veces estoy tan obsesionado con una página web que no contesto cuando me llaman mis amigos o mi novia, y también está bien. Así soy yo. Me aprecias igualmente. Y yo te aprecio a ti. Eres divertido e inteligente, y es verdad que apareces tarde, pero al final siempre apareces.

—Gracias.

—Sí, bueno, en realidad no estaba echándote piropos. Solo digo que tienes que dejar de pensar que Ben debería ser como tú, y Ben tiene que dejar de pensar que tú deberías ser como él, y a ver si os calmáis los dos de una puta vez.

—Muy bien —dije por fin.

Y llamé a Ben. La noticia de que Radar estaba en mi casa y quería jugar a videojuegos hizo que se recuperara de la resaca milagrosamente.

—Bueno —dije después de colgar—, ¿qué tal Angela? Radar se rió.

—Muy bien, tío. Está muy bien. Gracias por preguntar.

—¿Todavía eres virgen? —le pregunté.

—No quisiera ser indiscreto, pero sí. Uf, y esta mañana hemos tenido nuestra primera bronca. Hemos ido a desayunar a Waffle House y ha empezado a decir que los Santa Claus negros son fantásticos, que mis padres son geniales por coleccionarlos, porque es importante no dar por sentado que toda la gente guay de nuestra cultura, como Dios y Santa Claus, es blanca, y que los Santa Claus negros fortalecen a toda la comunidad afroamericana.

—La verdad es que creo que estoy de acuerdo con ella —le dije.

—Sí, bueno, como idea está bien, pero resulta que es una gilipollez. No pretenden expandir el dogma del Santa Claus negro. Si fuera eso, harían Santa Claus negros. Pero lo que hacen es intentar comprar todas las reservas mundiales. En Pittsburgh hay un viejo que tiene la segunda colección más grande del mundo, y siempre intentan comprársela.

Ben habló desde la puerta. Al parecer, llevaba un rato allí.

—Radar, que no hayas conseguido zumbarte a esa pava es la mayor tragedia humana de nuestro tiempo.

—¿Qué hay, Ben? —le dije.

—Gracias por llevarme a casa anoche, colega.

15

Aunque solo faltaba una semana para los exámenes finales, pasé la tarde del lunes leyendo el «Canto de mí mismo». Quería ir a las dos últimas pseudovisiones, pero Ben necesitaba su coche. Ya no buscaba pistas en el poema tanto como intentaba sobre todo buscar a la propia Margo. Esa vez había leído más o menos la mitad del «Canto de mí mismo» cuando me encontré con otra parte que me descubrí a mí mismo leyendo y releyendo.

«Ahora no haré otra cosa que escuchar», escribe Whitman. Y en las dos páginas siguientes solo escucha: el pito de vapor, el sonido de la voz humana, el coro de la ópera… Se sienta en la hierba y deja que el sonido penetre en su cuerpo. Y eso es lo que también intentaba yo, supongo: escuchar todos los pequeños sonidos de Margo, porque antes de que alguno de ellos pudiera tener sentido había que escucharlo. Durante mucho tiempo no había escuchado realmente a Margo —la había visto gritando y había pensado que estaba riéndose—, y entonces descubría que era eso lo que tenía que hacer. Intentar, aun cuando nos separara una enorme distancia, escuchar su ópera.

Ya que no podía oír a Margo, al menos podía oír lo que ella había oído alguna vez, así que me descargué el álbum de versiones de Woody Guthrie. Me senté ante el ordenador, con los ojos cerrados y los codos en la mesa, y escuché una voz cantando con un tono menor. Intenté escuchar, en una canción que no había escuchado antes, la voz que después de doce días me costaba recordar.

Seguía escuchando, en ese momento otro de sus favoritos, Bob Dylan, cuando mi madre llegó a casa.

—Papá llegará tarde —me dijo desde el otro lado de la puerta cerrada—. Estaba pensando en hacer hamburguesas de pavo.

—Suena bien —le contesté.

Volví a cerrar los ojos y a escuchar la música. No me levanté de la silla hasta que mi padre me llamó para cenar, un álbum y medio después.

Durante la cena mis padres hablaron de la política de Oriente Próximo. Aunque estaban perfectamente de acuerdo, se dedicaban a hablar a grito pelado y decir que fulano era un mentiroso, que mengano era un mentiroso y un ladrón, y que casi todos ellos debían dimitir. Me centré en la hamburguesa de pavo, que estaba buenísima, bañada en ketchup y cubierta de cebolla frita.

—Bueno, basta —dijo mi madre al rato—. Quentin, ¿cómo te ha ido el día?

—Muy bien —le contesté—. Preparándome para los exámenes finales, supongo.

—No me puedo creer que sea tu última semana de clases —dijo mi padre—. Parece que fue ayer…

—Sí —dijo mi madre.

En mi cabeza una voz dijo: ATENCIÓN NOSTALGIA ALERTA ATENCIÓN ATENCIÓN ATENCIÓN. Mis padres son buena gente, pero con tendencia a ataques de ingente sentimentalismo.

—Estamos muy orgullosos de ti —dijo mi madre—, pero, Dios, te echaremos de menos el próximo otoño.

—Sí, bueno, no habléis antes de tiempo. Todavía puedo suspender literatura.

Mi madre se rió y luego dijo:

—Ah, adivina a quién vi ayer en la Asociación de Jóvenes Cristianos. A Betty Parson. Me dijo que Chuck irá a la Universidad de Georgia en otoño. Me alegré por él. Siempre ha luchado mucho.

—Es un gilipollas —dije.

—Bueno —dijo mi padre—, era un matón. Y su conducta era deplorable.

Típico de mis padres. Para ellos nadie era sencillamente un gilipollas. A la gente siempre le pasaba algo que iba más allá de ser un capullo: tenían trastornos de socialización, o trastorno límite de personalidad, o lo que sea.

Mi madre cogió el hilo.

—Pero Chuck tiene dificultades de aprendizaje. Tiene todo tipo de problemas… como cualquiera. Sé que para ti es imposible ver así a tus compañeros, pero cuando te haces mayor, empiezas a verlos (a los malos chicos, a los buenos y a todos) como personas. Son solo personas que merecen cariño.

Diferentes niveles de enfermedad, diferentes niveles de neurosis y diferentes niveles de autorrealización. Pero, mira, siempre me ha caído bien Betty y siempre he tenido esperanzas con Chuck. Así que está bien que vaya a la universidad, ¿no crees, Quentin?

—Sinceramente, mamá, no me importa lo más mínimo.

Pero pensé que si todo el mundo somos personas, ¿por qué mis padres odiaban tanto a los políticos de Israel y de Palestina? No hablaban de ellos como si fueran personas.

Mi padre terminó de masticar algo, dejó el tenedor en la mesa y me miró.

—Cuanto más tiempo llevo en mi trabajo —me dijo—, más cuenta me doy de que los seres humanos carecemos de buenos espejos. Es muy difícil para cualquiera mostrarnos cómo se nos ve, y para nosotros mostrar a cualquiera cómo nos sentimos.

—Muy bonito —dijo mi madre. Me gustaba que se gustaran entre sí—. Pero, en el fondo, ¿no es eso también lo que hace tan difícil que entendamos que los demás son seres humanos exactamente igual que nosotros? Los idealizamos como dioses o los descartamos como animales.

—Cierto. La conciencia también cierra ventanas. Creo que nunca lo había pensado en este sentido.

Me apoyé en el respaldo de la silla y escuché. Escuchaba cosas sobre mi madre, sobre ventanas y sobre espejos. Chuck Parson era una persona. Como yo. Margo Roth Spiegelman también era una persona. Nunca había pensado en ella así, la verdad. En todas mis elucubraciones previas había un fallo. Siempre —no solo desde que se había marchado, sino desde hacía diez años— la había imaginado sin escucharla, sin saber que su ventana estaba tan cerrada como la mía. Y por eso no me la imaginaba como una persona que pudiera tener miedo, que pudiera sentirse aislada en una sala llena de gente, que pudiera avergonzarse de su colección de discos porque era demasiado personal para compartirla. Alguien que quizá leía libros de viajes para escapar porque tenía que vivir en una ciudad de la que escapa tanta gente. Alguien que —como nadie pensaba que era una persona— no tenía a nadie con quien hablar.

Y de repente entendí cómo se sentía Margo Roth Spiegelman cuando no estaba siendo Margo Roth Spiegelman: vacía. Se sentía rodeada por un muro infranqueable. Pensé en ella durmiendo en la moqueta con solo aquel trocito dentado de cielo por encima de su cabeza. Quizá se sentía cómoda allí porque la Margo persona vivía siempre así, en una habitación abandonada, con las ventanas tapadas, en la que solo entraba luz por los agujeros del techo. Sí. El error fundamental que siempre había cometido —y que, para ser justos, ella siempre me inducía a cometer— era el siguiente: Margo no era un milagro. No era una aventura. No era algo perfecto y precioso. Era una chica.

16

El reloj era siempre implacable, pero sentir que estaba cerca de desatar los nudos hizo que el martes pareciera haberse detenido. Habíamos decidido ir al centro comercial abandonado justo después de clase, así que la espera se me hizo insoportable. Cuando el timbre sonó por fin, después de la clase de literatura, corrí escaleras abajo, y estaba casi en la puerta cuando me di cuenta de que no podíamos marcharnos hasta que Ben y Radar hubieran salido del ensayo. Me senté a esperarlos y saqué de mi mochila una ración de pizza envuelta en servilletas de papel que me había sobrado de la comida. Todavía no me había comido una cuarta parte cuando Lacey Pemberton se sentó a mi lado. Le ofrecí un trozo, pero me dijo que no.

Hablamos de Margo, claro. El problema que compartíamos.

—Lo que tengo que descubrir es el sitio —le dije limpiándome el aceite de la pizza en los pantalones—. Pero ni siquiera sé si voy por buen camino con las pseudovisiones. A veces pienso que vamos totalmente desencaminados.

—Sí, no sé. Sinceramente, dejando de lado todo lo demás, me gusta descubrir cosas de ella. Quiero decir, cosas que no sabía. No tenía ni idea de quién era en realidad. La verdad es que siempre había pensado en ella como una amiga guapa y loca que hace todo tipo de locuras bonitas.

—Cierto, pero no se ponía a hacer esas cosas por las buenas —le dije—. Quiero decir que todas sus aventuras tenían cierta… No sé.

—Elegancia —añadió Lacey—. Es la única persona joven totalmente elegante que conozco.

—Sí.

—Por eso me cuesta imaginarla en una sala asquerosa, oscura y llena de polvo.

—Sí —le dije—. Y con ratas.

Lacey acercó las rodillas al pecho y adoptó la posición fetal.

—Qué asco. Tampoco eso es propio de Margo.

No sé cómo Lacey se adjudicó el asiento del copiloto, aunque era la más bajita de todos. Ben conducía. Suspiré ruidosamente cuando Radar, que estaba sentado a mi lado, sacó su ordenador de bolsillo y empezó a trabajar en el Omnictionary.

—Estoy borrando las gamberradas de la página de Chuck Norris —me dijo—. Por ejemplo, aunque estoy de acuerdo en que es especialista en patadas circulares, no creo que sea correcto decir: «Las lágrimas de Chuck Norris curan el cáncer, pero desgraciadamente nunca ha llorado». Pero, bueno, borrar las gamberradas solo me exige un cuatro por ciento del cerebro.

Entendí que Radar intentaba hacerme reír, pero yo solo quería hablar de una cosa.

—No estoy convencido de que esté en una pseudovisión. Quizá ni siquiera se refería a eso con lo de «ciudades de papel», ¿sabes? Tenemos muchas pistas de sitios, pero nada concreto.

Radar levantó la mirada un segundo y volvió a bajarla hacia la pantalla.

—Personalmente, creo que está lejos, haciendo una ridícula gira por lugares turísticos y creyendo equivocadamente que ha sabido dejar suficientes pistas para encontrarla. Así que creo que ahora mismo está en Omaha, Nebraska, viendo la bola de sellos más grande del mundo, o en Minnesota, echando un vistazo a la bola de cuerda más grande del mundo.

—Entonces ¿crees que Margo está haciendo una gira turística por el país en busca de las bolas más grandes del mundo? —preguntó Ben mirando por el retrovisor.

Radar asintió.

—Bueno —siguió diciendo Ben—, alguien tendría que decirle que volviera a casa, porque aquí mismo, en Orlando, Florida, puede encontrar las bolas más grandes del mundo. Están en una vitrina especial conocida como «mi escroto».

Radar se rió.

—Lo digo en serio —siguió diciendo Ben—. Tengo las bolas tan grandes que, cuando pides patatas fritas en el McDonald's, puedes elegir entre cuatro tamaños: pequeño, mediano, grande y mis bolas.

Lacey le lanzó una mirada y le dijo:

—Comentario fuera de lugar.

—Perdón —murmuró Ben—. Creo que Margo está en Orlando. Observando cómo la buscamos. Y observando que sus padres no la buscan.

—Yo sigo apostando por Nueva York —dijo Lacey.

—Todo es posible —repuse.

Una Margo para cada uno de nosotros… y cada una era más un espejo que una ventana.

El centro comercial parecía igual que un par de días antes. Ben aparcó y los llevé hasta el despacho por la puerta que se abría empujando.

—No encendáis todavía las linternas —les dije cuando ya estábamos todos dentro—. Esperad a que los ojos se acostumbren a la oscuridad. —Sentí unas uñas recorriéndome el brazo—. Tranquila, Lace.

—Glups —dijo Lacey—. Me he equivocado de brazo.

Entendí que buscaba el de Ben.

Poco a poco la sala empezó a dibujarse en gris borroso. Veía las mesas alineadas, todavía esperando a los empleados. Encendí la linterna, y los demás encendieron también las suyas. Ben y Lacey se dirigieron juntos hacia el Agujero de Trol para inspeccionar las demás salas. Radar vino conmigo a la mesa de Margo. Se arrodilló para observar de cerca el calendario congelado en el mes de junio.

Estaba inclinándome a su lado cuando oí pasos rápidos acercándose a nosotros.

—Gente —murmuró Ben agachándose detrás de la mesa de Margo y tirando de Lacey.

—¿Qué? ¿Dónde?

—¡En la otra sala! —dijo—. Llevan máscaras. Parecen polis. Vámonos.

Radar enfocó su linterna hacia el Agujero de Trol, pero Ben la bajó de un manotazo.

—¡Tenemos que salir de aquí!

Lacey me miraba con los ojos como platos, seguramente un poco cabreada, porque le había prometido que no correría peligro, y no parecía cierto.

—Vale —susurré—. Vale, todo el mundo fuera, por la puerta. Tranquilos pero deprisa.

Acababa de dar un paso cuando oí un vozarrón gritando: ¿QUIÉN ANDA AHÍ?

Mierda.

—Ejem —dije—, solo hemos venido a echar un vistazo.

Menuda gilipollez estrafalaria. Una luz blanca procedente del Agujero de Trol me cegó. Podría haber sido Dios en persona.

—¿Cuáles son vuestras intenciones?

La voz imitaba ligeramente el acento británico.

Observé a Ben, que se acercó a mí. Me sentí mejor acompañado.

—Estamos investigando una desaparición —dijo Ben muy seguro de sí mismo—. No íbamos a romper nada.

La luz se apartó y parpadeé hasta que vi tres figuras, las tres con vaqueros, camiseta y una máscara con dos filtros redondos. Una de ellas se subió la máscara a la frente y nos miró. Reconocí la perilla y la boca grande.

—¿Gus? —dijo Lacey levantándose.

Era el vigilante del SunTrust.

—Lacey Pemberton. Por Dios, ¿qué estáis haciendo aquí? Y sin máscaras… Aquí hay toneladas de asbesto.

—¿Qué haces tú aquí?

246

—Explorando —contestó.

Ben se sintió lo bastante seguro como para acercarse a los otros dos chicos y tenderles la mano. Se presentaron como As y el Carpintero. Me atrevería a suponer que eran seudónimos.

Cogimos sillas de oficina con ruedas y nos sentamos formando más o menos un círculo.

—¿Fuisteis vosotros los que rompisteis el tablón? —preguntó Gus.

—Bueno, fui yo —le explicó Ben.

—Lo cerramos con cinta porque no queríamos que nadie más entrara. Si desde la carretera se ve que se puede entrar, vendría un montón de gente que no tiene ni puta idea de explorar. Vagabundos, adictos al crack y todo eso.

Di un paso hacia ellos.

—Entonces vosotros… bueno… ¿sabíais que Margo estuvo aquí? —pregunté.

Antes de que Gus contestara, As habló sin quitarse la máscara. Su voz era ligeramente modulada, pero resultaba fácil entenderlo.

—Tío, Margo se pasaba la vida aquí. Nosotros solo venimos un par de veces al año. Hay asbesto y, en fin, tampoco es nada del otro mundo. Pero seguramente la hemos visto, no sé, más de la mitad de las veces que hemos venido en los dos últimos años. Estaba buena, ¿eh?

—¿Estaba? —preguntó Lacey con énfasis.

—Se ha escapado, ¿no?

—¿Qué sabéis del tema? —les preguntó Lacey.

—Nada, por favor. Hace un par de semanas vi a Margo con él —dijo Gus señalándome—. Y luego me dijeron que se había escapado. Unos días después se me ocurrió que podría estar aquí, así que vinimos.

—Nunca he entendido por qué le gustaba tanto este lugar. Apenas hay nada —dijo el Carpintero—. Explorar aquí no tiene gracia.

—¿Qué es eso de «explorar»? —preguntó Lacey a Gus.

—Exploración urbana. Entramos en edificios abandonados, los exploramos y hacemos fotos. Ni cogemos ni dejamos nada. Somos simples observadores.

—Es un hobby —dijo As—. Gus solía dejar que Margo se apuntara a explorar con nosotros cuando todavía íbamos al instituto.

—Tenía muy buen ojo, aunque solo tenía trece años —dijo Gus—. Encontraba la manera de entrar en cualquier sitio. En aquella época lo hacíamos de vez en cuando, pero ahora salimos unas tres veces por semana. Hay sitios por todas partes. En Clearwater hay un psiquiátrico abandonado. Es increíble. Se puede ver dónde ataban a los locos para darles electrochoques. Y cerca de aquí, hacia el oeste, hay una antigua cárcel. Pero Margo no estaba realmente metida en el tema. Le gustaba entrar, pero luego quería quedarse.

—Sí, joder, era un fastidio —añadió As.

—Ni siquiera hacía fotos —dijo el Carpintero—. Ni buscaba cosas por ahí. Solo quería entrar y sentarse. ¿Os acordáis de la libreta negra? Se sentaba en un rincón y escribía, como si estuviera en su casa haciendo deberes o algo así.

—Sinceramente, nunca entendió de qué iba el tema —dijo Gus—. La aventura. En realidad, parecía bastante deprimida.

Quería dejar que siguieran hablando, porque pensaba que todo lo que dijeran me ayudaría a imaginar a Margo, pero de repente Lacey se levantó y pegó una patada a su silla.

—¿Y nunca se os ocurrió preguntarle por qué estaba deprimida? ¿O por qué se pasaba el día en estos tugurios de mierda? ¿Nunca te lo has planteado?

Estaba delante de él, gritándole desde arriba, así que Gus se levantó también. Era casi un palmo más alto que ella.

—Por Dios, que alguien tranquilice un poco a esta zorra —dijo el Carpintero.

—¿Qué has dicho? —gritó Ben.

Y antes de que me diera cuenta de lo que estaba pasando, Ben pegó un empujón al Carpintero, que resbaló aparatosamente de la silla y fue a parar al suelo. Ben se sentó a horcajadas encima del tipo y empezó a pegarle, a darle fuertes bofetadas y puñetazos en la máscara.

—¡NO ES UNA ZORRA! ¡ESO LO SERÁS TÚ!

Me levanté y agarré a Ben por un brazo mientras Radar lo sujetaba por el otro.

—¡Estoy muy cabreado! —gritó mientras lo apartábamos—. ¡Estaba divirtiéndome pegando a ese tipo! ¡Quiero volver a pegarle!

—Ben —le dije, intentando parecer tranquilo, con el tono que suele emplear mi madre—, Ben, ya está. Ya lo has dejado claro.

Gus y As levantaron al Carpintero.

—Joder, nos vamos de aquí, ¿vale? Todo vuestro.

As cogió su equipo fotográfico y los tres salieron corriendo por la puerta trasera. Lacey empezó a explicarme de qué lo conocía.

—Él estaba en el último curso cuando nosotros…

Pero le indiqué con la mano que lo dejara correr. No importaba.

Radar sabía lo que importaba. Volvió inmediatamente al calendario y acercó los ojos a dos centímetros del papel.

—Creo que no escribieron nada en la página de mayo —dijo—. El papel es muy fino y no veo marcas. Pero no puedo asegurarlo.

Se puso a buscar más pistas y vi las linternas de Lacey y de Ben metiéndose por un Agujero de Trol, pero yo me quedé en el despacho imaginándome a Margo. Pensé en ella yendo a edificios abandonados con aquellos tipos, cuatro años mayores que ella. Aquella era la Margo a la que había visto. Pero la que se quedaba en los edificios no era la Margo que siempre había imaginado. Mientras todos los demás salen a explorar, a hacer fotos y a saltar por las paredes, Margo se sienta en el suelo a escribir.

—¡Q! ¡Tenemos algo! —gritó Ben desde la puerta.

Me sequé el sudor de la cara con las dos mangas y me agarré a la mesa para levantarme. Crucé la sala, gateé por el Agujero de Trol y me dirigí hacia las tres linternas que recorrían la pared por encima de la moqueta enrollada.

—Mira —dijo Ben trazando un cuadrado en la pared con el foco—. ¿Te acuerdas de los agujeritos que nos comentaste?

—Sí.

—Deben de haber sido cosas clavadas aquí —dijo Ben—. Por el espacio que hay entre los agujeros, creemos que postales o fotos que quizá se llevó al marcharse.

—Sí, puede ser —le contesté—. Ojalá encontráramos la libreta de la que ha hablado Gus.

—Sí. Cuando lo ha dicho, he recordado esa libreta —dijo Lacey. El foco de mi linterna le iluminaba solo las piernas—. Siempre llevaba una encima. Nunca la vi escribiendo, pero supuse que era una agenda o algo así. Vaya, nunca le pregunté por esa libreta. Me he cabreado con Gus, que ni siquiera era amigo suyo, pero ¿alguna vez le pregunté algo yo?

—De todas formas, no te habría contestado —le dije.

No era honesto fingir que Margo no había participado en su propia confusión.

Seguimos dando vueltas por allí durante una hora, y justo cuando estaba convencido de que habíamos hecho el viaje en balde, mi linterna pasó por los folletos que estaban colocados en forma de casa la primera vez que entramos. Uno de los folletos era de Grovepoint Acres. Esparcí los demás conteniendo la respiración. Corrí a buscar mi mochila, que estaba al lado de la puerta, volví corriendo con un boli y una libreta, y anoté los nombres de todas las urbanizaciones que aparecían en los folletos. Reconocí una de inmediato: Collier Farms, una de las dos urbanizaciones de mi lista a las que todavía no había ido. Terminé de copiar los nombres y volví a meter la libreta en la mochila. Llamadme egoísta, pero si la encontraba, prefería hacerlo yo solo.

17

En cuanto mi madre llegó a casa el viernes, le dije que iba a un concierto con Radar, cogí el coche y me dirigí a las afueras del condado de Seminole para ver Collier Farms. Resultó que todas las demás urbanizaciones que aparecían en los folletos existían, la mayoría de ellas al norte de la ciudad. Las habían terminado hacía tiempo.

Solo reconocí el desvío hacia Collier Farms porque me había convertido en un experto en caminos sin asfaltar difíciles de ver. Pero Collier Farms era diferente de las demás pseudovisiones que había visitado. Estaba extremadamente descuidada, como si llevara cincuenta años abandonada. No supe si era más antigua que las otras o si la tierra baja y pantanosa había hecho que todo creciera más deprisa, pero en cuanto me metí por el desvío me resultó imposible seguir avanzando, porque todo el camino estaba cubierto de gruesos arbustos.

Salí del coche y seguí a pie. La maleza me arañaba las pantorrillas y a cada paso que daba se me hundían las zapatillas en el fango. No pude evitar esperar que hubiera montado una tienda de campaña en algún trozo del terreno a unos metros por encima del resto para que el agua de la lluvia no se quedase estancada. Caminaba despacio porque había más cosas que ver que en cualquiera de las demás pseudovisiones, más lugares en los que esconderse, y porque sabía que aquel complejo estaba directamente relacionado con el centro comercial abandonado. El suelo estaba tan lleno de maleza que tenía que avanzar muy despacio por cada nuevo escenario y comprobar todos los sitios lo bastante grandes para que cupiera una persona. Al final de la calle vi entre el barro una caja de cartulina azul y blanca, y por un momento me pareció la misma caja de barritas de cereales que había encontrado en el centro comercial. Pero no. Era la caja destrozada de un pack de doce cervezas. Volví con esfuerzo al coche y me dirigí a un lugar llamado Logan Pines, más al norte.

Tardé una hora en llegar. Había dejado atrás el Bosque Nacional de Ocala, ya casi fuera del área metropolitana de Orlando, cuando me llamó Ben.

—¿Qué pasa?

—¿Has ido a esas ciudades de papel? —me preguntó.

—Sí, ya casi he llegado a la última. Todavía no he encontrado nada.

—Oye, colega, los padres de Radar han tenido que marcharse de la ciudad a toda prisa.

—¿Pasa algo? —le pregunté.

Sabía que los abuelos de Radar eran muy mayores y vivían en una residencia de ancianos de Miami.

—Sí, escúchame: ¿recuerdas al tipo de Pittsburgh que tenía la segunda colección más grande del mundo de Santa Claus negros?

—Sí, ¿y?

—Acaba de palmar.

—Estás de broma.

—Colega, yo no hago bromas sobre el fallecimiento de coleccionistas de Santa Claus negros. Al tipo le ha dado un derrame cerebral, y los viejos de Radar están volando a Pennsylvania para intentar comprar toda su colección. Así que vamos a invitar a la peña.

—¿Quiénes?

—Tú, Radar y yo. Somos los anfitriones.

—No sé —le dije.

Nos quedamos un momento en silencio y luego Ben me llamó por mi nombre completo.

—Quentin —me dijo—, sé que quieres encontrarla. Sé que es lo más importante para ti. Perfecto. Pero nos graduamos la semana que viene. No estoy pidiéndote que dejes de buscarla. Estoy pidiéndote que vengas a una fiesta con tus dos mejores amigos, a los que conoces desde hace media vida. Estoy pidiéndote que pases dos o tres horas bebiendo cócteles de vino como una nenaza, y otras dos o tres horas vomitando dichos cócteles por la nariz. Y luego puedes seguir paseándote por urbanizaciones abandonadas.

Me molestaba que Ben solo quisiera hablar de Margo cuando se trataba de una aventura que le atraía, que pensara que me equivocaba centrándome más en ella que en mis amigos, porque ella no estaba, pero ellos sí. Pero Ben era Ben, como había dicho Radar. Y, de todas formas, no tenía nada más que buscar después de Logan Pines.

—Iré a esta última y luego me pasaré por casa de Radar.

Había depositado grandes esperanzas en Logan Pines porque era la última pseudovisión de Florida central, o al menos la última de la que yo tenía noticias. Pero no vi ninguna tienda de campaña mientras recorría con la linterna en la mano su única calle sin salida. Ningún indicio de hoguera. Ningún envoltorio de comida. Ni rastro de gente. Ni rastro de Margo. Al final del camino encontré un agujero de hormigón hundido en la tierra, pero no habían construido nada encima. Era solo el agujero, como la boca abierta de un muerto, rodeado de una maraña de zarzas y maleza de casi un metro de altura. No entendía por qué Margo habría querido que viera estos sitios. Y si había ido a las pseudovisiones para no volver, conocía un lugar que yo no había descubierto en mis investigaciones.

Tardé una hora y media en volver a Jefferson Park. Aparqué el coche en casa, me puse un polo y mis únicos vaqueros decentes, recorrí Jefferson Way hasta Jefferson Court y luego giré a la derecha hasta Jefferson Road. En Jefferson Place, la calle de Radar, había ya varios coches aparcados a ambos lados. Solo eran las nueve menos cuarto.

Abrí la puerta y me encontré con Radar, que llevaba en las manos un montón de Santa Claus negros de yeso.

—Tengo que guardar los más bonitos —me dijo—, no sea que alguno se rompa.

—¿Necesitas ayuda? —le pregunté.

Radar me señaló con la cabeza el comedor. En las mesas a ambos lados del sofá había tres juegos de muñecas rusas con forma de Santa Claus negros. Mientras metía unos dentro de los otros no pude evitar observar que en realidad eran muy bonitos. Estaban pintados a mano con todo lujo de detalles. Aunque no se lo dije a Radar, porque temía que me matara a golpes con la lámpara del Santa Claus negro del comedor.

Llevé las muñecas rusas a la habitación de invitados, donde Radar estaba guardando Santa Claus en un tocador con mucho cuidado.

—¿Sabes? Cuando los ves todos juntos, te preguntas cómo imaginamos nuestros mitos.

Radar miró al techo.

—Sí, me descubro a mí mismo preguntándome cómo imagino mis mitos todas las mañanas, cuando estoy comiéndome mis cereales con una puta cuchara de Santa Claus negro.

Sentí una mano frotándome el hombro. Era Ben, que movía los pies a toda velocidad, como si estuviera meándose.

—Nos hemos besado. Bueno, me ha besado ella. Hace unos diez minutos. En la cama de los padres de Radar.

—¡Qué asco! —exclamó Radar—. No os enrolléis en la cama de mis padres.

—Uau, pensaba que ya habías superado esa fase —le dije a Ben—. ¿No eras tan chulito?

—Cállate, colega. Estoy acojonado —me contestó mirándome con los ojos casi bizcos—. No creo que sea muy bueno.

—¿En qué?

—Besando. Y bueno, ella ha besado mucho más que yo en los últimos años. No quiero morrear tan mal que me deje. Tú

gustas a las chicas —me dijo, lo que solo era cierto, y con suerte, si se entendía por «chicas» las chicas de la banda—. Colega,
estoy pidiéndote consejo.

Estuve tentado de preguntarle por los interminables rollos
que nos pegaba sobre las diversas maneras de excitar cuerpos
diversos, pero me limité a decirle:

—Hasta donde yo sé, hay dos normas básicas: 1) No
muerdas nada sin permiso, y 2) La lengua humana es como el
wasabi. Es muy potente y debe utilizarse con moderación.

De repente le brillaron los ojos de pánico. Hice una mueca
y dije:

—Está detrás de mí, ¿verdad?

—«La lengua humana es como el wasabi» —repitió Lacey
con una voz profunda y ridícula que esperé que no se pareciera a la mía. Me giré—. La verdad es que creo que la lengua de
Ben es como el protector solar. Es bueno para la salud y debes
aplicarlo generosamente.

—Estoy a punto de potar —dijo Radar.

—Lacey, acabas de quitarme las ganas de seguir hablando
—añadí.

—Ojalá pudiera dejar de imaginármelo —contestó Radar.

—La mera idea es tan ofensiva que está prohibido decir «la
lengua de Ben Starling» en la tele —dije yo.

—El castigo por violar esta norma son diez años de cárcel
o un chupeteo de Ben Starling —añadió Radar.

—Todo el mundo… —dije.

—Prefiere… —dijo Radar sonriendo.

—La cárcel —dijimos los dos a la vez.

Y entonces Lacey besó a Ben delante de nosotros.

—Dios mío —exclamó Radar pasándose las manos por delante de la cara—, Dios mío, me he quedado ciego. Me he quedado ciego.

—Basta, por favor —supliqué yo—. Estáis molestando a los Santa Claus negros.

La fiesta acabó con las veinte personas metidas en la sala de estar de la segunda planta de la casa de Radar. Me apoyé en una pared, con la cabeza a escasos centímetros de un Santa Claus negro pintado sobre terciopelo. La gente se había amontonado en uno de esos sofás por módulos. Al lado de la tele había un frigorífico con cervezas, pero nadie bebía. Se contaban historias entre sí. Había oído la mayoría de ellas —historias de la banda, de Ben Starling, de los primeros besos—, pero Lacey no, y de todas formas seguían siendo divertidas. Me quedé bastante al margen hasta que Ben dijo:

—Q, ¿cómo vamos a graduarnos?

—Sin ropa debajo de la toga —le contesté sonriendo.

—¡Sí!

Ben dio un trago a su refresco.

—Yo ni siquiera me llevaré ropa para no rajarme —dijo Radar.

—¡Yo tampoco! Q, jura que no te llevarás ropa.

Sonreí.

—Jurado queda —le dije.

—¡Me apunto! —exclamó nuestro amigo Frank.

Y entonces los chicos empezaron a sumarse a la idea. Por alguna razón, las chicas se resistían.

—Tu negativa hace que me cuestione el sentido de nuestro amor —dijo Radar a Angela.

—No lo entiendes —comentó Lacey—. No es que nos dé miedo. Es solo que ya hemos elegido el vestido.

—Exacto —dijo Angela señalando a Lacey.

—Más os vale que no haga viento —añadió Angela.

—Espero que sí haga viento —dijo Ben—. A las bolas más grandes del mundo les sienta bien el aire fresco.

Lacey, avergonzada, se llevó una mano a la cara.

—Eres un novio desafiante —comentó—. Gratificante, pero desafiante.

Nos reímos.

Era lo que más me gustaba de mis amigos, que nos bastaba con sentarnos a contar historias. Historias ventana e historias espejo. Yo solo escuchaba. Las historias que tenía en mente no eran tan divertidas.

No podía evitar pensar que el instituto y todo lo demás se acababa. Me gustaba estar algo apartado de los sofás, observándolos. No me importaba que fuera un poco triste. Me limitaba a escuchar dejando que toda la alegría y toda la tristeza de aquel final giraran a mi alrededor, cada una intensificando la otra. Casi todo el tiempo parecía que fuera a explotarme el pecho, pero no era exactamente una sensación desagradable.

Me marché justo antes de las doce. Algunos iban a quedarse hasta más tarde, pero yo tenía que estar en casa a esa hora, y además no me apetecía quedarme. Mi madre estaba medio dormida en el sofá, pero se espabiló nada más verme.

—¿Te lo has pasado bien?

—Sí —le contesté—. Ha sido una fiesta muy tranquila.

—Como tú —me dijo sonriendo.

Aquel ataque sentimental me pareció un tanto hilarante, pero no dije nada. Se levantó, tiró de mí y me dio un beso en la mejilla.

—Me gusta mucho ser tu madre —me dijo.

—Gracias —le contesté.

Me metí en la cama con el libro de Whitman y pasé las páginas hasta la parte que me había gustado, donde se dedica a escuchar ópera y a la gente.

Después de escucharlo todo, escribe: «Iracundas y amargas olas me cortan, casi me ahogo». Pensé que era perfecto. Escuchas a las personas para poder imaginarlas, oyes todas las cosas terribles y maravillosas que las personas se hacen a sí mismas y a los demás, pero al final escuchar te ahoga todavía más que la gente a la que intentas escuchar.

Recorrer pseudovisiones e intentar escuchar a Margo no resquebraja tanto el caso de Margo Roth Spiegelman como me resquebraja a mí. Unas páginas después —escuchando y ahogándose—, Whitman empieza a escribir sobre los viajes que puede hacer con la imaginación, y enumera todos los lugares a los que puede ir tumbado en la hierba. «Las palmas de mis manos abarcan continentes», escribe.

Pienso en mapas, en cómo de niño observaba de vez en cuando un atlas, y el mero hecho de observarlo era como estar en otro sitio. Eso era lo que tenía que hacer. Tenía que oír e imaginar mi camino en su mapa.

Pero ¿no lo había intentado? Levanté la mirada hacia los mapas que estaban por encima del ordenador. Había intentado trazar sus posibles viajes, pero Margo representaba demasiadas cosas, como la hierba. Parecía imposible ubicarla en los mapas. Era demasiado pequeña y el espacio que abarcaban los mapas, demasiado grande. Eran más que una pérdida de tiempo. Eran la representación física de la ineficacia de todo aquello, mi absoluta incapacidad de desarrollar palmas que abarcaran continentes, de tener una cabeza que imaginara correctamente.

Me levanté, me dirigí a los mapas y tiré de ellos. Las chinchetas se desprendieron con el papel y cayeron al suelo. Arrugué los mapas y los lancé a la papelera. De vuelta a la cama pisé una chincheta, como un idiota, y aunque estaba enfadado, agotado y me había quedado sin pseudovisiones y sin ideas, tuve que recoger todas las chinchetas esparcidas por la moqueta para no pisarlas después. Lo que me pedía el cuerpo era pegarle un puñetazo a la pared, pero tuve que recoger las putas chinchetas. Cuando hube acabado, volví a meterme en la cama y le pegué un puñetazo a la almohada con los dientes apretados.

Intenté seguir leyendo el libro de Whitman, pero entre la lectura y el no dejar de pensar en Margo, me sentí lo bastante ahogado por esa noche, así que al final dejé el libro. Ni me molesté en levantarme a apagar la luz. Me quedé mirando la pared, parpadeando cada vez más. Y cada vez que abría los ojos veía el trozo de pared en el que habían estado los mapas, los cuatro agujeros formando un rectángulo, y los agujeros dentro del rectángulo, repartidos al azar. Había visto antes un dibujo similar. En la sala vacía, por encima de la moqueta.

Un mapa. Con puntos marcados.

18

El sábado, la luz me despertó poco antes de las siete de la mañana. Por increíble que parezca, Radar estaba conectado en el ordenador.

QTHERESURRECTION: Pensaba que estarías durmiendo.

OMNICTIONARIAN96: No, tío. Estoy despierto desde las seis, ampliando el artículo de un cantante pop malayo. Pero Angela sigue en la cama.

QTHERESURRECTION: Ooh, ¿se ha quedado en tu casa?

OMNICTIONARIAN96: Sí, pero mi pureza sigue intacta. Aunque la noche de la graduación… Puede ser.

QTHERESURRECTION: Oye, ayer se me ocurrió una cosa. Los agujeros de la pared del centro comercial… ¿No serán agujeros de chincheta clavadas en un mapa?

OMNICTIONARIAN96: Como una ruta.

QTHERESURRECTION: Exacto.

OMNICTIONARIAN96: ¿Quieres que vayamos? Aunque tengo que esperar a que Angela se levante.

QTHERESURRECTION: Muy bien.

Me llamó a las diez. Pasé a recogerlo en coche y luego fuimos a casa de Ben, porque supusimos que la única manera de despertarlo era con un ataque por sorpresa. Pero aunque cantamos «You Are My Sunshine» delante de su ventana, solo conseguimos que la abriera y nos pegara la bronca.

—No pienso hacer nada hasta las doce —dijo con tono autoritario.

Así que fuimos Radar y yo solos. Me habló un rato de Angela, me contó que le gustaba mucho y que era raro enamorarse unos meses antes de que cada uno fuera a una universidad diferente, pero me costaba prestarle atención. Quería aquel mapa. Quería ver los lugares que había marcado. Quería volver a clavar las chinchetas en la pared.

Entramos en el despacho, corrimos a la biblioteca, nos paramos un momento a revisar los agujeros de la pared y entramos en la tienda de souvenirs. El edificio ya no me asustaba lo más mínimo. En cuanto hubimos recorrido todas las salas y confirmado que estábamos solos, me sentí tan seguro como en mi casa. Debajo de una vitrina encontré la caja de mapas y folletos en la que había rebuscado la noche del baile. La levanté y la apoyé en la esquina de una vitrina con el cristal roto. Radar buscaba cualquier cosa que tuviera un mapa, y yo la desplegaba y revisaba si tenía agujeros.

Estábamos llegando al fondo de la caja cuando Radar sacó un folleto en blanco y negro titulado CINCO MIL CIUDADES ESTADOUNIDENSES. El copyright era de 1972, de la empresa Esso. Mientras desplegaba el mapa con cuidado e intentaba alisar los pliegues, vi un agujero en la esquina.

—Es este —dije alzando la voz.

Junto al agujero había un trozo roto, como si hubieran arrancado el mapa de la pared. Era un mapa amarillento y quebradizo de Estados Unidos, del tamaño de los que hay en las clases, marcado con posibles destinos. Por las arrugas del mapa entendí que Margo no había pretendido que fuera una pista. Era demasiado exacta y segura con sus pistas como para enturbiar las aguas. En cualquier caso, habíamos encontrado algo que no había previsto, y al ver lo que no había previsto, volví a pensar que había previsto muchas cosas. Y pensé que quizá era lo que había hecho en aquella oscura y silenciosa sala. Viajar tumbada, como Whitman, mientras se preparaba para lo que realmente iba a hacer.

Volví al despacho y encontré un puñado de chinchetas en una mesa contigua a la de Margo. Luego Radar y yo llevamos con cuidado el mapa desplegado a la habitación de Margo. Lo sujeté contra la pared mientras Radar intentaba meter las chinchetas por los agujeros, pero tres de las cuatro esquinas se habían roto, y también tres de las cinco localizaciones, seguramente al retirar el mapa de la pared.

—Más arriba y a la izquierda —me dijo Radar—. No, baja. Sí. No te muevas.

Clavamos por fin el mapa y empezamos a cuadrar los agujeros del mapa con los de la pared. No nos costó demasiado ensamblar los cinco puntos. Pero, como algunos agujeros estaban rasgados, era imposible determinar la localización EXACTA. Y la localización exacta era importante en un mapa en el que aparecían los nombres de cinco mil poblaciones. La letra era tan pequeña que tuve que subirme a la moqueta y acercar los ojos a unos centímetros del mapa para intentar descubrir cada población. Empecé a decir nombres, y Radar sacó su ordenador de bolsillo y los buscó en el Omnictionary.

Había dos agujeros sin rasgaduras. Uno parecía ser Los Ángeles, aunque en el sur de California había tantas ciudades juntas que los nombres se solapaban. El otro agujero intacto estaba en Chicago. Había uno rasgado en Nueva York, que, a juzgar por su posición en la pared, correspondía a uno de los cinco distritos de la ciudad.

—Encaja con lo que sabemos.

—Sí —le dije—. Pero, joder, ¿en qué parte de Nueva York? Esa es la cuestión.

—Nos dejamos algo —repuso—. Alguna pista. ¿Dónde están los otros puntos?

—Hay otro en el estado de Nueva York, pero no está cerca de la ciudad. Bueno, mira, todas las ciudades son diminutas. Podría ser Poughkeepsie, Woodstock o el parque de Catskill.

—Woodstock —dijo Radar—. Sería interesante. Margo no es muy hippy, pero lleva ese rollo de espíritu libre.

—No sé —le contesté—. El último está en la ciudad de Washington o quizá en Annapolis o la bahía de Chesapeake. En realidad puede estar en un montón de sitios.

—Ayudaría un poco que solo hubiera un punto en el mapa —dijo Radar con tono sombrío.

—Pero seguramente va de un sitio a otro —le dije.

Emprendiendo su viaje eterno.

Me senté un rato en la moqueta mientras Radar me leía información sobre Nueva York, sobre las montañas de Catskill, sobre la capital del país y sobre el concierto de 1969 en

Woodstock. Nada parecía servir. Me sentí como si hubiéramos tirado del hilo y no hubiéramos encontrado nada.

Aquella tarde, después de haber dejado a Radar en su casa, me senté a leer el «Canto de mí mismo» y a estudiar sin demasiado entusiasmo para los exámenes finales. El lunes tenía cálculo y latín, probablemente las dos asignaturas más duras, así que no podía permitirme pasarlas del todo por alto. Estudié casi todo el sábado por la noche y el domingo, pero justo después de cenar se me ocurrió una idea. Dejé un momento de lado las traducciones de Ovidio y encendí el ordenador. Vi a Lacey conectada. Acababa de enterarme de su *nick* por Ben, pero supuse que la conocía lo suficiente para escribirle un mensaje.

QTHERESURRECTION: Hola, soy Q.

HABITODEPENITENCIA: ¡Hola!

QTHERESURRECTION: ¿Has pensado alguna vez cuánto tiempo tuvo que dedicar Margo a planearlo todo?

HABITODEPENITENCIA: Sí, ¿te refieres a dejar letras en el plato de sopa antes de ir a Mississippi y orientarte hacia el centro comercial?

QTHERESURRECTION: Sí, no son cosas que se te ocurren en diez minutos.

HABITODEPENITENCIA: Quizá la libreta…

QTHERESURRECTION: Exacto.

HABITODEPENITENCIA: Sí. Lo he pensado hoy porque he recordado que una vez, estando de compras, se dedicó a acercar la libreta a los bolsos que le gustaban para asegurarse de que cabía.

QTHERESURRECTION: Ojalá tuviera esa libreta.

HABITODEPENITENCIA: Seguramente la lleve encima.

QTHERESURRECTION: Sí. ¿No estaba en su taquilla?

HABITODEPENITENCIA: No, solo libros de texto perfectamente apilados, como siempre.

Seguí estudiando en mi mesa y esperé a que se conectara alguien más. Al rato entró Ben, y lo invité a una sala de chat conmigo y con Lacey. Hablaron ellos dos casi todo el tiempo —yo seguía traduciendo—, hasta que se conectó Radar y lo invité a la sala. Entonces dejé el estudio por aquella noche.

OMNICTIONARIAN96: Alguien de Nueva York ha buscado hoy a Margo Roth Spiegelman en el Omnictionary.

FUEUNAINFECCIONRENAL: ¿Sabes exactamente de dónde?

OMNICTIONARIAN96: Desgraciadamente, no.

HABITODEPENITENCIA: Todavía hay carteles en varias tiendas de discos. Seguramente ha sido alguien que quería saber quién era.

OMNICTIONARIAN96: Ah, claro. Lo había olvidado. Mierda.

QTHERESURRECTION: Eh, entro y salgo porque estoy con la página que me mostró Radar para trazar rutas entre los lugares que marcó con una chincheta.

FUEUNAINFECCIONRENAL: Link?

QTHERESURRECTION: thelongwayround.com

OMNICTIONARIAN96: Tengo una nueva teoría. Va a aparecer en la graduación, sentada entre el público.

FUEUNAINFECCIONRENAL: Yo tengo una vieja teoría: está en algún lugar de Orlando, manipulándonos y asegurándose de que es el centro de nuestro universo.

HABITODEPENITENCIA: ¡Ben!

FUEUNAINFECCIONRENAL: Lo siento, pero tengo toda la razón.

Siguieron así, charlando de sus Margos, mientras yo intentaba trazar su ruta. Si no pretendía que el mapa fuera una pista —y los agujeros desgarrados parecían indicar que no lo pretendía—, suponía que teníamos todas las pistas que había previsto y mucho más. Sin duda, tenía lo que necesitaba. Pero seguía sintiéndome muy lejos de ella.

19

El lunes por la mañana, tras tres largas horas a solas con ocho-
cientas palabras de Ovidio, crucé los pasillos con la sensación
de que iba a salírseme el cerebro por las orejas. Pero me había
ido bien. Tuvimos hora y media para comer y para despejarnos
antes del segundo turno de exámenes. Radar estaba esperándome en mi taquilla.

—Acabo de catear español —me dijo.

—Seguro que te ha ido bien.

Radar tenía una buena beca para Dartmouth. Era muy
inteligente.

—Tío, no lo sé. Casi me duermo en el oral. Pero es que me
he pasado la mitad de la noche despierto haciendo un programa. Es increíble. Tecleas una categoría (puede ser tanto una
zona geográfica como una especie animal) y luego puedes leer
en una sola página las primeras líneas de unos cien artículos del
Omnictionary que tratan sobre ese tema. Pongamos que estás
buscando una especie de conejo en concreto, pero no te acuerdas del nombre. Puedes leer la introducción de las veintiuna
especies de conejo en la misma página en tres minutos.

—¿Has hecho ese programa la noche antes de los exámenes finales? —le pregunté.

—Sí, ya lo sé, ¿vale? Bueno, te lo mandaré por correo. Es una frikada.

Entonces apareció Ben.

—Q, te juro por Dios que Lacey y yo estuvimos en el chat hasta las dos de la mañana liados con la página que nos pasaste. Y ahora que hemos trazado todas las rutas que Margo podría haber hecho entre Orlando y esos cinco puntos, me doy cuenta de que he estado equivocado en todo momento. No está en Orlando. Radar tiene razón. Volverá para la graduación.

—¿Por qué?

—Está perfectamente cronometrado. Ir en coche desde Orlando a Nueva York, a las montañas de Chicago, a Los Ángeles y volver a Orlando son exactamente veintitrés días. Además, es una broma de anormal, pero es cosa de Margo. Haces que todo el mundo piense que te has quitado de en medio. Te rodeas de un halo de misterio para que todos te presten atención. Y justo cuando empieza a esfumarse el interés, apareces en la graduación.

—No —le dije—. Imposible.

Ya conocía mejor a Margo. Sí que creía que le gustaba llamar la atención, pero Margo no se tomaba la vida a risa. No se había quitado de en medio para engañarnos.

—Te lo digo, colega. Búscala en la graduación. Allí estará.

Negué con la cabeza. Como todo el mundo tenía la misma hora para comer, la cafetería estaba hasta los topes, así que ejercimos nuestro derecho como alumnos de último curso y fuimos en coche al Wendy's. Intenté centrarme en el examen de cálculo, pero empecé a sentir que la historia tenía más hilos. Si Ben tenía razón en lo de los veintitrés días de viaje, el dato era sin duda interesante. Quizá era lo que había planificado en su libreta negra, un largo y solitario viaje por carretera. No lo explicaba todo, pero encajaba con el talante planificador de Margo. Y tampoco me acercaba a ella. Bastante difícil era ya localizar un punto en un trozo de mapa arrugado para que encima el punto se moviera.

Después de un largo día de exámenes finales, volver al cómodo hermetismo del «Canto de mí mismo» era casi un alivio. Había llegado a una parte rara del poema. Después de haber estado escuchando y oyendo a la gente, y viajando con ella, Whitman deja de escuchar y de viajar y empieza a convertirse en otras personas. Como si habitara en ellas. Cuenta la historia de un capitán de barco que salvó a todo el mundo menos a sí mismo. El poeta dice que puede contar esa historia porque se ha convertido en el capitán. Y escribe: «Yo soy el hombre, yo padecí, yo estaba allí». Unos versos después queda todavía más claro que Whitman ya no necesita escuchar para convertirse en otra persona: «No pregunto al herido cómo se siente, soy el herido».

Dejé el libro y me tumbé de lado, mirando por la ventana que siempre había estado entre nosotros. No basta con verla o escucharla. Para encontrar a Margo Roth Spiegelman tienes que convertirte en Margo Roth Spiegelman.

Y había hecho muchas de las cosas que quizá ella había hecho. Había conseguido unir a la pareja más inverosímil del baile. Había acallado a los perros de la guerra de castas. Había conseguido sentirme cómodo en la casa encantada y llena de ratas en la que Margo lo había planificado todo. Había visto. Había escuchado. Pero todavía no podía convertirme en la persona herida.

Al día siguiente hice como pude los exámenes de física y política, y el martes me quedé hasta las dos de la madrugada terminando el trabajo de fin de curso de literatura sobre *Moby Dick*. Decidí que Ahab era un héroe. No tenía especiales motivos para tomar esa decisión —sobre todo teniendo en cuenta que no había leído el libro—, pero lo decidí y actué en consecuencia.

La reducida semana de exámenes implicaba que el miércoles fuera nuestro último día de clase. Y durante todo el día me resultó difícil no pasear por ahí pensando en todo lo que hacía por última vez. La última vez que formaba un corro junto a la puerta de la sala de ensayo, a la sombra del roble que ha protegido a generaciones de frikis de la banda. La última vez que comía pizza en la cafetería con Ben. La última vez que me sentaba en ese instituto a escribir un trabajo con una mano metida en un libro azul. La última vez que miraba el reloj. La última vez que veía a Chuck Parson merodeando por los pasillos con una sonrisa medio desdeñosa. Joder. Empezaba a sentir nostalgia de Chuck Parson. Debía de estar enfermo.

Algo así debió de sentir también Margo. Mientras hacía sus planes, sin duda sabía que se marcharía, y seguramente ni siquiera ella pudo ser del todo inmune a aquel sentimiento.

Había pasado buenos momentos en aquel instituto. Y el último día es muy difícil recordar los malos, porque en cualquier caso había hecho su vida allí, como yo. La ciudad era papel, pero los recuerdos no. Todo lo que había hecho allí, todo el amor, la pena, la compasión, la violencia y el rencor seguían manando desde mi interior. Aquellas paredes de hormigón encaladas. Mis paredes blancas. Las paredes blancas de Margo. Durante mucho tiempo habíamos estado cautivos entre ellas, atrapados en su estómago, como Jonah.

A lo largo del día me descubrí pensando que quizá aquel sentimiento era la razón por la que Margo lo había planificado todo de forma tan compleja y precisa. Aunque quieras marcharte, es muy difícil. Necesitó preparación, y quizá sentarse en aquel centro comercial a escribir sus planes era una labor tanto intelectual como emocional, su manera de imaginarse a sí misma en su destino.

Ben y Radar tenían un ensayo maratoniano con la banda para asegurarse de que tocarían «Pompa y circunstancia» en la graduación. Lacey se ofreció a llevarme a casa, pero decidí vaciar mi taquilla, porque la verdad era que no me apetecía volver al instituto y tener que sentir de nuevo mis pulmones ahogándose en aquella obstinada nostalgia.

Mi taquilla era un auténtico agujero de mierda, mitad cubo de la basura y mitad almacén de libros. Recordé que cuando Lacey abrió la taquilla de Margo, los libros estaban perfectamente apilados, como si tuviera la intención de ir a clase al día siguiente. Coloqué una papelera en el banco y abrí mi taquilla. Lo primero que hice fue despegar una foto de Radar, Ben y yo sonriendo de oreja a oreja. La metí en mi mochila y empecé el asqueroso proceso de revolver entre la porquería acumulada durante todo un año —chicles envueltos en trozos de papel de libreta, bolis sin tinta, servilletas grasientas— y tirarla a la papelera. Mientras lo hacía, pensaba: «Nunca volveré a hacer esto, nunca volveré a estar aquí, esta taquilla no volverá a ser mía, Radar y yo no volveremos a escribirnos notas en la clase de cálculo, nunca volveré a ver a Margo en el pasillo». Era la primera vez en mi vida que tantas cosas no volverían a suceder.

Y al final fue demasiado. No pude quitarme de encima aquel sentimiento y se me hizo insoportable. Extendí los brazos, los metí hasta el fondo de la taquilla y lo empujé todo —fotos, notas y libros— a la papelera. Dejé la taquilla abierta y me marché. Al pasar por la sala de ensayo, oí al otro lado de la pared el sonido amortiguado de «Pompa y circunstancia». Seguí andando. Fuera hacía calor, aunque no tanto como de costumbre. Era soportable. «En casi todo el camino hasta casa hay aceras», pensé. Y seguí andando.

Y por paralizantes y tristes que fueran todos aquellos «nunca más», me pareció perfecto marcharme así por última vez. Una marcha pura. La forma más depurada posible de liberación. Todo lo importante, menos una foto malísima, estaba en la basura, pero me sentía genial. Empecé a correr, porque quería poner todavía más distancia entre el instituto y yo.

Marcharse es muy duro… hasta que te marchas. Entonces es lo más sencillo del mundo.

Mientras corría, sentí que por primera vez me convertía en Margo. Lo·sabía: «No está en Orlando. No está en Florida». Marcharse es fantástico en cuanto te has marchado. Si hubiera ido en coche, no a pie, seguramente también habría seguido adelante. Margo se había marchado y no iba a volver ni para la graduación ni para ninguna otra cosa. Estaba seguro.

Me marcho, y marcharme es tan estimulante que sé que no puedo volver atrás. ¿Y entonces? ¿Me dedico a marcharme de sitios una y otra vez? ¿Emprendo un viaje eterno?

Ben y Radar pasaron por mi lado a medio kilómetro de Jefferson Park. Ben pegó un frenazo justo delante de Lakemont, pese a que la carretera estaba llena de coches. Corrí al coche y subí. Querían jugar al Resurrection en mi casa, pero tuve que decirles que no, porque estaba más cerca de Margo que nunca.

20

El miércoles por la noche y el jueves entero intenté emplear todo lo que ya sabía de Margo para descubrir algún sentido en las pistas de las que disponía, alguna relación entre el mapa y los libros de viajes, o quizá algún vínculo entre Whitman y el mapa que me permitiera entender su diario de viaje. Pero cada vez me daba más la impresión de que quizá estaba demasiado fascinada por el placer de marcharse como para ir dejando el camino señalado con migas de pan. Y si ese era el caso, el mapa que no había pretendido que viéramos podría ser nuestra mejor baza para encontrarla. Pero las marcas del mapa no eran lo bastante concretas. Incluso el parque de Catskill, que me interesaba porque era el único punto que no estaba en una gran ciudad, ni siquiera cerca, era demasiado grande y tenía demasiados habitantes como para encontrar a una persona. El «Canto de mí mismo» mencionaba lugares de la ciudad de Nueva York, pero había demasiadas localizaciones como para rastrearlas todas. ¿Cómo ubicar un punto en un mapa cuando parece que el punto se mueve de una ciudad a otra?

El viernes por la mañana estaba ya levantado, hojeando guías de viajes, cuando mis padres entraron en mi habitación. Como rara vez entraban los dos juntos, me dio un vuelco el estómago —quizá tenían malas noticias de Margo—, pero de pronto recordé que era el día de mi graduación.

—¿Estás listo?

—Sí. Bueno, no es tan importante, pero será divertido.

—Solo te gradúas una vez —me dijo mi madre.

—Sí —le contesté.

Se sentaron en la cama. Observé que se miraban y sonreían.

—¿Qué pasa? —les pregunté.

—Bueno, queremos darte tu regalo de graduación —dijo mi madre—. Estamos muy orgullosos de ti, Quentin. Eres el mayor logro de nuestra vida, hoy es un gran día para ti y estamos... Eres un chico genial.

Sonreí y bajé la mirada. Entonces mi padre sacó un regalo muy pequeño envuelto en papel azul.

—No —dije quitándoselo de las manos.

—Venga, ábrelo.

—No puede ser —dije mirando el paquetito.

Era del tamaño de una llave. Pesaba como una llave. Al agitar la caja, sonó como una llave.

—Ábrelo ya, cariño —me instó mi madre.

Arranqué el papel. ¡UNA LLAVE! La observé de cerca. ¡La llave de un Ford! Ninguno de nuestros coches era un Ford.

—¿Me habéis comprado un coche?

—Exacto —me contestó mi padre—. No es nuevo, pero tiene solo dos años y treinta mil kilómetros.

Salté de la cama y los abracé a los dos.

—¿Es mío?

—¡Sí! —casi gritó mi madre.

¡Ya tenía coche! ¡Coche! ¡Mío!

Solté a mis padres, grité «gracias gracias gracias gracias gracias gracias» corriendo por el comedor y abrí la puerta de la calle vestido solo con una camiseta vieja y calzoncillos. Aparcado en el camino de entrada, con un enorme lazo azul, había un monovolumen Ford.

Me habían regalado un monovolumen. Podrían haber elegido cualquier coche, pero eligieron un monovolumen. Un monovolumen. Oh, Dios de la Justicia Vehicular, ¿por qué te burlas de mí? ¡Monovolumen, eres mi cruz! ¡Tú, marca de Caín! ¡Tú, miserable bestia de techo alto y pocos caballos!

Puse buena cara cuando me giré.

—¡Gracias gracias gracias! —les dije, aunque seguro que no parecía tan efusivo ahora que estaba fingiendo.

—Bueno, sabíamos que te encantaba el mío —me dijo mi madre.

Estaban los dos radiantes, sin duda convencidos de que me habían regalado el vehículo de mis sueños.

—Es fantástico para que vayas por ahí con tus amigos —añadió mi padre.

Y pensar que eran especialistas en analizar y entender la psicología humana…

—Oye —dijo mi padre—, deberíamos ir pensando en salir si queremos pillar buenos asientos.

No me había duchado, ni vestido, ni nada. Bueno, para ser exacto, tampoco tenía que vestirme, pero en fin.

—No tengo que estar allí hasta las doce y media —les dije—. Tengo que arreglarme.

Mi padre frunció el entrecejo.

—Bueno, la verdad es que quiero sentarme en una buena fila para poder hacer fo…

—Puedo coger MI COCHE —lo interrumpí—. Puedo ir SOLO en MI COCHE.

Sonreí de oreja a oreja.

—¡Ya lo sé! —me contestó mi madre entusiasmada.

Y qué cojones, al fin y al cabo un coche es un coche. Seguro que conducir mi monovolumen estaba un peldaño por encima de conducir el monovolumen de otra persona.

Volví al ordenador e informé a Radar y a Lacey (Ben no estaba conectado) de lo del coche.

OMNICTIONARIAN96: Es una noticia estupenda, de verdad. ¿Puedo pasar por tu casa a dejar una nevera en el maletero? Tengo que llevar a mis padres a la graduación y no quiero que la vean.

QTHERESURRECTION: Claro, está abierto. ¿Para qué es la nevera?

OMNICTIONARIAN96: Bueno, como nadie bebió en mi fiesta, quedaron 212 cervezas, así que las llevaremos a casa de Lacey para su fiesta de esta noche.

QTHERESURRECTION: ¿212 cervezas?

OMNICTIONARIAN96: Es una nevera grande.

Entonces Ben entró en el chat GRITANDO que ya se había duchado, que estaba desnudo y que solo le faltaba ponerse la toga y el birrete. Hablamos todos un buen rato sobre nuestra graduación desnudos. Cuando ya todos se habían desconectado para prepararse, me metí en la ducha, levanté la cabeza para que el agua me cayera directamente en la cara y mientras el agua me aporreaba empecé a pensar. ¿Nueva York o California? ¿Chicago o Washington? También podría ir, pensé. Tenía coche, como ella. Podría ir a los cinco puntos del mapa y, aunque no la encontrara, sería más divertido que pasarme otro verano abrasador en Orlando. Pero no. Era como colarte en el SeaWorld. Exige un plan impecable, luego lo llevas a cabo brillantemente, y luego… nada. Luego es el SeaWorld, solo que más oscuro. Margo me dijo que el placer no es hacer algo. El placer es planificarlo.

Y en eso pensaba debajo del chorro de la ducha: en el plan. Está sentada en el centro comercial abandonado con su libreta, haciendo planes. Quizá está planificando un viaje por carretera y utiliza el mapa para ver las rutas. Lee a Whitman y señala «El viaje que he emprendido es eterno», porque es lo que le gusta imaginarse, el tipo de cosas que le gusta planificar.

Pero ¿es el tipo de cosas que realmente le gusta hacer? No. Porque Margo conoce el secreto de marcharse, el secreto que yo acabo de aprender: marcharse te hace sentirte bien y es auténtico solo cuando dejas atrás algo importante, algo que te importaba. Arrancar la vida desde la raíz. Pero no puedes hacerlo mientras tu vida no haya echado raíces.

Por eso cuando se marchó, se marchó para siempre. Pero no podía creerme que hubiera emprendido un viaje eterno.

Estaba seguro de que había ido a algún sitio, a un sitio en el que pudiera quedarse el tiempo suficiente para que le importara, el tiempo suficiente para que la siguiente marcha la hiciera sentirse tan bien como la anterior. «Hay un rincón en el mundo, en algún lugar lejano, en el que nadie sabe lo que significa "Margo Roth Spiegelman". Y Margo está sentada allí, escribiendo en su libreta negra.»

El agua empezó a enfriarse. Ni siquiera había tocado la pastilla de jabón, pero salí, me enrollé una toalla en la cintura y me senté frente al ordenador.

Abrí el correo de Radar con el programa del Omnictionary y me lo descargué. La verdad es que era genial. Primero entré el código postal del centro de Chicago, cliqué «localización» y pedí un radio de treinta kilómetros. Me salieron cien respuestas, desde Navy Pier a Deerfield. En la pantalla aparecía la primera línea de cada entrada, así que las leí en unos cinco minutos. No vi nada destacable. Luego lo intenté con el código postal del parque de Catskill, en Nueva York. Esa vez hubo menos resultados, ochenta y dos, organizados por la fecha en la que se había creado la página en el Omnictionary. Empecé a leer.

Woodstock, Nueva York, es una ciudad del condado de Ulster, Nueva York, muy conocida por el concierto de 1969 que llevó su nombre (véase *Concierto de Woodstock*), un evento de tres días en el que actuaron artistas como Jimi Hendrix y Janis Joplin, aunque en realidad el concierto se celebró en una población cercana.

El Lago Katrine es un pequeño lago del condado de Ulster, Nueva York, al que suele ir Henry David Thoreau.

El parque de Catskill abarca casi tres mil kilómetros cuadrados de las montañas de Catskill y es propiedad conjunta del Estado y del gobierno local, con un 5 por ciento de participación de la ciudad de Nueva York, que recibe buena parte de su agua de los embalses situados parcialmente dentro del parque.

Roscoe, Nueva York, es una aldea del estado de Nueva York que, según un censo reciente, cuenta con 261 familias.

Agloe, Nueva York, es un pueblo ficticio creado por la empresa Esso a principios de la década de 1930 y que incluyó en los mapas turísticos como trampa para controlar los derechos de autor. A estos pueblos ficticios también se les llama ciudades de papel.

Pinché en el link y me llevó al artículo completo, que seguía diciendo:

Agloe, situado en el cruce de dos carreteras sin asfaltar al norte de Roscoe, Nueva York, fue creado por los cartógrafos Otto G. Lindberg y Ernest Alpers, que se inventaron el nombre de la población formando un anagrama con sus iniciales. Desde hace siglos se introducen trampas en los mapas para controlar los derechos de autor. Los cartógrafos crean lugares, calles y municipios ficticios y los colocan en un lugar poco visible de su mapa. Si la entrada ficticia aparece en el mapa de otro cartógrafo, es evidente que ese mapa ha sido plagiado. A estas trampas también se las denomina trampas clave, calles de papel y ciudades de papel (véase también *entradas ficiticias*). Aunque muy pocas empresas cartográficas admiten su existencia, las trampas siguen siendo un rasgo frecuente incluso en mapas contemporáneos.

En la década de 1940, Agloe, Nueva York, empezó a aparecer en mapas de otras empresas. Esso sospechó que habían infringido las leyes de derechos de autor y se dispuso a demandarlas, pero en realidad un habitante desconocido había construido el Supermercado Agloe en el cruce que aparecía en el mapa de la Esso.

El supermercado, que sigue en pie (*falta cita*), es el único edificio de Agloe, que sigue apareciendo en muchos mapas y cuya población suele consignarse como cero.

Todas las entradas del Omnictionary contienen subpáginas en las que pueden verse todas las ediciones que se han hecho en la página y cualquier comentario al respecto de los miembros del Omnictionary. La página de Agloe no había sido editada por nadie en casi un año, pero había un comentario reciente de un usuario anónimo:

para la información de quien Edite esto: la Población de agloe Será de Una persona hasta el 29 de mayo a las Doce del mediodía.

Reconocí las mayúsculas de inmediato. «Las reglas de las mayúsculas son muy injustas con las palabras que están en medio.» Sentí un nudo en la garganta, pero me obligué a tranquilizarme. Había dejado el comentario hacía quince días. Se había quedado allí todo ese tiempo, esperándome. Miré el reloj del ordenador. No me quedaban ni veinticuatro horas.

Por primera vez en semanas no tuve la menor duda de que estaba viva. Estaba viva. Y estaría viva al menos un día más. Me había centrado tanto tiempo en localizarla, sobre todo para evitar preguntarme obsesivamente si estaba viva, que no me había dado cuenta de lo aterrorizado que había estado hasta entonces, pero, oh, Dios mío. Estaba viva.

Me levanté de un salto, dejé que la toalla se cayera y llamé a Radar. Apoyé el teléfono en un hombro y lo sujeté con la barbilla mientras me ponía unos calzoncillos y unos pantalones cortos.

—¡Sé lo que significa ciudades de papel! ¿Llevas encima el ordenador portátil?

—Sí. Tío, deberías estar ya aquí. Estamos a punto de formar la fila.

Oí a Ben gritándole:

—¡Dile que más le vale que esté desnudo!

—Radar —le dije intentando expresar que era importante—. Busca la página de Agloe, Nueva York. ¿La tienes?

—Sí, estoy leyendo. Espera. Uau. Uau. ¿Podría ser el Catskills señalado en el mapa?

—Sí, creo que sí. Está muy cerca. Ve a la página de comentarios.

—…

—¿Radar?

—Joder.

—¡Lo sé, lo sé! —grité.

No oí su respuesta porque estaba poniéndome la camiseta, pero cuando el teléfono volvió a mi oreja, lo oí hablando con Ben. Colgué.

Busqué en la red rutas en coche desde Orlando hasta Agloe, pero el programa de mapas nunca había oído hablar de Agloe, de modo que lo cambié por Roscoe. El ordenador decía que, a una media de cien kilómetros por hora, el viaje duraría diecinueve horas y cuatro minutos. Eran las dos y cuarto. Tenía veintiuna horas y cuarenta y cinco minutos para llegar. Imprimí la ruta, cogí las llaves del coche y cerré la puerta de la calle.

—Está a diecinueve horas y cuatro minutos de distancia —dije por el móvil.

Había llamado al móvil de Radar, pero había contestado Ben.

—¿Y qué vas a hacer? —me preguntó—. ¿Vas a coger un avión?

—No, no tengo bastante dinero, y además está a unas ocho horas de Nueva York, así que iré en coche.

De repente Radar recuperó el teléfono.

—¿Cuánto dura el viaje?

—Diecinueve horas y cuatro minutos.

—¿De dónde es el dato?

—Google Maps.

—Mierda —dijo Radar—. Ninguno de esos programas de mapas calcula el tráfico. Ahora te llamo. Y corre. ¡Tenemos que ponernos en la fila ahora mismo!

—No voy a ir. No puedo arriesgarme a perder tiempo —le dije.

Pero estaba hablando al aire. Radar me llamó un minuto después.

—A una media de cien kilómetros por hora, sin pararte y teniendo en cuenta el promedio de la densidad de tráfico, tardarás veintitrés horas y nueve minutos. Eso supone que llegarías después de la una, así que vas a tener que ganar tiempo cuando puedas.

—¿Qué? Pero el…

—No es por criticar, pero quizá en este tema concreto la persona con impuntualidad crónica debería escuchar a la persona que siempre es puntual. Pero tienes que venir al menos un segundo, porque tus padres se van a poner histéricos si te llaman y no apareces, y, además, no es que sea lo más importante, pero… toda nuestra cerveza está en tu coche.

—Está claro que no tengo tiempo —le contesté.

Ben se acercó al teléfono.

—No seas gilipollas. Serán cinco minutos.

—Vale, de acuerdo.

Giré a la derecha en rojo y pisé el acelerador —mi coche era mejor que el de mi madre, pero no mucho más— hacia el instituto. Llegué al aparcamiento del gimnasio en tres minutos. No aparqué. Paré el coche en mitad del aparcamiento y salté. Mientras corría hacia el gimnasio vi a tres tipos con toga corriendo hacia mí. La toga de Radar volaba hacia los lados, así que vi sus largas piernas oscuras, y a su lado estaba Ben, que llevaba las zapatillas de deporte sin calcetines. Lacey iba detrás de ellos.

—Coged la cerveza —les dije sin dejar de correr—. Tengo que hablar con mis padres.

Las familias de los graduados estaban repartidas por las gradas. Recorrí el campo de baloncesto un par de veces hasta divisar a mis padres, más o menos en el centro. Estaban haciéndome gestos con las manos. Como subí los peldaños de dos en dos, estaba casi sin aliento cuando me arrodillé a su lado.

—Bueno —les dije—, no voy a [respiración] quedarme porque [respiración] creo que he encontrado a Margo y [respiración] tengo que marcharme ahora mismo, llevo el móvil encima [respiración], por favor, no os enfadéis conmigo y muchas gracias de nuevo por el coche.

—¿Qué? —dijo mi madre pasándome el brazo por la cintura—. Quentin, ¿qué estás diciendo? Cálmate.

—Me voy a Agloe, Nueva York, y tengo que irme ahora mismo —le contesté—. Nada más. Vale, tengo que irme. No puedo perder más tiempo. Llevo el móvil. Vale. Os quiero.

Me sujetó sin excesiva fuerza, pero me liberé de su mano. Antes de que hubieran podido decir nada, bajé la escalera y corrí hacia el coche. Estaba dentro, había arrancado y empezaba a moverme cuando vi a Ben sentado en el asiento del copiloto.

—¡Coge las cervezas y sal del coche! —le grité.

—Vamos contigo —me contestó—. Te quedarías dormido si condujeras tantas horas.

Me giré y vi a Lacey y a Radar con el móvil pegado a la oreja.

—Tengo que decírselo a mis padres —me explicó Lacey tapando el teléfono—. Vamos, Q. Vamos vamos vamos vamos vamos vamos.

TERCERA PARTE

El recipiente

HORA UNO

Se necesita un rato para que cada uno explique a sus padres que 1) ninguno vamos a ir a la graduación, que 2) nos vamos en coche a Nueva York, a 3) una ciudad que técnicamente puede existir o puede no existir, con la esperanza de 4) localizar a la persona que ha colgado un comentario en el Omnictionary, que, por lo que Indica el uso Aleatorio de las mayúsculas, es 5) Margo Roth Spiegelman.

Radar es el último en colgar el teléfono, y cuando por fin lo hace, dice:

—Me gustaría comunicaros algo: mis padres están muy enfadados porque no esté en la graduación. Mi novia también está muy enfadada, porque habíamos organizado algo muy especial dentro de ocho horas. No quiero entrar en detalles, pero más vale que el viaje sea divertido.

—Tu habilidad para no perder la virginidad es una inspiración para todos nosotros —le dice Ben, que está sentado a mi lado.

Miro a Radar por el espejo retrovisor.

—¡UN VIAJE EN COCHE, YUJU! —le digo.

A su pesar, se le dibuja una sonrisa en la cara. El placer de marcharse.

Estamos en la I-4, y el tráfico es fluido, lo que en sí mismo roza lo milagroso. Vamos por el carril de la izquierda a diez kilómetros por hora por encima del límite de velocidad, que es de noventa, porque una vez me dijeron que solo te pillan si te pasas más de quince kilómetros.

No tardamos en repartir los papeles.

Lacey, en la parte de atrás del todo, se ocupa del abastecimiento. Enumera en voz alta las provisiones de que disponemos para el viaje: la mitad de un Snickers que Ben estaba comiéndose cuando he llamado para contarles lo de Margo; las doscientas doce cervezas del maletero; las rutas que he imprimido y los siguientes artículos de su bolso: ocho chicles de menta, un lápiz, pañuelos de papel, tres tampones, unas gafas de sol, una barra de protector labial, las llaves de su casa, un carnet de la Asociación de Jóvenes Cristianos, un carnet de la biblioteca, varios tíquets de compra, treinta y cinco dólares y una tarjeta de las gasolineras BP.

—¡Qué emocionante! —dice Lacey desde la parte trasera del monovolumen—. ¡Somos como pioneros sin provisiones! Aunque ojalá tuviéramos más dinero.

—Al menos tenemos la tarjeta BP —le digo—. Podemos comprar gasolina y comida.

Miro por el retrovisor y veo a Radar, con su toga de graduación, mirando en el bolso de Lacey. Como la toga tiene el cuello bastante bajo, le veo varios pelillos rizados del pecho.

—¿No llevarás algún calzoncillo aquí dentro? —le pregunta.

—En serio, mejor hacemos una parada en una tienda de ropa —añade Ben.

Radar saca su ordenador de bolsillo y empieza con su labor: documentación y cálculos. Está sentado solo detrás de mí, con las rutas y el manual del monovolumen extendidos a su lado. Está calculando a qué velocidad tenemos que viajar para llegar antes de las doce del mediodía de mañana, cuántas veces tendremos que parar para que el coche no se quede sin gasolina, las gasolineras BP que hay en nuestro camino, cuánto durará cada parada y cuánto tiempo perderemos reduciendo la velocidad del coche en las salidas de la autopista.

—Pararemos cuatro veces para poner gasolina. Las paradas tendrán que ser muy muy cortas. Seis minutos como máximo fuera de la carretera. Pasaremos por tres grandes zonas en obras, más el tráfico en Jacksonville, Washington y Filadelfia, aunque estaría bien que cruzáramos Washington hacia las tres de la madrugada. Según mis cálculos, nuestra velocidad de crucero debería ser ciento quince kilómetros por hora. ¿A qué velocidad vas?

—A cien —le contesto—. El límite es noventa.

—Ponlo a ciento quince —me dice.

—No puedo. Es peligroso y me pondrán una multa.

—Ponlo a ciento quince —me repite.

Piso a fondo el acelerador. La dificultad radica en parte en que no me decido a ir a ciento quince, y en parte también que el monovolumen no se decide a ir a ciento quince. Empieza a temblar y parece que vaya a descuajaringarse. Sigo en el carril de la izquierda, aunque no soy el coche más rápido de la carretera y me sabe mal que tengan que adelantarme por la derecha, pero necesito tener la carretera despejada, porque, a diferencia de los demás, no puedo reducir la velocidad. Y este es mi papel. Mi papel consiste en conducir y en ponerme nervioso. Se me ocurre que ya he hecho este papel alguna vez.

¿Y Ben? El papel de Ben es tener que mear. Al principio parece que su papel principal vaya a ser quejarse de que no tenemos CD y de que todas las emisoras de radio de Orlando son una mierda menos la de la universidad, que ya no pillamos. Pero enseguida deja de lado ese papel en favor de su verdadera y fiel vocación: tener que mear.

—Estoy meándome —dice a las 3.06.

Llevamos cuarenta y tres minutos en la carretera. Nos queda aproximadamente un día de camino.

—Bueno —dice Radar—, la buena noticia es que pararemos. La mala noticia es que no será antes de cuatro horas y media.

—Creo que aguantaré —le contesta Ben.

Pero a las 3.10 nos comunica:

—De verdad que tengo que mear. De verdad.

—Te aguantas —le contestamos a coro.

—Pero… —dice.

—Te aguantas —volvemos a contestarle a coro.

De momento tiene gracia que Ben tenga que mear y que nosotros tengamos que decirle que se aguante. Se ríe y se queja de que si se ríe todavía le entran más ganas de mear. Lacey se adelanta de un salto, se coloca detrás de él y empieza a hacerle cosquillas en la cintura. Ben se ríe y se queja, y yo me río también sin dejar que el indicador de velocidad baje de los ciento quince kilómetros por hora. Me pregunto si Margo ha provocado este viaje conjunto a propósito o por accidente, pero en cualquier caso es lo más divertido que he hecho desde la última vez que me pasé horas al volante de un monovolumen.

HORA DOS

Sigo conduciendo. Giramos hacia el norte y nos metemos en la I-95 para subir por la costa de Florida, aunque no exactamente por la costa. Aquí todo son pinos demasiado delgados para su altura, como yo. Pero básicamente solo veo la carretera, adelanto coches y de vez en cuando nos adelanta alguno, estoy siempre atento a los que van delante y a los que van detrás, a los que se acercan y a los que salen del carril.

Ahora Lacey y Ben se han sentado juntos, Radar está en el asiento de atrás y juegan a una estúpida versión del veo veo que consiste en decir solo cosas que no pueden verse físicamente.

—Veo veo algo trágicamente a la última —dice Radar.

—¿La sonrisa torcida hacia la derecha de Ben? —pregunta Lacey.

—No —le contesta Radar—. Y no seas tan empalagosa con Ben. Es repugnante.

—¿La idea de viajar hasta Nueva York sin llevar nada debajo de la toga, cuando los de los coches que nos adelantan dan por sentado que llevas un traje?

—No —le contesta Radar—. Eso solo es trágico.

—Al final te gustarán los vestidos —dice Lacey sonriendo—. Disfrutas de la brisa.

—¡Ya sé! —digo yo—. Ves un viaje por carretera de veinticuatro horas en un monovolumen. Está a la última porque los viajes por carretera siempre están a la última, y es trágico porque la gasolina que chupa este coche destruirá el planeta.

Radar dice que no y siguen intentando adivinarlo. Me mantengo en ciento quince kilómetros por hora, rezo para que no me pongan una multa y juego al veo veo metafísico. Lo trágicamente a la última resulta ser no conseguir devolver las togas alquiladas a tiempo. Dejo atrás a toda velocidad un coche de policía parado en la mediana de hierba. Sujeto el volante con fuerza, con las dos manos, convencido de que va a perseguirnos y a hacernos parar. Pero no. Quizá el poli sabe que voy a esa velocidad porque no me queda más remedio.

HORA TRES

Ben ha vuelto a sentarse en el asiento del copiloto. Sigo conduciendo. Todos tenemos hambre. Lacey reparte un chicle de menta a cada uno, pero es un triste consuelo. Está haciendo una lista interminable de todo lo que vamos a comprar en la gasolinera cuando paremos por primera vez. Mejor que sea una gasolinera excepcionalmente abastecida, porque vamos a arrasarla.

Ben no deja de mover las piernas.

—¿Quieres parar?

—Hace tres horas que me meo.

—Ya lo has dicho.

—El pis me ha subido hasta las costillas —dice—. De verdad que estoy hasta arriba. Colega, ahora mismo el setenta por ciento de mi peso es pis.

—Vaya —le digo esbozando apenas una sonrisa.

Tiene gracia, no digo que no, pero estoy cansado.

—Creo que si me pongo a llorar, lloraré pis.

Esta vez sí. Me río un poco.

La siguiente vez que echo un vistazo, a los pocos minutos, Ben tiene la toga levantada y se aprieta la entrepierna con una mano.

—¿Qué mierda haces? —le pregunto.

—Colega, tengo que bajar. Se me está saliendo el pis. —Se gira hacia atrás—. Radar, ¿cuánto falta para que paremos?

—Tenemos que seguir por lo menos doscientos veinte kilómetros más para no pasar de las cuatro paradas, es decir, si Q mantiene el ritmo, una hora y cincuenta y cuatro coma seis minutos.

—¡Estoy manteniendo el ritmo! —exclamo.

Estamos al norte de Jacksonville, acercándonos a Georgia.

—No aguanto, Radar. Dadme algo para que mee.

Gritamos a coro: NO. De ninguna manera. Aguanta como un hombre. Mantenlo dentro como una dama victoriana mantiene su virginidad. Sostenlo con dignidad y elegancia, como se supone que el presidente de Estados Unidos tiene que sostener el destino del mundo libre.

—SI NO ME DAIS ALGO VOY A MEARME EN EL ASIENTO. ¡Y RÁPIDO!

—Joder —dice Radar desabrochándose el cinturón de seguridad.

Se inclina sobre el respaldo, alarga el brazo y abre la nevera. Vuelve a sentarse, se inclina hacia delante y le da a Ben una cerveza.

—Menos mal que el tapón es de rosca —dice Ben cubriéndose la mano con un trozo de toga y abriendo la botella.

Ben baja la ventanilla, y yo observo por el retrovisor lateral el chorro de cerveza volando y salpicando la carretera. Ben consigue meterse la botella debajo de la toga sin que veamos las bolas supuestamente más grandes del mundo, y los demás esperamos, porque nos da asco mirar.

—No puedes esperar un… —empieza a decir Lacey.

Pero todos lo oímos. Es la primera vez que oigo ese sonido, pero lo reconozco: el ruido del pis golpeando el fondo de una botella de cerveza. Casi parece música. Música asquerosa a ritmo muy rápido. Echo un vistazo y veo el alivio en los ojos de Ben. Sonríe mirando al frente.

—Cuanto más esperas, mejor te sientes —dice.

El tintineo del pis golpeando la botella da paso al ruido del chorro del pis en el pis. Y luego la sonrisa de Ben se desvanece lentamente.

—Colega, creo que necesito otra botella —dice de repente.

—¡Otra botella ahora mismo! —grito.

—¡Marchando otra botella!

En un segundo veo a Radar inclinado sobre el respaldo, con la cabeza en la nevera, sacando una botella de entre el hielo. La abre directamente, baja una ventanilla, saca la botella y la vacía. Luego salta hacia delante, mete la cabeza entre Ben y yo y le tiende la botella a Ben, que mira de un lado al otro aterrorizado.

—Uf, va a ser… complicado… cambiar la botella —dice Ben.

Veo movimientos debajo de su toga e intento no imaginar qué pasa cuando de debajo de una toga aparece una botella de cerveza llena de pis (que se parece muchísimo a la cerveza). Ben deja la botella llena en el posavasos, coge la vacía de la mano de Radar y suspira aliviado.

Entretanto, los demás no podemos evitar contemplar el pis del posavasos. La carretera no tiene excesivos baches, pero las sacudidas del monovolumen no están nada mal, de modo que el pis va de un lado al otro del cuello de la botella.

—Ben, si me salpicas de meados el coche nuevo, te corto las pelotas.

Levanta los ojos hacia mí y me lanza una sonrisa de superioridad sin dejar de mear.

—Vas a necesitar un cuchillo gigante, colega —me contesta.

Y por fin oigo que el chorro afloja. Acaba enseguida, y con un movimiento rápido lanza la segunda botella por la ventana. Y después la primera.

Lacey finge tener arcadas, o quizá las tiene de verdad.

—Joder, ¿te has despertado esta mañana y te has bebido setenta litros de agua? —dice Radar.

Pero Ben está radiante. Levanta el puño triunfante, y grita:

—¡Ni una gota en el asiento! Soy Ben Starling. Primer clarinete de la banda del Winter Park. Récord de *keg stand*. Campeón de mear en coche. ¡Que tiemble el mundo! ¡Soy el mejor!

Treinta y cinco minutos después, cuando llevamos ya casi tres horas de camino, pregunta en voz baja:

—¿Cuándo vamos a parar?

—Dentro de una hora y tres minutos, si Q mantiene el ritmo —le contesta Radar.

—Vale —dice Ben—. Vale. Bien. Porque tengo que mear.

HORA CUATRO

—¿Ya llegamos? —pregunta Lacey por primera vez.

Nos reímos. Pero estamos en Georgia, un estado que amo y adoro única y exclusivamente por la siguiente razón: el límite de velocidad es de ciento diez, lo que significa que puedo subir a ciento veinticinco. Por lo demás, Georgia me recuerda a Florida.

Pasamos la cuarta hora preparando nuestra primera parada. Es una parada importante, porque tengo mucha mucha mucha mucha hambre y estoy deshidratado. Por alguna razón, hablar de la comida que vamos a comprar en la gasolinera alivia las punzadas. Lacey prepara una lista de la compra para cada uno de nosotros, que escribe con letra pequeña en la parte de atrás de los tíquets que había encontrado en su bolso. Le pide a Ben que se asome por la ventanilla del copiloto para ver en qué lado está la tapa del depósito de gasolina. Nos obliga a memorizar la lista y luego nos la pregunta. Repasamos la incursión en la gasolinera varias veces. Tiene que ser tan eficaz como una parada en boxes.

—Otra vez —dice Lacey.

—Soy el hombre de la gasolina —dice Radar—. En cuanto empiece a llenarse el depósito, entro corriendo mientras el surtidor bombea gasolina, aunque se supone que no puedo moverme del surtidor en ningún momento, y te doy la tarjeta. Luego vuelvo al surtidor.

—Yo le doy la tarjeta al tipo que esté en el mostrador —dice Lacey.

—O chica —añado.

—No es importante —me contesta Lacey.

—Solo digo que… no seas tan sexista.

—Da igual, Q. Le doy la tarjeta a la persona que esté en el mostrador. Le digo que pase todo lo que llevamos. Y me voy a hacer pis.

—Entretanto, yo estoy cogiendo todo lo de mi lista y lo llevo al mostrador —añado.

—Y yo estoy meando —dice Ben—. Cuando acabo de mear, cojo las cosas de mi lista.

—Lo más importante son las camisetas —dice Radar—. La gente no deja de mirarme y de sonreír.

—Yo firmo el tíquet cuando salgo del baño —dice Lacey.

—Y en cuanto el depósito esté lleno, me meto en el coche y arranco, así que más os vale estar todos dentro. Si no, os juro que os dejo tirados. Tenéis seis minutos —dice Radar.

—Seis minutos —digo asintiendo.

—Seis minutos —repiten también Lacey y Ben.

A las 5.35 de la tarde, con mil cuatrocientos kilómetros por delante, Radar nos informa de que, según su ordenador, en la siguiente salida hay una gasolinera BP.

Mientras entro en la gasolinera, Lacey y Radar se agachan detrás de la puerta corredera de la parte de atrás. Ben, con el cinturón de seguridad desabrochado, tiene una mano en el tirador de la puerta del copiloto y la otra en el salpicadero. Mantengo la máxima velocidad que puedo durante el máximo tiempo que puedo, y luego freno en seco delante del dispensador de gasolina. El monovolumen pega una sacudida y salimos a toda velocidad. Radar y yo nos cruzamos delante del coche. Le tiro las llaves y corro hacia la sección de comida. Lacey y Ben me empujan contra las puertas, pero no es grave. Mientras Ben corre al baño, Lacey le explica a la mujer de pelo canoso (es efectivamente una mujer) que vamos a comprar un montón de cosas, que tenemos muchísima prisa y que vaya pasando los artículos a medida que los vayamos dejando, que lo cargue todo a su tarjeta BP. La mujer parece algo desconcertada, pero acepta. Radar entra corriendo, con la toga volando, y le da la tarjeta a Lacey.

Entretanto, corro por los pasillos cogiendo todo lo de mi lista. Lacey está en las bebidas, Ben en los artículos no perecederos, y yo en la comida. Hago un barrido como si fuera un guepardo y las patatas fritas, gacelas heridas. Llevo al mostrador un puñado de bolsas de patatas, cecina y cacahuetes, y luego corro al pasillo de las golosinas. Un puñado de Mentos, un puñado de Snickers y... Oh, no está en la lista, pero lo cojo, me encantan los caramelos Nerds, así que añado tres cajas. Vuelvo atrás y me dirijo al expositor de la charcutería, formado básicamente por sándwiches rancios de pavo en los que el pavo parece jamón. Cojo dos. De vuelta a la caja me detengo para coger un par de paquetes de caramelos Starbursts, un paquete de pastelitos Twinkies y una indeterminada cantidad de barritas GoFast. Vuelvo a la caja. Ben, con su toga de graduación, le tiende a la mujer camisetas y gafas de sol de cuatro dólares. Lacey corre con litros de refrescos, bebidas energéticas y agua. Botellas grandes, de las que ni siquiera Ben puede llenar de una meada.

—¡UN MINUTO! —grita Lacey.

Casi me da un ataque. Doy vueltas buscando por la tienda, intentando recordar qué he olvidado. Echo un vistazo a mi lista. Parece que está todo, pero me da la impresión de que estoy olvidando algo importante. Algo. «Vamos, Jacobsen.» Patatas fritas, golosinas, sándwiches de pavo que parece jamón... ¿y qué más? ¿Qué mas tipos de comida hay? Carne, patatas fritas, golosinas y, y, y, ¡y queso! ¡CRACKERS!, exclamo en voz alta. Corro hacia las galletas saladas, cojo varios paquetes con queso y con mantequilla de cacahuete, y unas galletas de la abuela por si acaso, vuelvo corriendo a la caja y lo dejo todo en el mostrador. La mujer ya ha llenado cuatro bolsas de plástico. Casi cien dólares en total, sin contar la gasolina. Tendré que pasarme el verano devolviendo dinero a los padres de Lacey.

El único momento de pausa es después de que la cajera haya pasado la tarjeta de Lacey. Miro el reloj. Se supone que tenemos que salir en veinte segundos. Oigo por fin el tíquet imprimiéndose. La mujer lo arranca de la máquina, Lacey garabatea su firma, y Ben y yo cogemos las bolsas y corremos al coche. Radar revoluciona el motor, como diciéndonos que nos demos prisa, y corremos por el aparcamiento. Como la toga de Ben vuela al viento, tiene un ligero parecido con un brujo, salvo en que se le ven las piernas blancas y en que lleva bolsas de plástico en las manos. Veo la parte de atrás de las piernas de

Lacey bajo su vestido, avanzando con las pantorrillas prietas. No sé qué aspecto tengo, pero sé cómo me siento: joven. Torpe. Infinito. Observo a Lacey y Ben entrando por la puerta corredera. Luego entro yo, que aterrizo encima de bolsas de plástico y en el torso de Lacey. Radar arranca mientras cierro la puerta y sale a toda pastilla del aparcamiento, lo cual señala la primera vez en la larga y notoria historia de los monovolúmenes que una persona los utiliza para quemar caucho. Radar gira a la izquierda en la autopista a velocidad poco segura y volvemos a meternos en la interestatal. Vamos cuatro segundos por delante de lo previsto. Y como en los boxes de NASCAR, nos chocamos las manos y nos damos palmaditas en la espalda. Estamos bien abastecidos. Ben tiene un montón de envases para mear. Yo tengo bastantes raciones de cecina. Lacey tiene sus Mentos. Radar y Ben tienen camisetas para ponérselas encima de la toga. El monovolumen se ha convertido en una biosfera. Con gasolina, podremos seguir avanzando eternamente.

HORA CINCO

De acuerdo, pensándolo bien, quizá no estamos tan bien abastecidos. Con las prisas, resulta que Ben y yo hemos cometido varios errores leves (aunque no fatales). Radar va solo delante, y Ben y yo nos sentamos en la primera fila de asientos, sacamos las cosas de las bolsas y se las pasamos a Lacey, que va detrás. Por su parte, Lacey coloca las cosas en montones siguiendo un criterio de organización que solo ella entiende.

—¿Por qué el antihistamínico no va en el mismo montón que las pastillas de cafeína? —le pregunto—. ¿No deberían ir juntos todos los medicamentos?

—Q, cariño, eres un crío. No sabes cómo van estas cosas. La cafeína va con el chocolate y el Mountain Dew, que también tienen cafeína, que sirve para mantenerte despierto. El antihistamínico, que da sueño, va con la cecina porque comer carne hace que te canses.

—Fascinante —le contesto.

Le paso a Lacey la comida que queda en la última bolsa.

—Q —me dice—, ¿dónde está la comida que... ya sabes... la comida?

—¿Cómo?

Lacey saca una copia de la lista que hizo para mí y la lee.

—Plátanos, manzanas, arándanos secos y uvas pasas.

—Ah —digo—. Ah, vale. El cuarto grupo no eran galletas saladas.

—¡Q! —exclama furiosa—. ¡Yo no puedo comer nada de esto!

Ben la coge por el codo.

—Bueno, pero puedes comer las galletas de la abuela. No te sentarán mal. Las ha hecho la abuela. Y la abuela nunca te haría daño.

Lacey se aparta un mechón de la cara de un soplido. Parece muy mosqueada.

—Además —le digo—, hay barritas energéticas. ¡Están reforzadas con vitaminas!

—Sí, vitaminas y como treinta gramos de grasa —me contesta.

—No sigáis hablando mal de las barritas energéticas —interviene Radar—. ¿Queréis que pare el coche?

—Cada vez que me como una barrita —dice Ben— pienso que así sabe la sangre para los mosquitos.

Desenvuelvo hasta la mitad una barrita de bizcocho de chocolate y dulce de leche y se la acerco a la boca a Lacey.

—Huélela —le digo—. Huele el manjar vitaminado.

—Vas a hacerme engordar.

—Y a llenarte de granos —dijo Ben—. No olvides los granos.

Lacey coge la barrita y le da un mordisco de mala gana. Tiene que cerrar los ojos para ocultar el placer orgásmico inherente a comerse una barrita energética.

—¡Madre mía! Un sabor esperanzador.

Al final abrimos la última bolsa. Contiene dos camisetas grandes, que entusiasman a Radar y a Ben, porque les permitirán ser tipos con camiseta gigante encima de una absurda toga en lugar de solo tipos con una absurda toga.

Pero cuando Ben desdobla las camisetas, se encuentra con dos pequeños problemas. El primero, que resulta que una camiseta de talla grande de una gasolinera de Georgia no es del mismo tamaño que una camiseta de talla grande de, pongamos, unos grandes almacenes. La camiseta de la gasolinera es inmensa. Parece más una bolsa de basura que una camiseta. Es más pequeña que las togas, pero no mucho más. Pero este problema casi se queda en nada comparado con el otro, que es que las dos camisetas llevan estampada la bandera de la Con-

federación. Encima de la bandera se lee PATRIMONIO CULTU-
RAL NO ODIO.

—Oh, no —dice Radar cuando le muestro por qué nos
reímos—. Ben Starling, no deberías haber comprado una camiseta racista a la persona que cubre tu cuota de amigos negros.

—He cogido las primeras que he visto, colega.

—No me vengas ahora con colega —dice Radar, aunque
mueve la cabeza y se ríe. Le paso su camiseta. Sujeta el volante
con las rodillas y se la pone—. Ojalá me pare la poli. Me gustaría ver qué cara ponen al ver a un negro con una camiseta de
la Confederación encima de una toga negra.

HORA SEIS

Por alguna razón, el tramo de la I-95 al sur de Florence, Carolina del Sur, es el lugar ideal para conducir un viernes por la
noche. Nos quedamos varios kilómetros atascados entre el tráfico, y aunque Radar está desesperado por saltarse el límite de
velocidad, con suerte puede ir a cincuenta. Radar y yo vamos
delante e intentamos no preocuparnos jugando a un juego que
acabamos de inventarnos y que se llama «Ese tío es un gigoló».
Consiste en imaginar la vida de las personas de los coches que
nos rodean.

Vamos al lado de una mujer hispana que conduce un viejo
y destartalado Toyota Corolla. La observo en la temprana oscuridad.

—Dejó a su familia para venirse aquí —digo—. Sin papeles. Manda dinero a su casa el tercer martes de cada mes. Tiene

dos hijos pequeños. Su marido es inmigrante. En estos momentos vive en Ohio. Solo pasa tres o cuatro meses al año en su casa, pero su familia se las arregla bastante bien.

Radar se inclina hacia delante y la mira un segundo.

—Venga, Q, no es tan melodramático como lo pintas. Es secretaria en un despacho de abogados. Mira cómo va vestida. Ha tardado cinco años, pero está a punto de sacarse el título de abogada ella también. No tiene niños ni marido. Pero tiene un novio que es algo inconstante. Le asusta el compromiso. Un tipo blanco al que le pone cachondo el rollo étnico.

—Lleva anillo de casada —puntualizo.

Debo decir, en defensa de Radar, que yo he podido observarla mejor. Está a mi derecha, justo debajo de mí. La veo a través de los cristales tintados de su coche. La observo cantando y mirando al frente sin pestañear. Hay mucha gente. Resulta sencillo olvidar lo lleno de personas que está el mundo, abarrotado, y cada una de ellas es susceptible de ser imaginada y, por lo tanto, de imaginarla mal. Me da la impresión de que es una idea importante, una de esas ideas a las que tu cerebro tiene que dar vueltas muy despacio, como las pitones cuando comen, pero antes de que haya podido avanzar un paso más interviene Radar.

—Se lo pone para que los pervertidos como tú no se le acerquen —me explica.

—Puede ser.

Sonrío. Cojo la media barrita energética que había dejado en mis rodillas y le doy un mordisco. Por un momento nos quedamos callados y pienso en cómo vemos y no vemos a las personas, en las ventanillas tintadas que me separan de esa mujer que conduce a nuestra derecha, en que los dos coches, con ventanas y espejos por todas partes, avanzamos juntos a paso de tortuga por esta autopista abarrotada. Cuando Radar empieza a hablar, me doy cuenta de que también él ha estado pensando.

—Lo que pasa con «Este tipo es un gigoló» —dice Radar—, bueno, quiero decir como juego en sí, es que al final dice mucho más de la persona que imagina que de la persona imaginada.

—Sí —le contesto—. Estaba pensando lo mismo.

Y no puedo evitar sentir que Whitman, por su belleza furiosa, quizá fue demasiado optimista. Podemos oír a los demás, y podemos viajar hasta ellos sin movernos, y podemos imaginarlos, y todos estamos conectados por un loco sistema de raíces, como hojas de hierba, pero el juego hace que me pregunte si en realidad podemos convertirnos totalmente en otro.

HORA SIETE

Al final pasamos por delante de un camión al que se le había desenganchado el remolque y volvemos a acelerar, pero Radar calcula mentalmente que de aquí a Agloe tendremos que llevar una media de ciento veinticinco kilómetros por hora. Ha pasado una hora desde que Ben anunció que tenía que mear, y por una sencilla razón: está durmiendo. A las seis en punto se ha tomado un antihistamínico. Se ha tumbado en el asiento de atrás y Lacey y yo le hemos abrochado los dos cinturones de seguridad, lo que le ha hecho sentirse todavía más incómodo, pero 1) era por su bien, y 2) todos sabíamos que en veinte minutos no le importaría lo más mínimo estar incómodo, porque estaría durmiendo como un tronco. Y ahora mismo lo está. Lo despertaremos a las doce. Hace un momento, a las nueve, he colocado a Lacey para que duerma en el asiento de atrás, en la misma posición. La despertaremos a las dos. La idea es que todo el mundo duerma por turnos para que mañana, cuando lleguemos a Agloe, no nos caigamos de sueño.

El monovolumen se ha convertido en una especie de casa diminuta. Yo estoy sentado en el asiento del copiloto, que es la sala de estar. Creo que es la mejor habitación de la casa. Es amplia y el asiento es muy cómodo.

Esparcido por la alfombra de debajo del asiento del copiloto está el despacho, que contiene un mapa de Estados Unidos que Ben ha cogido en la gasolinera, las rutas que yo he imprimido y el trozo de papel en el que Radar ha hecho los cálculos sobre la velocidad y la distancia.

Radar está en el asiento del conductor. El comedor. Se parece mucho a la sala, pero en el comedor no puedes relajarte tanto. También está más limpio.

Entre el comedor y la sala tenemos el compartimento central, o la cocina. Aquí tenemos una buena reserva de cecina, barritas y una bebida energética mágica llamada Bluefin, que Lacey había añadido a la lista de la compra. El Bluefin está envasado en pequeñas botellas de cristal de forma estrambótica y sabe a algodón de azúcar azul. También te mantiene despierto mejor que cualquier otra cosa en toda la historia de la humanidad, aunque te pone algo nervioso. Radar y yo hemos decidido tomarlo hasta dos horas antes de nuestro turno de descanso. El mío empieza a las doce, cuando Ben se levante.

La primera fila de asientos es la primera habitación. Es la menos cómoda, porque está cerca de la cocina y de la sala, donde la gente está despierta charlando y a veces está puesta la radio.

Detrás está la segunda habitación, que es más oscura, más tranquila y mejor que la primera.

Y detrás está el frigorífico, o la nevera, que en estos momentos contiene 210 cervezas en las que Ben todavía no ha meado, los sánwiches de pavo que parece jamón y varias Coca-Colas.

La casa es muy recomendable. Está tapizada de arriba abajo. Tiene aire acondicionado y calefacción central. Dispone de altavoces. Es cierto que el espacio habitable es de solo cinco metros cuadrados, pero la amplitud es insuperable.

HORA OCHO

Justo después de entrar en Carolina del Sur, pillo a Radar bostezando e insisto en conducir yo. De todas formas, me gusta conducir. Vale que estamos hablando de un monovolumen, pero es mi monovolumen. Radar se desplaza a un lado del asiento y se mete en la primera habitación mientras yo sujeto el volante con fuerza, salto por encima de la cocina y me coloco en el asiento del conductor.

Estoy descubriendo que viajando aprendes muchas cosas de ti mismo. Por ejemplo, nunca había pensado que fuera una de esas personas que mean en una botella casi vacía de la bebida energética Bluefin mientras conducen por Carolina del Sur a ciento quince kilómetros por hora, pero resulta que sí lo soy. Además, no sabía que si mezclas un montón de meados con un poco de Bluefin, el resultado es un sorprendente color turquesa brillante. Es tan bonito que me dan ganas de poner el tapón a la botella y dejarla en el salpicadero para que Lacey y Ben la vean cuando se despierten.

Pero Radar no opina lo mismo.

—Si no lanzas esa mierda por la ventana ahora mismo, acabaré con nuestros once años de amistad —me dice.

—No es mierda —le contesto—. Es pipi.

—Fuera —me dice.

Así que la tiro. La veo por el retrovisor lateral aterrizando en el asfalto y explotando como un globo lleno de agua. Radar también la ve.

—Joder —dice Radar—. Espero que sea uno de esos episodios traumáticos que hieren tanto mi sensibilidad que directamente olvido que han sucedido.

HORA NUEVE

No sabía que es posible cansarse de comer barritas energéticas. Pero lo es. Le he dado solo dos mordiscos a la cuarta del día y se me ha revuelto el estómago. Abro la guantera del medio y la dejo ahí. A esta parte de la cocina la llamamos la despensa.

—Ojalá tuviéramos manzanas —dice Radar—. Joder, ¿no sería fantástica una manzana ahora mismo?

Suspiro. Mierda de cuarto grupo. Además, aunque hace horas que he dejado de beber Bluefin, sigo extremadamente nervioso.

—Sigo muy nervioso —digo.

—Sí —me contesta Radar—. Yo no puedo dejar los dedos quietos.

Echo un vistazo y lo veo tamborileando con los dedos en las rodillas.

—De verdad que no puedo parar —me dice.

—Bueno, yo no estoy cansado, así que seguiremos hasta las cuatro, luego los despertamos y nos echamos a dormir hasta las ocho.

—Vale —me contesta.

Nos quedamos callados. Ahora la carretera se ha quedado vacía. Estoy solo yo y los camiones, y siento que mi cerebro procesa información a un ritmo once mil veces superior al habitual. Pienso de repente que lo que estoy haciendo es muy fácil, que conducir por la autopista es lo más fácil y lo más placentero del mundo. Lo único que tengo que hacer es mantenerme entre las líneas, asegurarme de que nadie se me acerca demasiado y de que yo no me acerco demasiado a nadie, y seguir avanzando. Quizá también Margo sintió lo mismo, pero nunca me habría sentido así yo solo.

Radar rompe el silencio.

—Bueno, si no vamos a dormir hasta las cuatro…

Termino su frase:

—Sí, quizá podríamos abrir otra botella de Bluefin.

Y la abrimos.

HORA DIEZ

Ha llegado la hora de volver a parar. Son las 12.13 de la noche. Mis dedos no parecen dedos. Parecen movimiento en estado puro. Repiquetean el volante mientras conduzco.

Radar busca en el ordenador la siguiente gasolinera BP y decidimos despertar a Lacey y a Ben.

—Hey, chicos, vamos a parar —les digo.

No reaccionan.

Radar se gira y apoya una mano en el hombro de Lacey.

—Lace, es hora de levantarse.

Nada.

Enciendo la radio y encuentro una emisora de canciones antiguas. Suenan los Beatles, la canción «Good Morning». Subo el volumen. No reaccionan. Entonces Radar lo sube todavía más. Y más. Y cuando llega el estribillo, se pone a cantar. Y yo me pongo a cantar también. Creo que lo que al final los despierta son mis gallos.

—¡APAGA ESO! —grita Ben.

Apagamos la música.

—Ben, vamos a parar. ¿Tienes que mear?

Silencio. Oigo ruido en la parte de atrás y me pregunto si tiene alguna estrategia para comprobar el nivel de su vejiga.

—Creo que voy bien —me contesta.

—Vale, entonces te ocupas de la gasolina.

—Como soy el único chico que todavía no ha meado en el coche, pido ir al baño el primero —dice Radar.

—Chis —murmura Lacey—. Chis. Callaos todos.

—Lacey, tienes que levantarte y mear —le dice Radar—. Vamos a parar.

—Compra manzanas —le digo.

—Manzanas —murmura contenta con una bonita voz femenina—. Me encantan las manzanas.

—Y luego tienes que conducir —le dice Radar—, así que despiértate de una vez.

Se incorpora y, con su voz de siempre, dice:

—Eso ya no me encanta tanto.

Nos metemos por la salida. La gasolinera está a un kilómetro y medio, que no es tanto, pero Radar dice que seguramente perderemos cuatro minutos, que el tráfico de Carolina del Sur nos ha hecho perder tiempo y que podemos encontrarnos con serios problemas dentro de una hora, cuando empiecen las obras. Pero no me permito preocuparme. Lacey y Ben se han despertado lo suficiente para colocarse junto a la puerta corredera, como la vez anterior, y cuando paramos delante del surtidor, todos salimos corriendo. Le lanzo las llaves a Ben, que las pilla en el aire.

Radar y yo pasamos como una flecha por delante del hombre que está en el mostrador, pero Radar se detiene al ver que el tipo está mirándolo fijamente.

—Sí —le dice Radar tan tranquilo—, llevo una camiseta de PATRIMONIO CULTURAL NO ODIO encima de la toga de graduación. Por cierto, ¿tiene pantalones?

El tipo lo mira desconcertado.

—Tenemos pantalones de camuflaje al lado del aceite para motores.

—Perfecto —le contesta Radar. Y entonces se gira hacia mí y me dice—: Sé bueno y cógeme unos pantalones de camuflaje. ¿Y quizá una camiseta?

—Eso está hecho —le contesto.

Resulta que los pantalones de camuflaje no llevan las tallas habituales. Hay solo medianos y grandes. Cojo unos medianos y una camiseta grande de color rosa en la que pone LA MEJOR ABUELA DEL MUNDO. Cojo también tres botellas de Bluefin.

Le paso todo a Lacey cuando sale del baño y me meto en el de chicas, porque Radar todavía está en el de chicos. No recuerdo si había entrado alguna vez en el baño de chicas de una gasolinera.

Diferencias:
No hay máquina de condones
Menos pintadas
No hay urinarios

El olor es más o menos el mismo, lo que me parece bastante decepcionante.

Cuando salgo, Lacey está pagando y Ben toca la bocina. Tras un momento de confusión, corro al coche.

—Hemos perdido un minuto —dice Ben desde el asiento del copiloto.

Lacey se mete en la carretera que nos llevará de vuelta a la autopista.

—Perdón —dice Radar desde el asiento de atrás, donde está sentado a mi lado, poniéndose los pantalones de camuflaje por debajo de la toga—. Pero al menos tengo pantalones. Y otra camiseta. ¿Dónde está la camiseta, Q?

Lacey se la da.

—Muy divertido.

Se quita la camiseta y se pone la de la abuela. Ben se queja de que nadie le haya comprado unos pantalones. Dice que le pica el culo. Y pensándolo bien, tiene ganas de mear.

HORA ONCE

Llegamos a las obras. La autopista se estrecha en un carril y nos quedamos atascados detrás de un tráiler que va exactamente a la velocidad límite de las carreteras en obras, sesenta kilómetros por hora. Lacey es la mejor conductora en estos casos. Yo estaría aporreando el volante, pero ella charla tranquilamente con Ben hasta que se gira y dice:

—Q, necesito de verdad ir al baño, y de todas formas estamos perdiendo tiempo detrás de este camión.

Asiento. No puedo culparla. Yo habría obligado a parar hace rato si no pudiera mear en una botella. Era heroico que hubiera aguantado tanto.

Se mete en una gasolinera abierta toda la noche y salgo para estirar las piernas. Cuando Lacey vuelve al coche corriendo, estoy sentado en el asiento del conductor. Ni siquiera sé cómo he ido a parar a ese asiento, por qué acabo yo ahí en lugar de Lacey. Da la vuelta hasta la puerta delantera y me ve. La ventanilla está bajada.

—Puedo conducir yo —le digo.

Al fin y al cabo, es mi coche. Y mi misión.

—¿Seguro? —me pregunta.

—Sí, sí, puedo seguir.

Abre la puerta corredera y se tumba en el primer asiento.

HORA DOCE

Son las 2.40 de la madrugada. Lacey está durmiendo. Radar está durmiendo. Yo conduzco. La carretera está desierta. Incluso la mayoría de los camioneros se han ido a dormir. Durante muchos minutos no veo luces de frente. Ben va a mi lado y me da conversación para mantenerme despierto. Charlamos sobre Margo.

—¿Has pensado cómo vamos a encontrar Agloe? —me pregunta.

—Bueno, tengo una ligera idea de dónde está el cruce —le contesto—. Y solo es un cruce.

—¿Y Margo va a estar en una esquina, sentada en el maletero del coche, esperándote con la barbilla apoyada en las manos?

—Sería un detalle —le contesto.

—Colega, tengo que decirte que me preocupa un poco que… si las cosas no van como las has planeado, te lleves una gran decepción.

—Solo quiero encontrarla —le digo, y es verdad.

Solo quiero que esté viva y a salvo. Encontrarla. Que el hilo siga su curso. Lo demás es secundario.

—Sí, pero… No sé —dice Ben. Noto que está mirándome muy serio—. Pero… Pero recuerda que algunas veces las personas no son como crees que son. Por ejemplo, siempre había pensado que Lacey estaba buenísima, que era increíble y guay, pero ahora, cuando realmente estoy con ella… no es lo mismo. Las personas son diferentes cuando puedes olerlas y verlas de cerca, ¿sabes?

—Lo sé —le contesto.

Sé que durante mucho tiempo me he equivocado, y mucho, imaginándola.

—Solo digo que antes era fácil que me gustara Lacey. Es fácil que te guste alguien desde la distancia. Pero cuando deja de ser algo increíble e inalcanzable y empieza a ser una chica normal, con una extraña relación con la comida, bastante cascarrabias y mandona… entonces básicamente tiene que empezar a gustarme una persona totalmente diferente.

Siento que me arden las mejillas.

—¿Estás diciéndome que en realidad no me gusta Margo? Después de todo esto… Ya llevo doce horas metido en este coche y crees que no me importa Margo porque no… —Me interrumpo—. ¿Crees que porque tienes novia puedes subirte a la montaña y pegarme un sermón? A veces eres tan…

Me callo porque al final de la luz de los faros veo algo que no tardará en matarme.

En medio de la autopista hay dos vacas tan tranquilas. Aparecen en mi campo de visión de golpe, una vaca con manchas negras en el carril de la izquierda, y en nuestro carril una criatura inmensa, del tamaño de nuestro coche, totalmente inmóvil, con la cabeza girada hacia atrás, mirándonos con los ojos en blanco. Es absolutamente blanca, una enorme pared blanca de vaca que no podemos saltar, ni pasar por debajo, ni esquivarla. Solo podemos chocar con ella. Sé que Ben también la ve, porque oigo que deja de respirar.

Dicen que la vida pasa ante tus ojos, pero en mi caso no es así. Nada pasa ante mis ojos aparte de esa enorme extensión de pelo blanco, ahora a solo un segundo de nosotros. No sé qué hacer. No, no es ese el problema. El problema es que no hay nada que hacer, salvo chocarse contra esa pared blanca, matarla y matarnos nosotros. Piso el freno, pero por costumbre, sin expectativas. No hay manera de evitarlo. No sé por qué, pero levanto las manos, como si me rindiera. Pienso en la cosa más banal del mundo: que no quiero que pase. No quiero morir. No quiero que mis amigos mueran. Y para ser sincero, mientras el tiempo se ralentiza y tengo las manos en el aire, me permito pensar en una cosa más, y pienso en Margo. Le echo la culpa de esta ridícula y fatal persecución… por ponernos en peligro, por convertirme en un gilipollas que se pasa la noche sin dormir y conduce demasiado deprisa. No iría a morirme de no haber sido por ella. Me habría quedado en casa, como siempre, y habría estado seguro, y habría hecho la única cosa que siempre he querido hacer, que es crecer.

Aunque he abandonado el control de la nave, me sorprende ver una mano en el volante. Giramos antes de que me dé cuenta de por qué estamos girando, y entonces veo que Ben está girando el volante hacia él, girando en un desesperado intento de evitar la vaca, y de repente estamos en el arcén y luego en la hierba. Oigo los neumáticos mientras Ben gira el volante con fuerza en la dirección contraria. Dejo de mirar.

No sé si cierro los ojos o si sencillamente dejo de ver. Mi estómago choca con mis pulmones y se aplastan entre sí. Algo afilado me golpea en la mejilla. Nos paramos.

No sé por qué, pero me toco la cara. Retiro la mano y veo una mancha de sangre. Me toco los brazos, como si me abrazara a mí mismo, aunque solo estoy comprobando si están ahí, y lo están. Me miro las piernas. Están ahí. Hay cristales. Miro alrededor. Se han roto las botellas. Ben me mira. Se toca la cara. Parece que está bien. Se pasa las manos por el cuerpo como yo. Su cuerpo todavía funciona. Solo me mira. Veo la vaca por el retrovisor. Y ahora, con retraso, Ben grita. Me mira y grita con la boca muy abierta, un grito grave, gutural y aterrorizado. Deja de gritar. Algo me pasa. Siento que me desmayo. Me arde el pecho. Entonces trago aire. Había olvidado respirar. Había contenido la respiración todo ese tiempo. Me siento mucho mejor cuando la recupero. «Inspirar por la nariz, espirar por la boca.»

—¿Quién está herido? —grita Lacey.

Se ha desabrochado el cinturón, se incorpora y se inclina hacia la parte de atrás. Cuando me giro, veo que la puerta de atrás se ha abierto, y por un momento pienso que Radar ha salido disparado del coche, pero de repente se levanta. Se pasa las manos por la cara.

—Estoy bien. Estoy bien. ¿Estáis todos bien? —pregunta.

Lacey ni siquiera contesta. Salta hacia delante, entre Ben y yo. Se apoya en la cocina y mira a Ben.

—Cariño, ¿dónde te has hecho daño?

Tiene los ojos llenos de agua, como una piscina en un día lluvioso.

—EstoybienestoybienQestásangrando.

Se gira hacia mí, y no debería llorar, pero lloro, no porque me duela, sino porque estoy asustado, yo levanté las manos, y Ben nos ha salvado, y ahora esta chica me mira, y me mira como mira una madre, y no debería romperme, pero me rompo. Sé que el corte en la mejilla no es grave, e intento decirlo, pero sigo llorando. Lacey presiona el corte con los dedos, delgados y suaves, y grita a Ben que le dé algo que sirva como venda, y de repente tengo una franja de la bandera de la Confederación pegada a la mejilla, justo a la derecha de la nariz.

—Apriétalo un momento —me dice—. No es nada. ¿Te has hecho algo más?

Le digo que no. Entonces me doy cuenta de que el coche sigue en marcha, que está parado solo porque todavía estoy pisando el freno. Quito la marcha y lo apago. Al apagarlo, oigo que pierde líquido. Más que gotear, chorrea.

—Creo que deberíamos salir —dice Radar.

Mantengo la bandera de la Confederación pegada a la cara. Sigo oyendo el ruido del líquido.

—¡Es gasolina! ¡Va a explotar! —grita Ben.

Abre la puerta del copiloto y sale corriendo, aterrorizado. Salta una valla y corre por un campo de heno. Yo también salgo, aunque no tan deprisa. Radar también está fuera, y mientras Ben sale por patas, se ríe.

—Es la cerveza —dice.

—¿Qué?

—Se han roto todas las cervezas —vuelve a decir señalando la nevera, que está abierta y de la que chorrean litros de líquido espumoso.

Intentamos llamar a Ben, que no nos oye porque se dedica a gritar ¡VA A EXPLOTAR! corriendo por el campo. Su toga vuela a la luz grisácea del amanecer y se le ve el culo huesudo.

Oigo un coche, así que me giro y miro hacia la autopista. La bestia blanca y su amiga con manchas han llegado tranquilamente, sanas y salvas, a la otra cuneta, impasibles. Al volver a girarme veo que el monovolumen está contra la valla.

Estoy valorando los daños cuando Ben vuelve por fin de mala gana. Al girar, debimos de rozar la valla, porque en la puerta corredera hay un bollo profundo, tan profundo que si te acercas, ves el coche por dentro. Pero, por lo demás, parece inmaculado. No hay más abolladuras. Ninguna ventana rota. Ninguna rueda pinchada. Voy a cerrar la puerta de atrás y observo las 210 botellas de cerveza rotas, todavía burbujeantes. Lacey se acerca a mí y me pasa un brazo por los hombros. Contemplamos los dos el riachuelo de espuma fluyendo hacia la zanja de la cuneta.

—¿Qué ha pasado? —me pregunta.

Se lo cuento: estábamos muertos, pero Ben consiguió girar el coche en la dirección correcta, como si fuera una brillante bailarina vehicular.

Ben y Radar se han metido debajo del monovolumen. Ninguno de los dos sabe una mierda de coches, pero supongo que así se sienten mejor. Por un lado asoma el dobladillo de la toga de Ben y su culo al aire.

—Tío —grita Radar—, parece que está perfeto.

—Radar —le digo—, el coche ha dado unas ocho vueltas. Seguro que no está perfecto.

—Pues parece perfecto —dice Radar.

—Eh —digo agarrando las New Balance de Ben—. Eh, venga, sal de ahí.

Sale arrastrándose, le tiendo la mano y tiro de él para que se levante. Se ha manchado las manos de grasa. Lo abrazo. Si yo no hubiera soltado el volante, y si él no hubiera asumido el control tan hábilmente, estoy seguro de que estaría muerto.

—Gracias —le digo golpeándole en la espalda, seguramente demasiado fuerte—. Eres el mejor copiloto que he visto en mi vida.

Me da una palmada en la mejilla con su mano grasienta.

—Lo he hecho para salvarme a mí mismo, no a ti —contesta—. No he pensado en ti ni un segundo, créeme.

Me río.

—Ni yo en ti —le contesto.

Ben me mira a punto de sonreír.

—Bueno, era una puta vaca enorme. Más que una vaca, era una ballena de tierra.

Me río.

Radar sale de debajo del coche.

—Tío, de verdad que creo que está perfecto. Solo hemos perdido cinco minutos. Ni siquiera tenemos que aumentar la velocidad de crucero.

Lacey observa el monovolumen abollado frunciendo los labios.

—¿Qué opinas? —le pregunto.

—Vamos —me contesta.

—Vamos —vota Radar.

Ben hincha las mejillas y resopla.

—Sobre todo porque me gusta presionar al grupo: vamos.

—Vamos —digo yo—. Pero os aseguro que no vuelvo a conducir.

Le paso a Ben las llaves y subimos al coche. Radar nos guía por un pequeño terraplén y volvemos a meternos en la autopista. Estamos a 872 kilómetros de Agloe.

HORA TRECE

Cada dos minutos, Radar dice:

—Chicos, ¿recordáis aquella vez en que todos íbamos a morir y entonces Ben agarró el volante, esquivó una puñetera vaca gigante, giró el coche como las tazas de Disney World y nos salvamos?

Lacey se adelanta hasta la cocina y apoya una mano en la rodilla de Ben.

—Eres un héroe, ¿te das cuenta? —le dice—. Por cosas como esta dan medallas.

—Lo he dicho antes y lo repito ahora: no he pensado en ninguno de vosotros. Lo que quería era salvar mi culo.

—Mentiroso. Heroico y adorable mentiroso —dice Lacey.

Y le da un beso en la mejilla.

—Eh, chicos, ¿recordáis aquella vez en que estaba tumbado en la parte de atrás, con los dos cinturones de seguridad puestos, y la puerta se abrió de golpe, todas las cervezas se rompieron, pero sobreviví totalmente ileso? —dice Radar—. ¿Cómo es posible?

—Vamos a jugar al veo veo metafísico —dice Lacey—. Veo veo el corazón de un héroe, un corazón que late no para sí mismo, sino para toda la humanidad.

—NO ESTOY SIENDO HUMILDE. SENCILLAMENTE NO ME QUERÍA MORIR —exclama Ben.

—Chicos, ¿recordáis aquella vez, en el coche, hace veinte minutos, que por alguna razón no nos matamos?

HORA CATORCE

Una vez superado el shock inicial, limpiamos. Intentamos meter todos los trozos de cristal de botellas de Bluefin posibles en hojas de papel y los dejamos en una bolsa de plástico para tirarlos después. Las alfombras del monovolumen están pegajosas y empapadas de Mountain Dew, Bluefin y Coca-Cola Light, e intentamos secarlas con los pocos pañuelos de papel que tenemos. Pero el coche necesitaría una buena limpieza, como mínimo, y no tenemos tiempo antes de llegar a Agloe. Radar ha buscado lo que me costará cambiar el panel lateral: 300 dólares más la pintura. Este viaje sale cada vez más caro, pero conseguiré devolver el dinero este verano, trabajando en el despacho de mi padre, y de todas formas no es un rescate tan elevado tratándose de Margo.

El sol empieza a salir por nuestra derecha. Sigue sangrándome la mejilla. Ahora la bandera de la Confederación se ha quedado pegada a la herida, así que ya no tengo que sujetarla.

HORA QUINCE

Un grupo de robles oculta los campos de maíz que se extienden hasta el horizonte. El paisaje cambia, pero nada más. Las grandes autopistas como esta convierten el país en un único lugar: McDonald's, BP y Wendy's. Sé que seguramente debería odiar este aspecto de las autopistas y añorar los felices días del pasado, cuando podías empaparte del color local de cada sitio, pero en fin. Me gusta. Me gusta la regularidad. Me gusta conducir quince horas seguidas desde casa sin que el mundo cambie demasiado. Lacey me abrocha los cinturones de seguridad.

—Tienes que descansar —me dice—. Lo has pasado mal.

Me sorprende que nadie me haya echado la culpa por no haber sabido reaccionar en la batalla contra la vaca.

Mientras me quedo dormido, los oigo haciéndose reír. No oigo las palabras exactas, sino la cadencia, las subidas y bajadas de tono de su charla. Me gusta escuchar tumbado en la hierba. Y decido que si llegamos a tiempo pero no encontramos a Margo, eso es lo que haremos. Buscaremos un sitio en Catskill para pasar un rato, tumbarnos en la hierba, charlar y hacernos bromas. Quizá saber que está viva hace que vuelva a ser posible, aunque no tengo pruebas de que lo esté. Casi puedo imaginarme la felicidad sin ella, mi capacidad de dejarla marchar, de sentir que nuestras raíces están conectadas aunque nunca vuelva a ver esa hoja de hierba.

HORA DEICISÉIS

Duermo.

HORA DIECISIETE

Duermo.

HORA DIECIOCHO

Duermo.

HORA DIECINUEVE

Cuando me despierto, Radar y Ben discuten en voz alta sobre el nombre del coche. A Ben le gustaría llamarlo Mohamed Alí, porque, como Mohamed Alí, el monovolumen recibe un puñetazo y sigue avanzando. Radar dice que no se puede poner el nombre de un personaje histórico a un coche. Cree que debería llamarse Lurlene, porque suena bien.

—¿Quieres llamarlo Lurlene? —pregunta Ben elevando la voz, horrorizado—. ¿No ha pasado ya por bastante este pobre vehículo?

Me desabrocho un cinturón y me siento. Lacey se gira.

—Buenos días —me dice—. Bienvenido al gran estado de Nueva York.

—¿Qué hora es?

—Las nueve cuarenta y dos. —Se ha recogido el pelo en una coleta, pero los mechones más cortos le quedan sueltos—. ¿Cómo estás?

—Asustado —le contesto.

Lacey me sonríe y asiente.

—Sí, yo también. Es como si pudieran suceder demasiadas cosas como para estar preparado para todas.

—Sí —comento.

—Espero que sigamos siendo amigos este verano —me dice.

Y por alguna razón me siento mejor. Nunca sabes qué va a hacer que te sientas mejor.

Radar está diciendo que el coche debería llamarse Ganso Gris. Me adelanto un poco para que todos me oigan.

—El Dreidel. Cuanto más lo giras, mejor funciona.

Ben asiente. Radar se gira.

—Creo que deberías ser el nombrador oficial.

HORA VEINTE

Estoy sentado en la primera habitación con Lacey. Ben conduce. Radar navega. La última vez que pararon estaba dormido, pero compraron un mapa de Nueva York. No aparece Agloe, pero al norte de Roscoe solo hay cinco o seis cruces. Siempre había pensado que Nueva York era una metrópolis que se extendía infinitamente, pero aquí solo se ven colinas por las que el monovolumen asciende heroicamente. La conversación se interrumpe un momento y Ben se inclina a encender la radio.

—Veo veo metafísico —digo.

Empieza Ben.

—Veo veo algo que me gusta mucho.

—Ya sé —dice Radar—. El sabor de las pelotas.

—No.

—¿El sabor de las pollas? —pregunto.

—No, gilipollas —me contesta Ben.

—Hum —dice Radar—. ¿El olor de las pelotas?

—¿La textura de las pelotas? —pregunto.

—Venga ya, capullos, no tiene nada que ver con los genitales. ¿Lace?

—Hummm, ¿la sensación de saber que has salvado tres vidas?

—No, y creo que a vosotros dos ya no os quedan turnos para adivinar.

—Vale, ¿qué es?

—Lacey —contesta.

Lo veo mirándola por el retrovisor.

—Gilipollas —le digo—, se supone que es un veo veo metafísico. Tienen que ser cosas que no se ven.

—Y lo es —me contesta—. Y es lo que más me gusta… Lacey, pero no la Lacey que se ve.

—Voy a vomitar —dice Radar.

Pero Lacey se desabrocha el cinturón de seguridad y se inclina por encima de la cocina para susurrarle algo a Ben al oído. Ben se pone rojo.

—Vale, prometo no ser cursi —dice Radar—. Veo veo algo que todos estamos sintiendo.

—¿Un enorme cansancio? —pregunto.

—No, aunque excelente respuesta.

—¿Esa extraña sensación de que el corazón no late tan deprisa como todo tu cuerpo por el exceso de cafeína? —dice Lacey.

—No. ¿Ben?

—Hum, ¿sentimos ganas de mear, o soy yo solo?

—Solo tú, como siempre. ¿Alguna más? —Nos quedamos callados—. La respuesta correcta es que todos sentimos que seríamos más felices después de una interpretación a capela del «Blister in the Sun».

Y así es. Aunque tengo menos oído para la música que un sordo, canto tan alto como los demás. Y cuando hemos acabado digo:

—Veo veo una gran historia.

Por un momento nadie dice nada. Solo se oye el ruido del Dreidel devorando el asfalto y acelerando para subir la colina.

—Esta, ¿no? —dice al rato Ben.

Asiento.

—Sí —dice Radar—. Si conseguimos no matarnos, será una historia de puta madre.

«No iría mal que la encontráramos», pienso, pero no lo digo. Al final Ben enciende la radio y busca una emisora de baladas de rock para que cantemos todos juntos.

HORA VEINTIUNO

Después de más de 1.800 kilómetros por autopista, casi ha llegado la hora de salir. Es totalmente imposible conducir a ciento veinticinco kilómetros por hora por la autovía de dos carriles que nos lleva más al norte, hacia Catskill, pero nos las arreglaremos. Radar, siempre un brillante estratega, se había reservado media hora extra sin decirnos nada. Esto es bonito.

La luz de la mañana ilumina los viejos árboles. Incluso los edificios de ladrillo de las ruinosas poblaciones por las que pasamos parecen nuevos con esta luz.

Lacey y yo contamos a Ben y a Radar todo lo que se nos ocurre para ayudarlos a que encuentren a Margo. Les recordamos detalles. Nos los recordamos a nosotros mismos. Su Honda Civic plateado. Su pelo castaño, muy liso. Su fascinación por los edificios abandonados.

—Lleva una libreta negra —digo.

Ben se gira hacia mí.

—Vale, Q. Si veo a una chica exactamente como Margo en Agloe, Nueva York, no pienso hacer nada si no lleva una libreta. Esa será la señal.

No le hago caso. Solo quiero recordarla. Por última vez, quiero recordarla mientras aún espero volver a verla.

AGLOE

El límite de velocidad baja de noventa a setenta, y luego a sesenta. Cruzamos unas vías de tren y llegamos a Roscoe. Avanzamos despacio por una población adormecida con una cafetería, una tienda de ropa, una tienda de todo a un dólar y un par de escaparates cerrados con tablones.

—Puedo imaginármela aquí —digo inclinándome hacia delante.

—Sí —admite Ben—. Tío, de verdad que no quiero allanar edificios. No creo que me vaya muy bien en las cárceles de Nueva York.

Aunque la idea de explorar estos edificios no me parece especialmente alarmante, ya que todo el pueblo da la impresión de estar desierto. No hay nada abierto. Pasado el centro, la carretera cruza la autovía, y en esa carretera solo está el vecindario de Roscoe y una escuela primaria. Los gruesos y altos árboles hacen que las modestas casas de madera parezcan enanas.

Nos metemos en otra autovía y aumentamos la velocidad, aunque Radar sigue conduciendo despacio. Hemos hecho poco más de un kilómetro cuando vemos a la izquierda un camino sin asfaltar y sin un cartel que nos indique su nombre.

—Puede ser esto —digo.

—Es el camino de una casa —contesta Ben.

Pero Radar gira de todas formas. Lo cierto es que parece el camino de una casa, abierto en la tierra apisonada. A nuestra izquierda crece la hierba, que alcanza la altura de los neumáticos. No veo nada, aunque me temo que sería fácil esconderse en cualquier parte de este campo. Avanzamos un trecho, y la carretera va a parar a una granja victoriana. Damos media vuelta y regresamos a la autovía de dos carriles, más al norte. La autovía gira hacia Cat Hollow Road y seguimos hasta que vemos una carretera sin asfaltar idéntica a la anterior, esta vez a la derecha, que conduce a una especie de granero derruido de madera gris. En los campos, a ambos lados de nosotros, hay enormes balas cilíndricas de heno, pero la hierba ha empezado a crecer. Radar no supera los diez kilómetros por hora. Buscamos algo raro. Alguna falla en este paisaje perfectamente idílico.

—¿Creéis que puede haber sido el Supermercado Agloe? —pregunto.

—¿Ese granero?

—Sí.

—No sé —me contesta Radar—. ¿Los supermercados parecen graneros?

Dejo escapar un largo soplido entre los labios fruncidos.

—No sé.

—Es ese… mierda, ¡es su coche! —grita Lacey a mi lado—. ¡Sí sí sí sí sí su coche su coche!

Radar detiene el monovolumen mientras sigo el dedo de Lacey, que señala más allá del campo, detrás del edificio. Un destello plateado. Me agacho, coloco la cara al lado de la suya y veo el arco del techo del coche. Sabe Dios cómo ha llegado hasta allí, porque no hay ningún camino.

Radar para, salgo de un salto y corro hasta el coche. Vacío. Abierto. Abro el maletero. También vacío. Solo hay una maleta abierta y sin nada. Miro a mi alrededor y me dirijo hacia lo que ahora creo que son los restos del Supermercado Agloe. Ben y Radar me adelantan mientras corro por el campo segado. Entramos en el granero no por la puerta, sino por uno de los grandes agujeros que se han formado al caerse la pared de madera.

Dentro del edificio el sol entra por los muchos agujeros del techo e ilumina partes del suelo de madera podrido. Mientras la busco, tomo nota mentalmente de todo lo que veo: las tablas del suelo mojadas. El olor a almendras, como ella. Una vieja bañera con patas en forma de garra en una esquina. Está tan lleno de agujeros que el edificio es a la vez interior y exterior.

Siento que alguien me tira fuerte de la camiseta. Giro la cabeza y veo a Ben, que desplaza los ojos hacia un rincón de la estancia. Tengo que atravesar con la mirada un gran haz de luz que entra por el techo, pero veo ese rincón. Dos paneles de plexiglás de aproximadamente un metro de altura, sucios y tintados de color gris, se apoyan entre sí formando un ángulo pegado a la pared de madera. Es un cubículo triangular, si un cubículo puede ser triangular.

Y lo que sucede con las ventanas tintadas es que dejan pasar la luz, así que veo la inquietante escena, aunque en una escala de grises: Margo Roth Spiegelman está sentada en una silla de oficina de piel negra, inclinada sobre un pupitre de escuela, escribiendo. Lleva el pelo mucho más corto —el flequillo desigual por encima de las cejas y todo alborotado, como para resaltar la asimetría—, pero es ella. Está viva. Ha trasladado su despacho de un centro comercial abandonado de Florida a un granero abandonado de Nueva York, y la he encontrado.

Nos acercamos a Margo los cuatro, pero no parece vernos. Sigue escribiendo. Al final, alguien —quizá Radar— dice:

—¿Margo, Margo?

Margo se levanta de puntillas, con las manos en las paredes del improvisado cubículo. Si le sorprende vernos, sus ojos no lo muestran. Aquí está Margo Roth Spiegelman, a metro y medio de mí, con los labios agrietados, sin maquillar, con las uñas sucias y los ojos mudos. Nunca había visto sus ojos muertos hasta ese punto, pero quizá nunca antes había visto sus ojos. Me observa. Estoy seguro de que está observándome a mí, no a Lacey, Ben o Radar. No me había sentido tan observado desde que los ojos sin vida de Robert Joyner me miraron en Jefferson Park.

Se queda un buen rato en silencio, y me asustan demasiado sus ojos para acercarme a ella. «Yo y este misterio nos enfrentamos aquí», escribió Whitman.

—Dadme cinco minutos —dice por fin.

Vuelve a sentarse y sigue escribiendo.

La observo escribir. Parece la misma de siempre, excepto en que está un poco sucia. No sé por qué, pero siempre pensé que estaría diferente. Más mayor. Que apenas la reconocería cuando por fin volviera a verla. Pero aquí está, la observo a través del plexiglás, y parece Margo Roth Spiegelman, la chica a la que conozco desde que tenía dos años, la chica que era una idea que amaba.

Y solo ahora, cuando cierra la libreta, la mete en una mochila que tiene a su lado, se levanta y se acerca a nosotros, me doy cuenta de que esa idea es no solo equivocada, sino también peligrosa. Qué engañoso creer que una persona es algo más que una persona.

—Hola —le dice a Lacey sonriendo.

Abraza primero a Lacey, luego le da la mano a Ben y por último a Radar. Alza las cejas y dice:

—Hola, Q.

Y me abraza rápidamente y sin apretar. Quiero que se quede ahí. Quiero que suceda algo. Quiero sentirla sollozar contra mi pecho, con las lágrimas resbalando por sus sucias mejillas hasta mi camiseta. Pero se limita a abrazarme rápidamente y se sienta en el suelo. Me siento frente a ella. Ben, Radar y Lacey se sientan también en línea conmigo, de modo que estamos los cuatro delante de Margo.

—Me alegro de verte —digo al rato con la sensación de estar rompiendo una oración silenciosa.

Se aparta el flequillo a un lado. Parece estar decidiendo qué decir exactamente antes de decirlo.

—Yo… bueno… bueno… pocas veces me quedo sin palabras, ¿verdad? No he hablado mucho últimamente. Supongo que deberíamos empezar por: ¿qué demonios hacéis aquí?

—Margo —dice Lacey—. Por Dios, estábamos muy preocupados.

—No teníais que preocuparos —le contesta Margo alegremente—. Estoy bien. —Levanta los dos pulgares—. Estoy OK.

—Podrías habernos llamado para decírnoslo —dice Ben con cierto tono de frustración—. Nos habríamos ahorrado un viaje que ha sido un infierno.

—Según mi experiencia, Ben el Sangriento, cuando te marchas de un sitio, lo mejor es marcharte. ¿Por qué te has puesto un vestido, por cierto?

Ben se ruboriza.

—No lo llames así —interviene Lacey.

Margo lanza una mirada a Lacey.

—Vaya, ¿te has enrollado con él? —Lacey no dice nada—. No me digas que te has enrollado con él —dice Margo.

—Te lo digo —le contesta Lacey—. Y te digo que es genial. Y te digo que eres una zorra. Y te digo que me largo. Encantada de verte, Margo. Gracias por aterrorizarme y hacerme sentirme como una mierda durante todo el último mes de mi último año de instituto, y por ser una zorra cuando te buscamos por todas partes para asegurarnos de que estás bien. Ha sido un placer conocerte.

—Para mí también. Sin ti, ¿cómo habría sabido lo gorda que estaba?

Lacey se levanta y sale pisando fuerte. Sus pasos vibran en el suelo destartalado. Ben sale detrás de ella. Echo una ojeada y veo que Radar se ha levantado también.

—No te conocía hasta que supe de ti por tus pistas —dice Radar—. Tus pistas me gustan más que tú.

—¿De qué mierda está hablando? —me pregunta Margo.

Radar no contesta. Se limita a marcharse.

También yo debería marcharme, por supuesto. Ellos son más amigos míos que Margo, sin duda. Pero tengo preguntas que hacerle. Mientras se levanta y se dirige de nuevo a su cubículo, empiezo por la más obvia:

—¿Por qué te comportas como una niña mimada?

Se gira, me agarra por la camiseta y me grita a la cara:

—¿De qué coño vas presentándote aquí sin avisar?

—¿Cómo narices iba a avisarte si desapareciste de la faz de la Tierra?

Veo que parpadea y sé que no tiene respuesta, así que sigo. Me ha decepcionado. Por… por… No sé. Por no ser la Margo que esperaba. Por no ser la Margo que pensé que por fin había imaginado correctamente.

—Daba por sentado que tendrías una buena razón para no haberte puesto en contacto con nadie desde aquella noche. Pero… ¿esta es tu razón? ¿Para poder vivir como una vagabunda?

Me suelta la camiseta y se aleja de mí.

—¿Y ahora quién está siendo un niño mimado? Me marché de la única manera que puede uno marcharse. Arrancas tu vida de golpe, como una tirita. Y entonces tú eres tú, y Lace es Lace, y cada quien es quien es, y yo soy yo.

—Pero yo no pude ser yo, Margo, porque pensé que estabas muerta. Casi todo el tiempo. Así que tuve que hacer todo tipo de mierdas que jamás habría hecho.

Ahora me grita y me coge de la camisa para colocarse cara a cara.

—Tonterías. No has venido para asegurarte de que estoy bien. Has venido porque querías salvar a la pobrecita Margo de su naturaleza problemática para que estuviera tan agradecida a mi caballero de brillante armadura que me quitara la ropa y te suplicara que me hicieras tuya.

—¡Gilipolleces! —grito, y en buena medida lo son—. Solo estabas jugando con nosotros, ¿verdad? Solo querías asegurarte de que incluso después de marcharte a divertirte por ahí, todo seguía girando a tu alrededor.

Y ella me grita también, más alto de lo que habría creído posible.

—¡Ni siquiera te he decepcionado yo, Q! ¡Te ha decepcionado la idea de mí que te metiste en la cabeza desde que éramos niños!

Intenta girarse, pero la agarro por los hombros y la sujeto frente a mí.

—¿Has pensado alguna vez lo que significaba marcharte? ¿Has pensado en Ruthie? ¿En mí, en Lacey o en cualquiera de las personas a las que les importabas? No. Claro que no. Porque si no te pasa a ti, no le pasa a nadie. ¿Verdad, Margo? ¿Verdad?

Ya no se enfrenta a mí. Se suelta, se gira y vuelve a su despacho. Pega una patada a las paredes de plexiglás, que resuenan contra el escritorio y la silla antes de caer al suelo.

—CÁLLATE CÁLLATE IMBÉCIL.

—Muy bien —le contesto.

El hecho de que Margo pierda totalmente los papeles hace que yo recupere los míos. Intento hablar como mi madre.

—Me callo. Estamos los dos enfadados. Por mi parte… hay muchas cosas sin resolver.

Se sienta en la silla, con los pies apoyados en lo que había sido la pared de su despacho. Mira hacia un rincón del granero. Nos separan al menos tres metros.

—¿Cómo demonios me habéis encontrado?

—Pensé que querías que te encontráramos —le contesto.

Hablo en voz tan baja que me sorprende que me oiga, pero gira la silla para mirarme.

—Puedo jurarte que no.

—El «Canto de mí mismo» —le digo—. Guthrie me llevó a Whitman. Whitman me llevó a la puerta. La puerta me llevó al centro comercial abandonado. Descubrimos cómo leer la pintada oculta. No entendía lo de «ciudades de papel», porque también significa urbanizaciones que no se han llegado a construir, así que pensé que habías ido a una de esas urbanizaciones y que nunca volverías. Pensé que estabas muerta en uno de esos sitios, que te habías matado y por alguna razón querías que yo te encontrara. Así que fui a un montón de urbanizaciones a buscarte. Pero luego encajé el mapa de la tienda de souvenirs con los agujeros de chincheta. Empecé a leer el poema con más atención y pensé que probablemente no ibas de un lado a otro, que te habías encerrado a planificar. A escribir en esa libreta. Encontré Agloe en el mapa, vi tu comentario en la página del Omnictionary, me salté la graduación y vine en coche hasta aquí.

Se pasa una mano por el pelo, pero ya no es lo bastante largo para que le caiga en la cara.

—Odio este corte de pelo —me dice—. Quería cambiar de imagen, pero… es ridículo.

—A mí me gusta —le digo—. Te enmarca muy bien la cara.

—Siento haber sido tan zorra —me dice—. Tienes que entenderlo… Bueno, aparecéis por aquí de la nada y me acojonáis…

—Podrías haberte limitado a decir: «Chicos, me estáis acojonando» —le digo.

Se burla.

—Sí, claro, porque esa es la Margo Roth Spiegelman que todo el mundo conoce y a la que todo el mundo quiere. —Se queda un momento callada y luego dice—: Sabía que no debía haber escrito eso en el Omnictionary. Solo pensé que sería divertido que lo encontraran después. Pensé que la poli llegaría a encontrarme, pero no a tiempo. El Omnictionary tiene mil millones de páginas. Nunca pensé…

—¿Qué?

—He pensado mucho en ti, si eso responde a tu pregunta. Y en Ruthie. Y en mis padres. Por supuesto, ¿vale? Quizá soy la persona más tremendamente egocéntrica de la historia del mundo. Pero ¿crees que lo habría hecho si no lo hubiera necesitado? —Mueve la cabeza. Se inclina por fin hacia mí, con los codos en las rodillas, y hablamos. A cierta distancia, pero da igual—. No se me ocurría otra manera de marcharme sin que me arrastraran de vuelta.

—Me alegro de que no estés muerta —le digo.

—Sí, yo también —me contesta. Sonríe, y es la primera vez que veo esa sonrisa que tanto he echado de menos—. Por eso tuve que marcharme. Por jodida que sea la vida, siempre es mejor que la muerte.

Suena mi móvil. Es Ben. Contesto.

—Lacey quiere hablar con Margo —me dice.

Me acerco a Margo, le paso el teléfono y me quedo ahí mientras ella escucha con los hombros encorvados. Oigo los ruidos procedentes del teléfono, y entonces oigo a Margo interrumpiendo a Lacey.

—Oye —le dice—, lo siento mucho. Solo estaba muy asustada.

Y silencio. Lacey empieza a hablar de nuevo, y al final Margo se ríe y dice algo. Siento que deberían tener cierta privacidad, así que voy a echar un vistazo. Contra la pared del despacho, pero en la esquina opuesta del granero, Margo ha montado una especie de cama: cuatro palés con una colchoneta hinchable encima. Su reducida colección de ropa, perfectamente doblada, está en otro palé, al lado de la cama. Hay un cepillo y pasta de dientes, además de una taza grande de plástico. Estas cosas están encima de dos libros: *La campana de cristal*, de Sylvia Plath, y *Matadero cinco*, de Kurt Vonnegut. Me cuesta creer que haya estado viviendo así, con esta irreconciliable mezcla de pulcra zona residencial y espeluznante deterioro. Y también me cuesta creer el tiempo que he perdido creyendo que estaba viviendo de cualquier otra manera.

—Están en un motel del parque. Lace me ha dicho que se marchan mañana por la mañana, contigo o sin ti —me dice Margo a mi espalda.

Cuando dice «ti» en lugar de «nosotros», pienso por primera vez lo que va a venir después.

—Soy casi autosuficiente —me dice, ya a mi lado—. Hay una letrina, pero en bastante mal estado, así que suelo ir al baño en la parada de camiones al este de Roscoe. También hay duchas, y las de las mujeres están bastante limpias, porque no hay muchas camioneras. Y tienen internet. Es como si esto fuera mi casa, y la parada de camiones fuera mi casita en la playa.

Me río.

Se adelanta, se arrodilla y mira debajo de los palés de la cama. Saca una linterna y un trozo cuadrado de plástico.

—Es lo único que he comprado en todo el mes, aparte de gasolina y comida. Solo me he gastado unos trescientos dólares.

Cojo el cuadrado y veo por fin que es un tocadiscos a pilas.

—Me traje un par de discos —me dice—. Pero conseguiré más en la ciudad.

—¿La ciudad?

—Sí, hoy me voy a Nueva York. De ahí lo del Omnictionary. Voy a empezar a viajar en serio. En un principio, hoy era el día en que pensaba marcharme de Orlando. Iba a ir a la graduación, a hacer todas las sofisticadas bromas de la noche de graduación contigo, y pensaba marcharme a la mañana siguiente. Pero no aguanté más. De verdad que no podía aguantar ni una hora más. Y cuando me enteré de lo de Jase… Pensé: «Lo tengo todo planificado. Sencillamente cambio la fecha». Pero lamento haberte asustado. Intenté no asustarte, pero la última parte fue muy precipitada. No ha sido mi mejor trabajo.

Como planes de huida precipitados llenos de pistas, me parecieron bastante impresionantes. Pero sobre todo me sorprendía que me hubiera incluido en sus planes desde el principio.

—Ya me pondrás al corriente —le dije intentando sonreír—. Bueno, me pregunto muchas cosas. Qué habías planificado y qué no. Qué significaba cada cosa. Por qué las pistas iban dirigidas a mí. Por qué te marchaste... Esas cosas.

—Hum, vale, vale. Para contarte esa historia, tenemos que empezar por otra.

Se levanta y sigo sus pasos, que evitan hábilmente los trozos de suelo podridos. Vuelve a su despacho, mete la mano en la mochila y saca la libreta negra. Se sienta en el suelo, cruza las piernas y da palmaditas al trozo de suelo que está a su lado. Me siento. Apoya la mano en la libreta cerrada.

—Esto se remonta a hace mucho tiempo —me dice—. Cuando estaba en cuarto, empecé a escribir un relato en esta libreta. Era una especie de historia de detectives.

Pienso que si le quitara la libreta, podría hacerle chantaje. Podría utilizarla para que volviera a Orlando, ella podría buscarse un trabajo para el verano y vivir en un apartamento hasta que empezara la universidad, y al menos tendríamos el verano. Pero me limito a escucharla.

—Bueno, no me gusta chulear, pero es una obra literaria brillante como pocas. Es broma. Son las estúpidas divagaciones llenas de deseos y magia de cuando tenía diez años. La protagonista es una niña llamada Margo Spiegelman, que es como era yo a los diez años, menos en que sus padres son amables y ricos y le compran todo lo que quiere. A Margo le gusta un chico llamado Quentin, que es como tú en todo, menos en que es valiente, heroico, estaría dispuesto a morir por protegerme y todo eso. También está Myrna Mountweazel, que es igual que Myrna Mountweazel, pero tiene poderes mágicos. Por ejemplo, en el relato todo el que acaricia a Myrna Mountweazel no puede mentir durante diez minutos. Y Myrna habla. Claro que habla. ¿Alguna vez un niño de diez años ha escrito un libro sobre un perro que no sepa hablar?

Me río, aunque sigo pensando en la Margo de diez años a la que le gusta el Quentin de diez años.

—Bueno, pues en el relato —sigue diciendo Margo— Quentin, Margo y Myrna Mountweazel están investigando la muerte de Robert Joyner, y su muerte es exactamente igual que aquella muerte real, pero en lugar de haberse disparado a sí mismo en la cara, le ha disparado alguien. Y la historia trata de nosotros descubriendo quién lo mató.

—¿Quién lo mató?

Se ríe.

—¿Quieres que te cuente el final?

—Bueno —le contesto—, mejor lo leo.

Abre la libreta y me muestra una página. El texto es indescifrable, no porque Margo tenga mala letra, sino porque encima de las líneas horizontales hay líneas verticales.

—Escribo cruzado —me dice—. Es muy difícil que lo descifre alguien que no sea yo. Bueno, vale, te contaré el final, pero antes tienes que prometerme que no vas a enfadarte.

—Te lo prometo —le contesto.

—Resulta que el crimen lo cometió el hermano alcohólico de la hermana de la ex mujer de Robert Joyner, que estaba loco porque había sido poseído por el espíritu de un malvado gato del Egipto antiguo. Como he dicho, un relato de primera. Pero, bueno, en la historia, tú, yo y Myrna Mountweazel nos enfrentamos al asesino, que intenta dispararme, pero tú saltas, te colocas delante y mueres heroicamente en mis brazos.

Me río.

—Genial. La historia era tan prometedora, con la chica guapa a la que le gusto, el misterio y la intriga, y resulta que la palmo.

—Bueno, sí —me dice sonriendo—. Pero tenía que matarte, porque el otro único final posible era acabar en la cama, y la verdad es que no estaba emocionalmente preparada para escribir esas cosas a los diez años.

—Lo entiendo —le digo—. Pero cuando lo revises, quiero un poco de acción.

—Quizá después de que el malo te haya disparado. Un beso antes de morir.

—Muy amable.

Podría levantarme, acercarme a ella y besarla. Podría. Pero todavía puedo estropear demasiadas cosas.

—En fin, terminé el relato en quinto. Unos años después decido que me marcho a Mississippi. Y entonces escribo todos mis planes para el épico acontecimiento en esta libreta, encima del relato anterior, y al final me voy. Cojo el coche de mi madre, hago casi dos mil kilómetros y dejo pistas en la sopa. Ni siquiera me gustó el viaje, la verdad. Me sentí muy sola. Pero me encanta haberlo hecho, ¿eh? Entonces empiezo a superponer más historias, bromas e ideas para emparejar a ciertas chicas con ciertos chicos, enormes campañas de empapelado de casas, más viajes en coche y muchas otras cosas. La libreta está medio llena cuando empezamos el último año y es entonces cuando decido que voy a hacer una sola cosa más, algo grande, y luego me marcharé.

Va a seguir hablando, pero tengo que detenerla.

—Me pregunto si era cosa del sitio o de la gente. ¿Qué habría pasado si la gente que te hubiera rodeado hubiera sido diferente?

—¿Cómo puedes separar una cosa de la otra? La gente es el sitio, y el sitio es la gente. Y bueno, no pensaba que hubiera nadie más de quien pudiera ser amiga. Pensaba que todos estaban asustados, como tú, o que les daba igual, como a Lacey. Y…

—No estoy tan asustado como piensas —le digo.

Y es verdad. Solo me doy cuenta de que es verdad cuando ya lo he dicho. Pero aun así.

—Ya estoy llegando a esa parte —dice casi quejándose—. Cuando estoy en primero, Gus me lleva al Osprey… —Niego con la cabeza, confundido—. El centro comercial abandonado. Y empiezo a ir por mi cuenta cada dos por tres, solo para pasar el rato y escribir mis planes. Y hacia el último año, todos los planes empezaron a girar en torno a la última escapada. Y no sé si es porque leía mi viejo relato cuando iba, pero enseguida te incluí en mis planes. La idea era que íbamos a hacer todas esas cosas juntos —como entrar en el SeaWorld, que estaba en el plan original— y yo te presionaría para que fueras un capullo. Esa noche te liberaría. Y luego desaparecería y tú siempre me recordarías.

»Al final el plan ocupa unas setenta páginas, y está a punto de cumplirse, ha ido todo muy bien, pero descubro lo de Jase y decido marcharme. Inmediatamente. No necesito graduarme. ¿Qué sentido tiene graduarse? Pero antes tengo que atar los cabos sueltos. Así que todo ese día, en el instituto, llevo la libreta conmigo, intentando como una loca adaptar el plan a Becca, Jase, Lacey y todo el que no era tan amigo mío como yo pensaba, intentando que se me ocurrieran ideas para que todo el mundo supiera lo mucho que me habían decepcionado antes de abandonarlos para siempre.

»Pero todavía quería hacerlo contigo. Todavía me gustaba la idea de convertirte quizá en algo parecido al héroe de puta madre de mi relato infantil.

»Y entonces me sorprendes —me dice—. Para mí habías sido un chico de papel todos estos años… Dos dimensiones como personaje en el papel y otras dos dimensiones diferentes, pero también planas, como persona. Pero aquella noche resultó que eras real. Y acaba siendo tan raro, divertido y mágico que vuelvo a mi habitación por la mañana y te echo de menos. Quiero pasar a buscarte, salir por ahí y charlar, pero ya he decidido marcharme, así que tengo que marcharme. Y entonces, en el último segundo, se me ocurre mandarte al Osprey. Dejártelo a ti para que te ayude a seguir avanzando por el camino de no ser un gatito asustado.

»Y sí, eso es todo. Pienso en algo rápidamente. Pego el póster de Woody en la parte de fuera de la persiana, rodeo con un círculo la canción del disco y marco los dos versos del «Canto de mí mismo» en un color diferente del que había utilizado cuando lo leí. Luego, cuando ya te has ido al instituto, me cuelo por tu ventana y meto el trozo de periódico en la puerta. Esa misma mañana voy al Osprey, en parte porque todavía no me siento preparada para marcharme, y en parte porque quiero dejártelo limpio. En fin, el caso es que no quería que te preocuparas. Por eso cubrí la pintada. No sabía que conseguirías verla. Arranqué las páginas del calendario que había utilizado y quité también el mapa, que había tenido colgado desde que vi que incluía Agloe. Y entonces, como estoy cansada y no tengo adónde ir, duermo allí. En realidad, al final paso allí dos noches, intentando reunir el valor, supongo. Y también, no sé, pensé que quizá lo encontrarías enseguida. Y entonces me fui. Tardé dos días en llegar aquí. Y aquí he estado desde entonces.

Parece haber terminado, pero me queda otra pregunta.

—¿Y por qué precisamente aquí?

—Una ciudad de papel para una chica de papel —me contesta—. Leí lo de Agloe en un libro de «cosas sorprendentes» cuando tenía diez u once años. Y nunca me lo quité de la cabeza. La verdad es que cada vez que subía al SunTrust Building (incluida la última vez que fui contigo), lo que pensaba al mirar hacia abajo no era que todo era de papel. Miraba hacia abajo y pensaba que yo era de papel. Yo era la persona débil y plegable, no los demás. Y esa es la cuestión. A la gente le encanta la idea de una chica de papel. Siempre le ha encantado. Y lo peor es que a mí me encantaba también. Lo cultivaba, ¿sabes?

»Porque es genial ser una idea que a todo el mundo le gusta. Pero no podía ser la idea de mí misma, no del todo. Y Agloe es un lugar en el que una creación de papel se convierte en real. Un punto en el mapa se convirtió en un lugar real, más real de lo que las personas que crearon ese punto habrían imaginado.

Pensé que quizá aquí la silueta de papel de una chica podría empezar a convertirse en real. Y me parecía una manera de decirle a esa chica a la que le preocupaba la popularidad, la ropa y todo lo demás: «Irás a las ciudades de papel. Y nunca volverás».

—La pintada —le dije—. Por Dios, Margo, he recorrido muchas urbanizaciones abandonadas buscando tu cadáver. De verdad pensé… De verdad pensé que estabas muerta.

Se levanta, rebusca un momento en su mochila, saca *La campana de cristal* y me lee.

—«Pero cuando llegó el momento de hacerlo, la piel de mi muñeca parecía tan blanca e indefensa que no pude. Era como si lo que yo quería matar no estuviera en esa piel, ni en el ligero pulso azul que saltaba bajo mi pulgar, sino en alguna parte más profunda, más secreta y mucho más difícil de alcanzar.»

Vuelve a sentarse a mi lado, muy cerca, frente a mí. La tela de nuestros vaqueros se toca sin que nuestras rodillas lleguen a rozarse.

—Sé de lo que habla —dice Margo—. Ese algo más profundo y más secreto. Son como grietas dentro de ti. Como líneas defectuosas en las que las cosas no encajan bien.

—Me gusta —le digo—. O como grietas en el casco de un barco.

—Sí, sí.

—Al final te hundes.

—Exacto —me dice.

Ahora estamos dialogando.

—No puedo creerme que no quisieras que te encontrara.

—Perdona. Si vas a sentirte mejor, estoy impresionada. Además, está bien tenerte aquí. Eres un buen compañero de viaje.

—¿Es una propuesta? —le pregunto.

—Puede ser —me contesta sonriendo.

El corazón lleva tanto tiempo dándome vueltas en el pecho que esta especie de borrachera me parece casi soportable, pero solo casi.

—Margo, si vuelves a casa a pasar el verano… mis padres han dicho que puedes vivir con nosotros, o puedes buscar trabajo y un apartamento para el verano, y luego empezarán las clases y no tendrás que volver a vivir con tus padres.

—No es solo por ellos. Volvería a quedarme atrapada y nunca saldría de allí. No son solo los cotilleos, las fiestas y toda esa mierda, sino la perspectiva de vivir la vida como hay que vivirla: universidad, trabajo, marido, hijos y todas esas gilipolleces.

El problema es que yo sí creo en la universidad, en el trabajo y quizá en los hijos algún día. Creo en el futuro. Quizá es una tara de mi carácter, pero en mi caso es congénita.

—Pero la universidad te amplía las oportunidades —le digo por fin—. No te las limita.

Sonríe con suficiencia.

—Gracias, orientador universitario Jacobsen —me dice, y cambia de tema—. Pensaba mucho en ti metido en el Osprey. En si te acostumbrarías. En si dejarías de preocuparte por las ratas.

—Así fue —le contesto—. Empezó a gustarme. La verdad es que pasé allí la noche del baile.

Sonríe.

—Increíble. Me imaginaba que al final te gustaría. Nunca me aburría en el Osprey, pero era porque en algún momento tenía que volver a casa. Cuando llegué aquí sí que me aburría. No hay nada que hacer. He leído mucho desde que llegué. No conocer a nadie me ponía cada vez más nerviosa. Y esperaba que esa soledad y ese nerviosismo me hicieran volver atrás. Pero no ha sido así. Es lo único que no puedo hacer, Q.

Asiento. Lo entiendo. Imagino que es duro volver atrás cuando las palmas de tu mano abarcan continentes. Pero lo intento una vez más.

—¿Y qué pasará después del verano? ¿Qué pasará con la universidad? ¿Qué pasará con el resto de tu vida?

Se encoge de hombros.

—¿Qué pasará?

—¿No te preocupa el futuro?

—El futuro está formado por ahoras —me contesta.

No tengo nada que decir. Estoy dándole vueltas cuando Margo dice:

—Emily Dickinson. Como te he dicho, estoy leyendo mucho.

Creo que el futuro merece que creamos en él. Pero es difícil llevarle la contraria a Emily Dickinson. Margo se levanta, se cuelga la mochila de un hombro y me tiende la mano.

—Vamos a dar un paseo.

Mientras salimos, Margo me pide el teléfono. Teclea un número y cuando voy a apartarme para dejarla hablar me sujeta del brazo para que me quede con ella. Camino a su lado hacia el campo mientras habla con sus padres.

—Hola, soy Margo… Estoy en Agloe, Nueva York, con Quentin… Vaya… Bueno, no, mamá, solo estoy pensando cómo contestarte con sinceridad… Mamá, vamos… No lo sé, mamá… Decidí trasladarme a un lugar ficticio. Eso es lo que pasó… Sí, bueno, de todas formas no creo que vaya por ahí… ¿Puedo hablar con Ruthie?… Hola, guapa… Sí, bueno, yo te quise primero… Sí, lo siento. Fue un error. Pensé… No sé lo que pensé, Ruthie, pero fue un error y a partir de ahora te llamaré. Quizá no llamaré a mamá, pero te llamaré a ti… ¿Los miércoles?… Los miércoles no puedes. Hum. Vale. ¿Qué día te va bien?… Los martes… Sí, cada martes… Sí, incluido este martes. —Margo cierra los ojos y aprieta los dientes—. Muy bien, Ruthers, ¿puedes pasarme a mamá?… Te quiero, mamá. Todo irá bien. Te lo prometo… Sí, vale, tú también. Adiós.

Se detiene y cuelga el teléfono, pero se lo queda un minuto. Lo aprieta tan fuerte que las puntas de los dedos empiezan a ponérsele rojas. Luego lo deja caer al suelo. Su grito es breve, pero ensordecedor, y mientras resuena soy consciente por primera vez del miserable silencio de Agloe.

—Se cree que lo que tengo que hacer es complacerla, que no debería desear otra cosa, y cuando no la complazco… me echa. Ha cambiado las cerraduras. Es lo primero que me ha dicho. Por Dios.

—Lo siento —le digo apartando la hierba amarillenta, que nos llega a las rodillas, para coger el teléfono—. Pero ¿bien con Ruthie?

—Sí, es muy maja. Me odio a mí misma por… ya sabes… no haber hablado con ella.

—Sí —le digo.

Me da un empujón en broma.

—¡Se supone que deberías hacer que me sintiera mejor, no peor! —me dice—. ¡Es tu papel!

—No sabía que lo que tenía que hacer era complacerla, señorita Spiegelman.

Se ríe.

—Ay, me comparas con mi madre. Qué insulto. Pero me lo merezco. Bueno, ¿qué tal te ha ido? Si Ben está saliendo con Lacey, seguro que tú estás pegándote orgías todas las noches con un montón de animadoras.

Caminamos despacio por el campo desigual. No parece grande, pero a medida que avanzamos me doy cuenta de que no hay manera de que nos acerquemos a los árboles del fondo. Le cuento que me salté la graduación y lo del milagroso giro del Dreidel. Le cuento lo del baile, la pelea de Lacey con Becca y mi noche en el Osprey.

—Fue la noche en que supe que no había duda de que habías estado allí —le digo—. La manta todavía olía como tú.

Y cuando se lo digo, su mano roza la mía, y se la cojo porque me da la impresión de que ahora ya no hay tanto que estropear. Me mira.

—Tenía que marcharme. No debería haberte asustado, fue una estupidez, tendría que haberme ido de otra manera, pero tenía que irme. ¿Lo entiendes ahora?

—Sí —le digo—, pero creo que ya puedes volver. De verdad lo creo.

—No, no lo crees —me contesta.

Y tiene razón. Me lo ve en la cara. Por fin entiendo que no puedo ser ella, y que ella no puede ser yo. Quizá Whitman tenía un don que yo no tengo. Por lo que a mí respecta, tengo que preguntarle al herido dónde tiene la herida, porque no puedo convertirme en el herido. El único herido que puedo ser es yo mismo.

Pisoteo la hierba y me siento. Margo se tumba a mi lado, con la mochila como almohada. Me tumbo boca arriba también yo. Saca un par de libros de la mochila y me los pasa para que me hagan de almohada. Una antología de poemas de Emily Dickinson y *Hojas de hierba*.

—Tenía dos ejemplares —me dice sonriendo.

—Es buenísimo —le digo—. No podrías haber elegido mejor.

—Fue una decisión impulsiva aquella mañana, de verdad. Recordé el fragmento sobre las puertas y pensé que era perfecto. Pero luego, al llegar aquí, volví a leerlo. No lo había leído desde el segundo año de instituto y, sí, me gustó. He intentado leer un montón de poesía. Intentaba descubrir… qué fue lo que me sorprendió de ti aquella noche. Y durante mucho tiempo he pensado que fue cuando citaste a T. S. Eliot.

—Pero no era eso —le digo—. Te sorprendieron mis bíceps y mi elegante salida por la ventana.

Sonríe.

—Cállate y déjame piropearte, gilipuertas. No fue ni la poesía ni tus bíceps. Lo que me sorprendió fue que, a pesar de tus ataques de ansiedad y todo eso, realmente eras como el Quentin de mi relato. Bueno, llevaba años escribiendo encima de esa historia, y cada vez que escribía, leía también esa página, y siempre me reía y me decía… No te ofendas, pero me decía:

«Joder, no me creo que pensara que Quentin Jacobsen era un supertío bueno, superleal defensor de la justicia». Pero… bueno… lo eras.

Podría girarme, y ella también podría girarse. Y podríamos besarnos. Pero ¿qué sentido tiene besarla ahora? Es algo que no irá a ninguna parte. Los dos contemplamos el cielo sin nubes.

—Las cosas nunca suceden como imaginas —me dice.

El cielo es como un cuadro monocromático contemporáneo, su ilusión de profundidad me atrae y me eleva.

—Sí, es verdad —le digo. Pero lo pienso un segundo y añado—: Pero también es verdad que si no imaginas, nunca pasa nada.

Imaginar no es perfecto. No puedes meterte dentro de otra persona. Nunca me habría imaginado la rabia de Margo cuando la encontramos, ni la historia que estaba escribiendo. Pero imaginar que eres otra persona, o que el mundo es otra cosa, es la única manera de entrar. Es la máquina que mata fascistas.

Se gira hacia mí, apoya la cabeza en mi hombro y nos quedamos tumbados, como nos imaginé en la hierba del SeaWorld. Hemos necesitado miles de kilómetros y muchos días, pero aquí estamos: su cabeza sobre mi hombro, su respiración en mi cuello y el enorme cansancio de los dos. Estamos ahora como habría deseado estar entonces.

Cuando me despierto, la mortecina luz del día hace que parezca que todo es importante, desde el cielo amarillento hasta los tallos de hierba por encima de mi cabeza, que oscilan a cámara lenta como una reina de la belleza. Me coloco de lado y veo a

Margo Roth Spiegelman arrodillada y con las manos en el suelo a unos metros de mí, los vaqueros se le ajustan a sus piernas. Tardo un momento en darme cuenta de que está cavando. Me arrastro hasta ella y empiezo a cavar a su lado. La tierra debajo de la hierba está seca como polvo entre mis dedos. Me sonríe. Me late el corazón a la velocidad del sonido.

—¿Qué estamos cavando? —le pregunto.

—No es la pregunta correcta —me dice—. La pregunta es: ¿para quién estamos cavando?

—De acuerdo. ¿Para quién estamos cavando?

—Estamos cavando tumbas para la pequeña Margo, el pequeño Quentin, la cachorrilla Myrna Mountweazel y el pobre Robert Joyner muerto —me contesta.

—Creo que apoyo esos entierros —le digo.

La tierra es grumosa y seca, perforada por el paso de insectos como un hormiguero abandonado. Hundimos las manos en el suelo una y otra vez, y cada puñado de tierra arrastra una pequeña nube de polvo. Abrimos un agujero grande y profundo. La tumba debe ser apropiada. No tardo en llegar a los codos. Se me ensucia la manga de la camiseta cuando me seco el sudor de la mejilla. Las mejillas de Margo están cada vez más rojas. Me llega su olor, y huele como aquella noche antes de que saltáramos al foso en el SeaWorld.

—Nunca he pensado en él como en una persona real —me dice.

Mientras habla, aprovecho la ocasión para hacer una pausa y me siento en cuclillas.

—¿En quién, en Robert Joyner?

Sigue cavando.

—Sí. Bueno, ya sabes, fue algo que me sucedió *a mí*. Pero antes de que fuera una figura menor en el drama de mi vida, era… en fin, la figura central del drama de su propia vida.

Yo tampoco he pensado nunca en él como persona. Un tipo que jugó en la tierra como yo. Un tipo que se enamoró como yo. Un tipo al que se le rompieron los hilos, que no sintió que las raíces de su hoja de hierba estuvieran conectadas con el campo, un tipo que estaba chiflado. Como yo.

—Sí —digo al rato, mientras vuelvo a cavar—. Siempre fue solo un cadáver para mí.

—Ojalá hubiéramos podido hacer algo —dice Margo—. Ojalá hubiéramos podido demostrar lo heroicos que éramos.

—Sí. Habría estado bien decirle que, fuera lo que fuese, no tenía por qué ser el fin del mundo.

—Sí, aunque al final lo que sea te mate.

Me encojo de hombros.

—Sí, lo sé. No estoy diciendo que pueda sobrevivirse a todo. Solo que puede sobrevivirse a todo, menos a lo último.

Vuelvo a hundir la mano. La tierra aquí es mucho más oscura que en Orlando. Lanzo un puñado a la pila que está detrás de nosotros y me siento. Se me está ocurriendo una idea e intento abrirme camino hacia ella. Nunca he dicho tantas palabras seguidas a Margo en nuestra larga y notoria relación, pero ahí va, mi última actuación para ella.

—Cuando pensaba en él muriendo, que admito que no ha sido muchas veces, siempre pensaba en lo que dijiste, en que se le habían roto los hilos por dentro. Pero hay mil maneras de verlo. Quizá los hilos se rompen, o quizá nuestros barcos se hunden, o quizá somos hierba y nuestras raíces son tan interdependientes que nadie está muerto mientras quede alguien vivo. Lo que quiero decir es que no nos faltan las metáforas. Pero debes tener cuidado con la metáfora que eliges, porque es importante. Si eliges los hilos, estás imaginándote un mundo en el que puedes romperte irreparablemente. Si eliges la hierba, estás diciendo que todos estamos infinitamente interconectados, que podemos utilizar ese sistema de raíces no solo para entendernos unos a otros, sino para convertirnos los unos en los otros. Las metáforas implican cosas. ¿Entiendes lo que te digo?

Margo asiente.

—Me gustan los hilos —sigo diciendo—. Siempre me han gustado. Porque así lo siento. Pero creo que los hilos hacen que el dolor parezca más fatal de lo que es. No somos tan frágiles como nos harían creer los hilos. Y también me gusta la hierba. La hierba me ha traído hasta ti, me ha ayudado a imaginarte como una persona real. Pero no somos brotes diferentes de la misma planta. Yo no puedo ser tú. Tú no puedes ser yo. Puedes imaginarte a otro… pero nunca perfectamente, ¿sabes?

»Quizá es más como has dicho antes, que todos estamos agrietados. Cada uno de nosotros empieza siendo un recipiente hermético. Y pasan cosas. Personas que nos dejan, o que no nos quieren, o que no nos entienden, o que no las entendemos, y nos perdemos, nos fallamos y nos hacemos daño. Y el recipiente empieza a agrietarse por algunos sitios. Y, sí, en cuanto el recipiente se agrieta, el final es inevitable. En cuanto empieza a entrar la lluvia dentro del Osprey, ya nunca será remodelado. Pero está todo ese tiempo desde que las grietas empiezan a abrirse hasta que por fin nos desmoronamos. Y solo en ese tiempo podemos vernos unos a otros, porque vemos lo que hay fuera a través de nuestras grietas, y lo que hay dentro se nos ve también a través de ellas. ¿Cuándo nos vimos tú y yo cara a cara? No hasta que me viste entre mis grietas, y yo a ti entre las tuyas. Hasta ese momento solo veíamos ideas del otro, como mirar tu persiana, pero sin ver lo que había dentro. Pero cuando el recipiente se rompe, la luz puede entrar. Y puede salir.

Se lleva los dedos a los labios, como si estuviera concentrándose, o como si me ocultara la boca, o como si quisiera sentir sus palabras.

—Eres especial —me dice por fin.

Me mira. Mis ojos, sus ojos y nada entre ellos. No voy a ganar nada besándola, pero ya no pretendo ganar nada.

—Hay algo que tengo que hacer —le digo.

Asiente ligeramente, como si supiera qué es ese algo. Y la beso.

El beso acaba un rato después, cuando me dice:

—Puedes venir a Nueva York. Será divertido. Será como besarnos.

—Besarnos es especial —le digo.

—Estás diciéndome que no —me contesta.

—Margo, toda mi vida está allí, y no soy tú, y…

Pero no puedo decir nada más, porque vuelve a besarme, y en el momento en que me besa sé sin la menor duda que llevamos caminos distintos. Se levanta y se dirige hacia donde estábamos tumbados para coger su mochila. Saca la libreta, vuelve a la tumba y deja la libreta en el suelo.

—Te echaré de menos —susurra.

Y no sé si habla conmigo o con la libreta. Y tampoco yo sé con quién hablo cuando digo:

—Yo también. Ve con Dios, Robert Joyner.

Lanzo un puñado de tierra sobre la libreta.

—Ve con Dios, joven y heroico Quentin Jacobsen —dice Margo lanzando también un puñado de tierra.

—Ve con Dios, valiente ciudadana de Orlando Margo Roth Spiegelman —digo lanzando otro puñado.

—Ve con Dios, mágica cachorrilla Myrna Mountweazel —dice Margo lanzando otro puñado.

Empujamos la tierra sobre el libro y apisonamos el suelo. La hierba no tardará en volver a crecer. Para nosotros será la cabellera suelta y hermosa de las tumbas.

Volvemos al Supermercado Agloe cogidos de la mano, que están ásperas por la tierra. Ayudo a Margo a cargar en el coche sus cosas: la ropa, los artículos de aseo y la silla. El momento es tan valioso que, en lugar de facilitar la conversación, la hace más difícil.

Estamos frente al aparcamiento de un motel de una sola planta cuando la despedida es inevitable.

—Conseguiré un móvil y te llamaré —me dice—. Y te escribiré e-mails. Y comentarios misteriosos en la página de las ciudades de papel del Omnictionary.

Sonrío.

—Te escribiré un e-mail cuando lleguemos a casa —le digo—, y espero respuesta.

—Prometido. Y nos veremos. No vamos a dejar de vernos.

—A finales de verano quizá pueda ir a verte, antes de que empiecen las clases —le digo.

—Sí —me contesta—. Sí, buena idea.

Sonrío y asiento. Se gira y estoy preguntándome si lo decía en serio cuando veo que encorva los hombros. Está llorando.

—Nos vemos entonces. Y entretanto te escribiré —digo.

—Sí —me contesta sin girarse, con voz ronca—. Yo también te escribiré.

Decir estas cosas evita que nos desmoronemos. Y quizá imaginando esos futuros podemos hacerlos reales, o quizá no, pero en cualquier caso tenemos que imaginarlos. La luz se desborda y lo inunda todo.

Estoy en este aparcamiento pensando que nunca he estado tan lejos de casa, y aquí está la chica a la que amo y a la que no puedo seguir. Espero que sea la misión del héroe, porque no seguirla es lo más duro que he hecho en mi vida.

Pienso que subirá al coche, pero no lo hace. Al final se gira hacia mí y veo sus ojos mojados. El espacio físico que nos separa se desvanece. Tocamos las cuerdas rotas de nuestros instrumentos por última vez.

Siento sus manos en mi espalda. Y aunque está oscuro, no cierro los ojos mientras la beso, y Margo tampoco. Está tan cerca de mí que puedo verla, porque incluso ahora aparece el signo externo de la luz invisible, incluso por la noche en este aparcamiento a las afueras de Agloe. Después de besarnos nos miramos tan de cerca que nuestras frentes se tocan. Sí, la veo casi a la perfección en esta agrietada oscuridad.

Nota del autor

Me enteré de la existencia de las ciudades de papel porque me topé con una en un viaje en coche durante mi penúltimo año de universidad. Mi compañera de viaje y yo íbamos y veníamos por el mismo tramo desolado de una carretera de Dakota del Sur buscando una población que el mapa aseguraba que existía. Si no recuerdo mal, la población se llamaba Holen. Al final nos metimos por un camino que llevaba a una casa y llamamos a la puerta. A la amable mujer que nos abrió le habían hecho la misma pregunta en otras ocasiones. Nos explicó que la población que estábamos buscando solo existía en el mapa.

La historia de Agloe, Nueva York —tal y como se describe en este libro—, es en su mayor parte cierta. Agloe empezó siendo una ciudad de papel creada con la intención de proteger los derechos de autor del mapa. Pero las personas que utilizaban aquellos viejos mapas de Esso la buscaban, de modo que alguien construyó un supermercado y convirtió Agloe en real. El negocio de la cartografía ha cambiado mucho desde que Otto G. Lindberg y Ernest Alpers inventaron Agloe. Pero muchos fabricantes de mapas siguen incluyendo ciudades de papel como trampas para proteger el copyright, como atestigua mi desconcertante experiencia en Dakota del Sur.

El supermercado que fue Agloe ya no existe. Pero creo que si volviéramos a poner la población en nuestros mapas, alguien acabaría reconstruyéndolo.

Agradecimientos

Quisiera dar las gracias a:

—Mis padres, Sydney y Mike Green. Nunca pensé que diría esto, pero gracias por haberme criado en Florida.

—Mi hermano y colaborador favorito, Hank Green.

—Mi mentora, Ilene Cooper.

—Toda la editorial Dutton, pero especialmente a mi incomparable editora, Julie Strauss-Gabel, a Lisa Yoskowitz, Sarah Shumway, Stephanie Owens Lurie, Christian Fünfhausen, Rosanne Lauer, Irene Vandervoort y Steve Meltzer.

—Mi tenaz agente, Jodi Reamer.

—The Nerdfighters, que tanto me han enseñado sobre lo que significa impresionante.

—Mis compañeros escritores Emily Jenkins, Scott Westerfeld, Justine Larbalestier y Maureen Johnson.

—Dos libros especialmente útiles sobre desapariciones que leí mientras me documentaba para este libro: *The Dungeon Master*, de William Dear, e *Into the Wild*, de Jon Krakauer. También quisiera dar las gracias a Cecil Adams, el cerebro que está detrás de «The Straight Dope», cuyo breve artículo sobre las trampas para proteger los derechos de autor es —hasta donde yo sé— la fuente definitiva sobre este tema.

—Mis abuelos: Henry y Billie Grace Goodrich, y William y Jo Green.

—Emily Johnson, cuyas lecturas de este libro fueron de incalculable valor; Joellen Hosler, la mejor psicóloga que un escritor podría pedir; mis primos políticos Blake y Phyllis Johnson; Brian Lipson y Lis Rowinski, de Endeavor; Katie Else; Emily Blejwas, que hizo conmigo aquel viaje a la ciudad de papel; Levin O'Connor, que me ha enseñado la mayor parte de lo que sé sobre lo divertido; Tobin Anderson y Sean, que me llevaron de exploración urbana en Detroit; la bibliotecaria Susan Hunt y todos aquellos que arriesgan sus puestos de trabajo por oponerse a la censura; Shannon James; Markus Zusak; John Mauldin y mis maravillosos suegros, Connie y Marshall Urist.

—Sarah Urist Green, mi primera lectora, primera editora, mejor amiga y favorita compañera de equipo.